AF345862

Putréfaction

Voyage au bout de l'immonde

LAURENT SOLER

Putréfaction

Voyage au bout de l'immonde

ROMAN

UN COVOITURAGE SANS RETOUR 17

UNE MISE EN BOUCHE REGRETTABLE 45

NUIT TRAGIQUE AU CÉSAR PALACE 69

LA CAVE DE L'ENFANT SANS PRÉNOM 105

RELATION POST-MORTEM 127

PAS DE JAMBE, PAS DE PAIX 141

APARTHEID MARSEILLAIS 165

LE NÉCROPHILE D'ANDON 189

HÔTEL TOUS SÉVICES COMPRIS 209

LA COLONIE DES ENFANTS DISPARUS 245

COHABITATION SUBIE 265

LA LOI DU TALION 281

TROU DE LA GLOIRE 295

HÉPATITE PORNOGRAPHIQUE 317

HARCÈLEMENT ANONYME 333

LA CHASSE AUX PARISIENS 361

SACRIFICE VAGINAL 379

RÉCOLTE DE SEMENCE 391

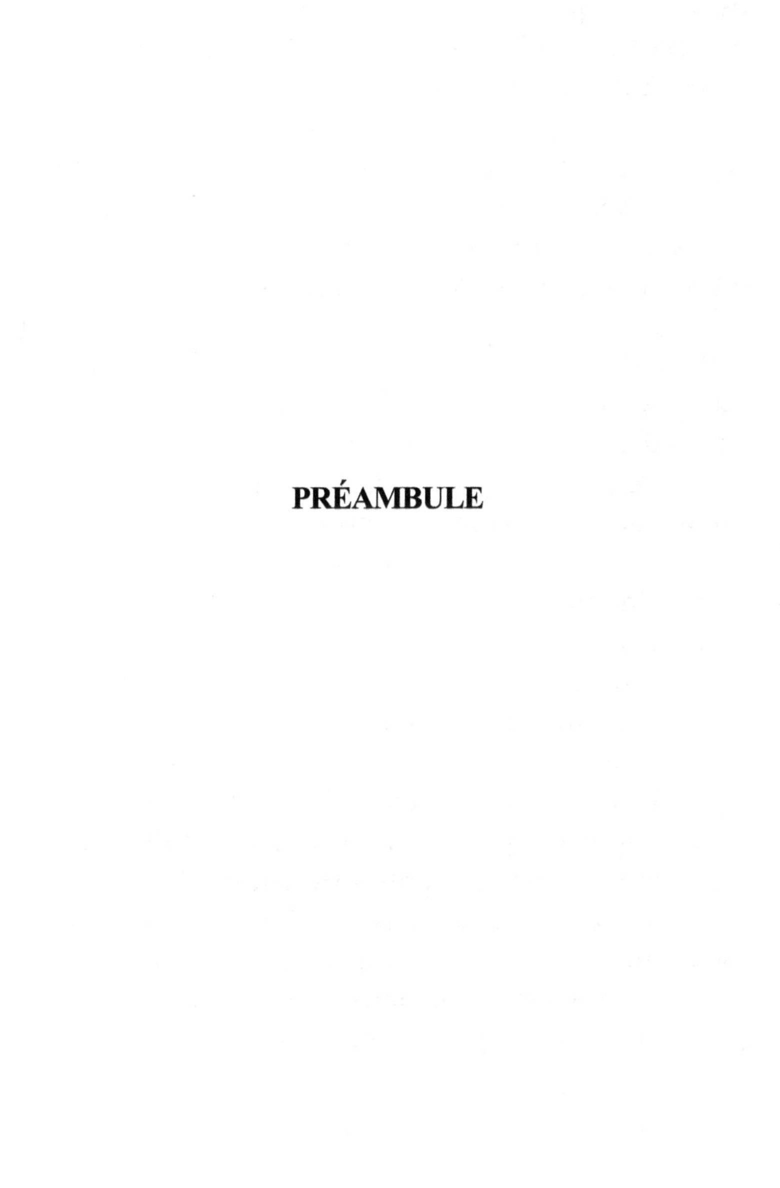

PRÉAMBULE

Pour ne rien vous cacher, cela fait déjà un bout de temps que j'ai envie de fuir ma routine, de m'arracher à mon quotidien, partir, me changer les idées, à défaut de changer ma vie. Mon chômage ne m'aide pas à me reprendre en main, encourageant cette solitude destructrice à me condamner à une lente agonie. Le suicide est une idée qui m'a souvent enthousiasmé, mais la facilité qui s'en dégage altère mon désir.

Et quand bien même, si je me laisse tenter par la mort, je devrais faire cela à l'extérieur de mon domicile. Pour la simple raison que les vers me dégoûtent et que le jour où mon décès sera remarqué, ce sera lorsque mon corps dégagera une odeur assez nauséabonde pour que mes voisins s'en plaignent. Arrivé à une telle nuisance olfactive, mon cadavre sera dans un état de putréfaction avancée et les asticots m'auront déjà bien ingurgité. J'imagine mes voisins effondrés en apprenant la nouvelle, pas par le fait de ma disparition, mais par celui d'avoir vécu pendant un moment près d'un cadavre. Ils oseraient dire sans honte à qui veut l'entendre que c'est dans leur résidence qu'un macchabée a été découvert des mois plus tard sans avoir la culpabilité de ne m'avoir jamais dit bonjour. C'est donc à cause d'eux et de leur comportement que je dois me tuer en dehors de chez moi si l'envie m'en prend. Reste à trouver la bonne méthode. Car mettre fin à ses jours, c'est bien une preuve de courage et non une démonstration de lâcheté. En toute honnêteté, combien d'entre nous envient ces victimes de la route qui n'ont rien préparé, mais décèdent en une fraction de seconde à cause d'un camionneur endormi ou d'une plaque de verglas bien trop glissante. Au moins, ceux-là ne laisseront pas une image négative d'un pauvre type qui s'est suicidé.

La mort naturelle c'est notre chemin de croix à tous, mais c'est si long qu'il est dur d'avoir la volonté de ne pas tricher. Évidemment, dans ce monde inégalitaire, il y a bien des chanceux qui prennent de l'avance en ayant un cancer ou autre avantage de même nature, eux peuvent bien se targuer d'être des privilégiés.

Quoi faire donc… attendre en espérant décéder d'une rupture d'anévrisme ou se résoudre à pratiquer une technique plus artisanale ? Se jeter sous un train, c'est permettre à un animal errant de se nourrir d'un morceau de mon cerveau ou d'une autre partie de mon corps qui aurait été oubliée par les pompiers lors du ramassage. J'aime les bêtes mais pas au point de leur servir de nourriture. Sinon il y a la pendaison, un classique dont l'efficacité n'est plus à prouver. Partir furtivement une nuit dans un jardin public pour y accrocher ma corde bien solidement et être découvert par des enfants effrayés passant devant mon corps suspendu. Ce n'est pas le fait de douter de ma capacité à faire le nœud correctement, j'ai imprimé des schémas illustrés qui l'expliquent étape par étape, mais j'ai peur qu'un clochard me trouve avant quelqu'un de respectable et qu'il en profite pour me violer. On sait très bien que ces gens n'ont aucune morale.

C'est compliqué, c'est bien trop complexe, c'est pour cela que ça fait un an que je tourne en rond dans mon appartement situé au numéro cinq du boulevard du Président Wilson à Bordeaux. J'en suis au point de ne plus avoir de repères en me levant à n'importe quelle heure avec toujours cette ambition de ne rien faire.

Depuis quelques mois, ma satisfaction je la dois à mon unique fenêtre m'offrant une vue plongeante sur un radar flashant les voitures qui grillent le feu rouge. Il m'arrive fréquemment de m'asseoir devant et de compter le nombre d'infractions dans le seul but de me réjouir du malheur des autres. Le simple fait d'imaginer ces conducteurs déchus en train de stresser et de paniquer me donne le sourire aux lèvres.

Certains soirs, quand je ne me sens pas rassasié de la frustration d'autrui, il m'arrive de réaliser des flashs à l'aide de mon appareil photo que je déclenche lorsqu'une voiture passe au vert. Le plus souvent des cas, ils freinent brusquement au risque de se faire rentrer dedans. Ils sont là hébétés à essayer de comprendre pourquoi la boite métallique les a sanctionnés. Ce qui est certain, c'est qu'ils vont avoir au moins deux semaines d'angoisse jusqu'à ce qu'ils se rendent compte qu'ils ne recevront jamais d'amende.

L'époque actuelle me permet de me sentir moins seul dans mon aigreur, les nombreux attentats se déroulant dans l'hexagone me captivent, ils arrivent à me tenir en haleine devant ma télévision. Sans aucune forme d'empathie, je passe des heures entières à suivre les informations en temps réel avec un œil attentif sur le compteur de victimes. La tristesse et la compassion n'ont plus lieu d'être, étant donné que personne n'en a à mon égard, simple retour des choses. De ma pauvre existence, j'ai seulement réussi à procurer de l'indifférence. Je n'intéresse personne, pourtant je n'ai pas l'impression d'être plus bête qu'un autre.

Dans le but de me morfondre dans ma noirceur, je passe du temps devant mon ordinateur afin d'avoir ma dose de morbide en flânant sur des sites de faits divers à lire des récits de meurtres, de viols, d'incestes, d'agressions. De quoi me conforter sur le fait que je n'ai rien à faire dans ce monde. L'un de mes sites favoris s'appelle « Liveleak.com », un descendant direct de « Rotten.com », « Bestgore.com » et de « Ogrish.com ». Ce sont des pages internet dans lesquelles l'on trouve un contenu extrêmement gore. La plupart du temps ce sont des vidéos extraites de caméras de surveillance. On peut y voir des piétons se faire écraser, des attaques mortelles d'animaux, des agressions violentes, du vitriolage, des décapitations, des exécutions et bien d'autres choses de ce type. Ce n'est pas de la fiction, là on plonge dans la réalité la plus terrifiante, celle que l'on ne veut pas voir. C'est sur ce site d'ailleurs que j'avais trouvé des photos du Bataclan lors de l'attentat de deux mille quinze, des clichés de victimes ensanglantées, allongées au sol, le carnage à l'état brut. Des images exclusives qui ne passent évidemment pas à la télévision. L'horreur sans filtre, comme cette photo de Yassin Salhi, ce fameux selfie qu'il avait pris avec la tête de son patron décapitée, c'était aussi en deux mille quinze. Une année dramatique, l'image d'Épinal de mon pays avec sa baguette de pain fut remplacée par la kalachnikov, une tout autre ambiance.

Je suis loin d'être le seul à fréquenter ce genre de sites, au contraire, ils sont visités des milliers de fois quotidiennement et rassemblent toute une communauté droguée par ce type de contenus effroyables. On peut même noter les vidéos et les commenter. J'avoue que j'ignore quels sont les critères de notation de ces visiteurs, peut-être la mise en scène de la mort ou le côté spectaculaire qui peut en découler. D'ailleurs ce matin, j'étais en train de regarder la vidéo d'un adolescent traversant en courant l'autoroute en guise de défi à la con. Sans surprise, on le voit se faire écraser par une voiture devant sa bande d'amis. J'avais zoomé un maximum sur la vidéo pour bien voir la réaction de ses potes, j'avais besoin de voir en détail l'expression de leur visage. C'était laborieux car la caméra de surveillance proposait des images un peu trop pixélisées. En fouillant un peu le côté sombre d'internet, je pourrais probablement découvrir des photos de cette même personne avec sa cervelle éparpillée sur le sol. Ça se trouve facilement des têtes écrasées, surtout à notre époque où l'on prend tout en photo avec notre téléphone. Les gens en général n'assument pas de visiter ce genre de sites, trop honteux à l'idée que l'on découvre leur voyeurisme morbide. Après je peux le comprendre, c'est un sujet beaucoup plus sensible qu'un gang bang vietnamien sur Pornhub. Mon obsession pour la mort, je l'entretiens depuis que j'ai eu accès à internet. Je devais avoir quatorze ou quinze ans lorsque j'ai découvert ma première vidéo traumatisante, c'était celle du suicide de Budd Dwyer, un sénateur américain. Cette histoire remonte à mille neuf cent quatre-vingt-sept. L'homme était accusé de corruption et avait décidé de se tirer une balle en pleine tête lors d'une conférence de presse. Un acte réfléchi car juste avant de sortir son revolver, il avait transmis trois enveloppes dont l'une était destinée à sa famille. Toute cette préméditation figure dans les images. Ensuite, on le voit ouvrir sa bouche pour y insérer son pistolet sous les nombreux cris des gens présents dans la salle. J'ai encore en mémoire cet instant où il tombe à terre avec son crâne explosé, sa bouche et ses narines déversant une fontaine de sang. Cette vidéo on peut toujours la trouver sur Google, ce suicide médiatique ne disparaîtra jamais. Comment après cela, pourrais-je me contenter du septième art bien moins spectaculaire que la réalité. En deux mille douze, j'ai pu voir un meurtre sur un site qui m'a totalement bouleversé, ça je ne pourrais jamais l'oublier. Luka Rocco Magnotta, celui que l'on surnomma le dépeceur de Montréal, avait publié une mise à mort sans égal. Les médias qui avaient vu cette fameuse vidéo la décrivirent brièvement afin de ne pas rentrer dans les détails scabreux. J'avais passé des heures à faire des recherches en anglais pour trouver cette séquence tant décriée. Je me rappelle ma satisfaction en trouvant un lien de téléchargement qui n'avait pas été encore supprimé. Onze minutes insoutenables, j'ai dû m'y prendre plusieurs fois pour la regarder en entier. Dans une pièce mal éclairée, un homme nu certainement déjà mort était allongé sur un lit. Luka s'approchait de ce corps pour lui planter un pic à glace dans l'abdomen. Il enchaîna en lui tranchant la gorge et en le démembrant. Après l'avoir décapité, couteau à la main, il découpa d'autres parties du cadavre pour ensuite le sodomiser. L'horreur ne s'arrêtait pas là, muni d'une fourchette, il retira un morceau de chair des fesses de la victime pour mimer un acte de cannibalisme. Il partagea ce festin avec un chien présent dans l'appartement. Pour terminer, le meurtrier se filma allongé en train de se masturber à l'aide d'une main amputée. Comment oublier ça ?

Cet univers macabre qui cohabite avec moi quotidiennement a fini par me donner une idée d'évasion. Un tour de France de l'horreur, un tracé ensanglanté qui me permet d'aller voir de mes propres yeux des lieux racontant des histoires macabres afin de ressentir une ambiance, une atmosphère, un malaise que je ne peux me procurer de chez moi. Cela pourrait être une sorte de voyage initiatique à travers des victimes, des cadavres et des vies brisées.

Seul, à bord de ma voiture, je vais parcourir l'infâme pour jouir du malheur des autres. Peut-être même que ça va me faire relativiser sur ma propre vie en me confrontant au destin funeste de ces personnes. Se nourrir de l'immonde pour se régénérer, pourquoi pas.

UN COVOITURAGE SANS RETOUR

La première étape de mon voyage se situe à quelques minutes de mon domicile, dans un quartier cossu de Bordeaux se prénommant Caudéran. C'est là-bas qu'a vécu Camille jusqu'à sa disparition. L'histoire remonte à juillet deux mille huit et avait fait les gros titres de la presse locale pendant des semaines. À l'époque, j'étais déjà atteint de curiosité morbide et grâce à Facebook, je pouvais la nourrir jusqu'à l'excès. L'outil virtuel existait depuis quatre ans et c'était un merveilleux moyen d'espionnage. Quand le cadavre de Camille fut découvert et annoncé, j'ai tapé avec exaltation son prénom et son nom sur le réseau social pour faire sa connaissance post-mortem. Elle était bien inscrite, toujours en vie virtuellement, souriante à tout jamais à travers sa photo de profil.

En fouillant son compte, je pouvais découvrir ses amis, ses goûts divers et variés, son curriculum vitae. Elle n'avait que dix-huit ans et vivait pleinement sa première grande histoire d'amour avec un dénommé Damien, les quelques photos publiées de leur couple attestaient d'une belle romance. Après un long moment passé sur sa tombe virtuelle encore ouverte, elle me paraissait être quelqu'un de bien. Son dernier message datait de la veille de sa disparition, elle y racontait s'être engueulée avec ses parents et faisait preuve d'une grande impatience à l'idée de rejoindre son homme. Cela devait être terrible pour eux de voir cette dernière pensée écrite à leur égard, exposée à la vue de tous. Afin d'assouvir ma curiosité, je suis même allé jusqu'à arpenter le profil de ses contacts, espérant en découvrir toujours plus.

Des années plus tard, en préparant mon voyage, j'ai retapé son identité sur Facebook sans la retrouver, son compte avait été supprimé. Il n'existe plus qu'un groupe hommage permettant à son entourage de lui souhaiter annuellement un bon anniversaire accompagné de pensées profondes peu inspirées.

Je quitte donc mon domicile pour rejoindre celui de Camille en ne sachant pas si sa maison est toujours habitée par sa famille. Il pleut terriblement, la météo s'accorde très bien avec la thématique de mon périple, l'ambiance sera d'autant plus pesante. J'arrive dans la rue Hoche, à la recherche de cette petite maison qu'on appelle ici une échoppe bordelaise. Les volets bleus sont ouverts, j'aperçois de la lumière, visiblement il y a quelqu'un à l'intérieur. Après avoir fait mon créneau, je me retrouve devant la boite aux lettres arborant toujours le nom de la victime, la famille Bonneville n'avait pas déménagé d'ici, quelle chance. Je reste dehors un peu bête sous la pluie à ne pas savoir quoi faire. Sous quel titre me présenter ? Comme un obsédé de l'horreur et me faire rembarrer manu militari ou comme un ancien proche de sa fille en risquant de me faire démasquer. Je tente le tout pour le tout en endossant le rôle d'un ancien copain de classe. Lors de sa disparition, j'étais à peine plus vieux qu'elle, l'usurpation peut paraître crédible. Légèrement stressé à l'idée d'être mis à mal, je sonne timidement. Une femme apparaît derrière le rideau, elle ouvre sa fenêtre en me demandant ce que je veux. Je l'interroge afin de savoir si c'est bien ici que Camille a vécu. L'expression sur son visage ne me laisse aucun doute. De loin, j'aperçois déjà ses yeux rougis par l'émotion. Elle m'ouvre la porte afin que j'accède à l'univers de sa défunte fille.

— Vous étiez un ami de Camille ?
— Oui tout à fait, un camarade du lycée, je passais par hasard dans le quartier et j'ai pensé à elle, je n'ai pas pu m'empêcher de sonner chez vous pour demander de vos nouvelles.
— C'est très gentil de votre part, ça me touche beaucoup.
— Elle nous manque à tous !

— À qui le dites-vous… Asseyez-vous sur le
canapé un petit moment, vous voulez un
café ?

— Oui, je veux bien merci !

Tous deux avec notre boisson à la main, elle me
raconte qu'elle n'a jamais fait le deuil de son enfant.
Une vie bouleversée qui engendra également un
divorce. Son mari ne supportait plus d'avoir perdu
sa fille et de subir en plus une dépressive à
perpétuité. L'échoppe ressemble à un mausolée, il
y a des photos de Camille dans toutes les pièces,
des clichés que je n'avais pas vus à l'époque sur
internet, là j'ai droit à du contenu inédit. La mère
éplorée accepte que je découvre la chambre de la
disparue. En poussant la porte, tout donne
l'impression qu'elle pourrait très bien rentrer du
lycée et s'allonger sur son lit. Sur les murs, il y a
des posters de Christophe Maé, une bonne dizaine
tapissent la chambre, elle était vraisemblablement
une grande admiratrice du chanteur. Ma guide
mortuaire me raconte qu'elle y fait le ménage
chaque jour et qu'elle continue à lui parler comme
si elle était toujours présente. Un contexte qui
permet de comprendre un peu mieux la séparation
du couple. Un tel climat était trop lourd pour
pouvoir l'endurer au quotidien, son ex-mari a bien
eu raison de se tirer. Elle ne peut s'empêcher de
pleurer, il n'y a plus de filtre entre elle et moi, de

toute évidence, cette femme au teint blafard est une suicidaire en sursis, dépendante de son stock d'anxiolytiques. Quelle tristesse que ces médicaments lui donnent l'illusion de vivre, sans cela, elle aurait mis fin à ses jours afin d'arrêter de souffrir. C'est délicat, je me retrouve dans une sorte de non-assistance à personne souhaitant mourir. Cette mauvaise ambiance me met trop mal à l'aise, je préfère aller me détendre en rejoignant, à une cinquantaine de kilomètres, le lieu où le cadavre de Camille fut découvert.

Cette terrible histoire commença banalement sur un site de covoiturage. La jeune femme souhaitait se rendre à Lacanau. Elle devait y rejoindre son petit copain qui était saisonnier en tant que serveur dans un bar. Cela devait être des retrouvailles le temps d'un week-end. C'était la première fois qu'elle devait faire du covoiturage, ses parents ne pouvaient pas l'accompagner par manque de temps. Non sans crainte, ils l'avaient bien mise en garde sur le fait que ce n'était pas prudent pour une fille seule de voyager avec un inconnu. Le rendez-vous était fixé au samedi douze juillet à huit heures dans la rue Pasteur, à quelques centaines de mètres de son domicile. Camille embrassa son père et sa mère qui lui demandèrent de bien faire attention à elle et de les appeler une fois arrivée à destination.

Au numéro cent de la rue Pasteur, comme convenu, elle attendait la voiture qui devait la récupérer. Sur le site internet, il avait indiqué avoir une Clio rouge. Dix minutes plus tard, elle fut étonnée de le voir arriver au volant d'un autre véhicule, c'était un 4x4 de la marque Mitsubishi. Élégant et avenant, il se présenta en lui serrant la main.

— Bonjour, Camille c'est ça ?
— Oui, c'est bien moi !
— Très bien, tenez on va mettre votre sac dans le coffre.
— Vous avez changé de voiture ?
— Non pourquoi ?
— Je ne sais pas, sur le site vous avez écrit avoir une Clio c'est pour ça !
— J'ai dû me tromper, en tout cas vous gagnez au change non ?
— Oui c'est sûr, je ne vais pas me plaindre !

Une première impression qui avait de quoi rassurer la jeune fille grâce à ce profil de bon père de famille. Elle n'avait plus l'appréhension de voyager avec un illustre inconnu, le sourire et la voix posée du quinquagénaire créèrent immédiatement un climat serein.

— Je peux vous tutoyer Camille ?

— Oui, bien sûr, pas de problème !
— Je suis plus à l'aise avec le tutoiement, surtout quand je parle avec quelqu'un de plus jeune que moi.
— Je comprends, ça ne me gêne pas du tout.
— Tu pars toute seule à la plage ?
— Non, je rejoins mon copain, il travaille là-bas !
— Ah oui ? Il fait quoi ?
— Il bosse dans un bar.
— Oula, tu n'es pas jalouse ?
— Pourquoi ça ?
— Ben il doit se faire draguer souvent non ?
— Oui certainement mais j'ai confiance en lui.
— J'admire ta vision des choses.
— Et vous, vous allez faire quoi à Lacanau ?
— Tu peux me tutoyer !
— Moi j'ai du mal à tutoyer, j'ai besoin de temps, j'ai toujours été comme ça.
— Ça viendra…
— Et tu vas faire quoi à Lacanau ?
— Tu vois ce n'est pas difficile… Je pars rejoindre ma femme et mes enfants, on a une maison secondaire là-bas, ça me permet de prendre l'air quand j'en ai marre de Bordeaux.
— C'est le rêve d'avoir une maison au bord de l'océan !

— Si tu veux, tu as qu'à passer ce soir avec ton copain, on mangera tous ensemble, ça peut être sympa.

— Un autre jour peut-être, ce soir j'ai envie de me retrouver seule avec lui.

— Je comprends…

Le voyage se passait bien, une entente et une complicité se créaient entre les deux personnes. Eysines, Saint-Médard-en-Jalles, Salaunes, Sainte-Hélène, les villes et les kilomètres s'enchaînèrent et la jeune fille commença à s'endormir.

Christophe en profita pour observer avec délectation son décolleté et ses jambes nues. Tout en conduisant, il caressa son sexe en érection à travers son pantalon. La braguette descendue, il commença même à se masturber frénétiquement. D'une main assurant la conduite et l'autre son excitation débordante, il ne cessait de fantasmer à la baiser sauvagement. Sa main droite se dirigea délicatement sur les cheveux de la belle endormie. Tout en douceur, il se mit à caresser sa poitrine, c'est alors qu'elle sursauta en découvrant ce pénis dressé sous ses yeux. En criant, elle lui demanda de s'arrêter tout de suite pour la laisser descendre. Il ne freina pas et continua dans l'agitation à lui arracher son débardeur. En pleurs, elle essaya désespérément d'ouvrir sa porte mais tout était verrouillé. Totalement paniquée, elle ne cessait de hurler tout en tapant contre sa vitre pour capter l'attention des autres automobilistes. Ce déchaînement ne fit que décupler les pulsions de son agresseur qui tenta avec force d'obtenir une fellation. Sous la menace d'être assassinée, elle n'avait pas d'autres choix que de s'exécuter. Tremblante, ses lèvres s'approchèrent de ce gland illégitime. Dans un instinct de survie, elle se mit à mordre son sexe avec acharnement. Il freina alors brusquement sur la voie d'urgence en évitant avec justesse de foncer dans les glissières de sécurité. L'homme se déchaina en lui donnant des coups sur la tête pour qu'elle desserre sa mâchoire. Une fois son membre libéré, il découvrit son pénis gonflé et couvert d'hématomes. Fou de rage, il fracassa son visage à plusieurs reprises contre le tableau de bord jusqu'à ce que l'airbag se déclenche.

Il descendit ensuite précipitamment de la voiture pour uriner et vérifier que son intégrité masculine était hors de danger. La tête plongée dans l'airbag, Camille était inconsciente. Il sortit la fille en la traînant par terre pour l'enfermer dans le coffre. Le téléphone portable de la victime tomba sur le bord de la route. Après une quinzaine de minutes, elle reprit conscience avec difficulté, elle n'avait plus la force de hurler, la bouche ensanglantée, plusieurs de ses dents avaient été cassées par ce déchaînement de violence. Quelques kilomètres plus tard, la voiture entra dans un petit chemin forestier. Un passage en mauvais état qui faisait balancer le 4x4 de tous les côtés à cause des trous énormes. Camille sentait qu'ils allaient dans un coin perdu et qu'on ne la retrouverait jamais.

La voiture s'arrêta devant une petite maison isolée dans la forêt. Christophe descendit afin de récupérer quelque chose dans le cabanon. Il revint avec une chaîne en acier qu'il fit traîner au sol. Camille était en panique, elle pensait fort à son entourage qu'elle ne reverrait probablement plus jamais. Il ouvrit le coffre pour enrouler la chaîne autour du cou de la fille terrorisée afin de la tirer brutalement par terre.

> — Arrêtez !! Arrêtez !! Qu'est-ce que vous faites ?? Au secours !!
> — Ferme ta gueule !
> — Laissez-moi partir ! Au secours !! Au secours !!
> — Ferme ta gueule j'ai dit !

Il la conduisit dans une niche pour chien en lui disant que c'était ici qu'elle habiterait dorénavant. À l'aide d'un cadenas à combinaison, il attacha la chaîne à une accroche métallique fixée sur une dalle en béton.

— Pitié !! Laissez-moi partir ! Je ne dirai rien à personne ! Je vous le promets !
— Arrête de gueuler, tu restes ici !
— Non s'il vous plait ! Détachez-moi, je vous en supplie !!

Ses pleurs et ses cris n'eurent strictement aucun effet. Son kidnappeur repartit en direction de son véhicule afin de quitter les lieux.

En entendant à plusieurs reprises des voitures passer au loin, elle comprit qu'elle se trouvait à proximité d'une route passante, ce qui l'encouragea à crier sans discontinuer. Voyant que ses tentatives d'appels au secours n'avaient aucun effet, elle rentra peu à peu dans un état de folie en cassant la niche à coups de pied. Elle récupéra l'une des planches en bois pour essayer de briser sa chaîne sans que cela ne produise le moindre résultat. Après cet essai infructueux, elle tenta de deviner le code de son cadenas. Au hasard, elle essayait de trouver cette combinaison à quatre chiffres qui pourrait la délivrer. Du simple 1234 à diverses dates de naissance lui venant en tête, Camille resta bloquée ici malgré ses nombreuses tentatives désespérées.

Pendant ce temps à Lacanau, Damien, son petit ami, renouvelait sans arrêt ses appels téléphoniques, inquiet de ne pas la voir arriver. Il envoya de nombreux messages demandant qu'elle le rappelle au plus vite auxquels il n'eut jamais de réponse. Comprenant que quelque chose de grave s'était passée, son inquiétude monta très vite en imaginant un tragique accident de la route.

Jusqu'à la tombée de la nuit, Camille continuait en vain ses appels au secours et ses tentatives de déchiffrer le code du cadenas. La bouche desséchée, elle n'avait rien pour se désaltérer, ni à boire ni à manger. Plongée dans l'obscurité, elle avait comme seule compagnie ces quelques hiboux perchés sur les arbres qui orchestraient cette première soirée de captivité. Assise par terre, elle tenait dans sa main une planche de bois pour se protéger des animaux sauvages. La nuit fut longue et effrayante, elle la passa éveillée sans que la fatigue l'emporte à un seul moment. Au petit matin, elle entendit le bruit d'un véhicule arrivant dans sa direction. Elle saisit cette opportunité en hurlant à plusieurs reprises. Son espoir se brisa lorsqu'elle s'aperçut que ce n'était que son tortionnaire.

— Qu'est-ce que t'as foutu sale pute ?
— Pitié ! Laissez-moi partir, détachez-moi, je n'en peux plus !

— Réponds-moi salope, qu'est-ce qui t'as pris d'avoir détruit ta niche ? Tu vas me répondre bordel ?

Sans réponse de sa part, il lui asséna plusieurs coups de pied dans la tête en lui disant de ne plus jamais recommencer. Son visage tuméfié témoignait de la brutalité subie. Il revint quelques minutes plus tard en emmenant une gamelle d'eau et des croquettes de chien. Assoiffée, elle trempa sa langue dans le récipient pour boire. Malgré sa faim, elle n'osa pas manger la nourriture canine par dégoût.

Durant cette matinée, son bourreau, armé d'un marteau et de clous, reconstitua la niche. Toujours dans l'espoir d'être écoutée, elle n'eut de cesse de lui demander de la laisser partir en essayant de le sensibiliser.

— La chaîne me fait extrêmement mal au cou, est-ce que vous pouvez me la desserrer un peu s'il vous plait ? J'ai vraiment du mal à la supporter.
— Tu m'as pris pour un con ? Tu crois vraiment que je vais t'enlever la chaîne ?
— Non pas l'enlever, la desserrer juste un peu s'il vous plait !
— Casse pas les couilles et ferme ta gueule.

— Pourquoi vous ne voulez pas me la desserrer ?

— Tu n'as pas compris que tu es ma chienne ? Tu n'as pas compris que je suis ton nouveau maître ? Tu veux quoi ? Que je continue à te fracasser la gueule jusqu'à ce que tu le comprennes ? Tu ne partiras jamais d'ici sale chienne !

Comprenant qu'elle ne devrait rien attendre de lui, elle se mit à l'insulter de malade mental en tentant de le gifler. Son sang ne fit qu'un tour et il se jeta sur elle pour lui arracher ses vêtements tout en l'étranglant afin qu'elle ne puisse pas se débattre. Elle fut pénétrée à plusieurs reprises par cette main s'engouffrant douloureusement dans ses entrailles. Son excitation était corrélée avec la souffrance qu'il causait à sa victime. La dureté de son érection était l'égale de la douleur engendrée. Toujours en l'étranglant de toutes ses forces, au risque de la tuer, il cracha sur son visage en jouissant dans son vagin.

À Bordeaux, les parents de Camille n'avaient toujours aucune nouvelle de leur fille et ne parvenaient pas à la joindre. Évidemment inquiets, ils décidèrent de contacter son petit ami. Malheureusement pour eux, ce coup de fil ne fut pas rassurant, Damien ne pouvait que partager leur anxiété en expliquant qu'elle n'était jamais arrivée à Lacanau. Avec une crainte légitime, ils se rendirent à la gendarmerie pour déclarer la disparition inquiétante de leur fille. Une fois là-bas, ils ne trouvèrent pas l'aide qu'ils espéraient en se retrouvant face à une personne ne réalisant pas la gravité de la situation.

— Vous savez maintenant que votre fille est majeure, elle a toute la légitimité de faire ce qu'elle veut !

— Écoutez monsieur, ce n'est pas son genre de ne pas nous donner de ses nouvelles, mon mari peut vous le confirmer.

— Mais dites-moi, à son âge vous n'avez jamais eu l'occasion de partir faire la fête plusieurs jours ?

— Vous ne m'écoutez pas, je vous dis qu'elle devait partir voir son petit copain à Lacanau, il n'a pas eu de ses nouvelles non plus !

— Moi tout ce que je peux vous dire c'est d'attendre un peu avant de vous inquiéter !

— Attendre ? Combien de temps on doit attendre ?

— Quelques jours… après si vraiment vous n'avez toujours pas de nouvelles, revenez, on verra ce qu'on pourra faire.

Ils avaient beau tenter d'expliquer qu'elle était partie en covoiturage avec un inconnu, cela ne fit pas changer la décision du gendarme. Désemparés, ils postèrent une alerte de disparition sur les réseaux sociaux afin d'essayer d'être aidés dans leurs recherches. C'est ainsi que l'annonce fut partagée des milliers de fois en quelques heures créant par la même occasion plusieurs initiatives comme une battue organisée sur la route de Lacanau pour chercher Camille. En dépit de l'inaction des forces de l'ordre, plusieurs citoyens s'étaient mis en tête d'enquêter avec leurs propres moyens pour faire avancer les recherches.

Dans la forêt, les jours se suivirent et Christophe jouait avec les nerfs de ce qui était devenu son objet sexuel. Il lui inculquait des règles de soumission toujours plus humiliantes. Il imposait d'aboyer pour réclamer des croquettes et n'hésitait pas à la frapper si elle osait parler normalement. Elle était conditionnée dans l'inhumain, sa nouvelle vie se résumait à être attachée à sa niche en subissant des viols quotidiens. En peu de temps, elle était déjà devenue méconnaissable avec son visage et son corps parsemé d'hématomes et de plaies ouvertes. Malgré son état physique, cela n'avait aucune conséquence sur les pulsions sexuelles de son ravisseur, bien au contraire, il la désirait d'autant plus, sa libido n'avait pas de limite. Il n'exprima aucune pitié à son égard, il aimait la regarder souffrir, enchaînée et exposée sous un soleil de plomb. Pour rafraîchir sa tête, elle était obligée de la tremper dans sa gamelle d'eau. Au fil du temps, les sévices sexuels qu'elle subissait étaient de plus en plus terribles. Ses organes génitaux lui procuraient une douleur intense et son vagin était recouvert de sang séché à cause de ces tortures répétées. Elle était privée de toute hygiène, il ne la nettoyait jamais, la laissant dépérir nue. Pour éviter d'être violée, elle essaya de le dégoûter afin qu'il ne la touche plus. Elle alla jusqu'à répandre ses propres excréments sur l'intégralité de son corps comme moyen répulsif. En la découvrant dans cet état, muni d'un bâton, il se mit à la fracasser avec acharnement. Emporté par sa violence, il la pénétra avec son bout de bois. Pendant de longues minutes, il fit saigner son orifice meurtri par ces va-et-vient rapides. Il l'abandonna ensuite à ses souffrances en disparaissant avec son 4x4.

Après dix jours de disparition, les gendarmes acceptèrent finalement d'entreprendre des recherches. Avec cette forte pression populaire et médiatique, ils ne pouvaient plus fermer les yeux sur ce qu'il se passait. Les départements de la Gironde et des Landes furent quadrillés afin d'effectuer plusieurs investigations. Des initiatives bien tardives qui s'avérèrent malheureusement infructueuses.

Lors de son quatorzième jour de captivité, en pleine après-midi, Camille aperçut des canadairs survoler la forêt. À bout de force, elle essaya de crier le plus fort possible en effectuant des grands gestes avec ses mains. Christophe sortit en courant du cabanon afin d'empêcher cet appel à l'aide en lui donnant plusieurs coups de poing au visage jusqu'à ce qu'elle perde connaissance. Durant sa séquestration, elle avait perdu tous ses repères, la démence l'emportait au fur et à mesure. Chaque jour, elle tentait des centaines de combinaisons dans le but de deviner le code du cadenas, elle n'avait que ça à faire pour passer le temps. Psychologiquement elle était en train de perdre la tête, son tortionnaire la voyait se parler toute seule et rigoler comme une hystérique en disant des choses incompréhensibles. Elle s'était inventée un autre monde pour tenter d'oublier l'horreur qu'elle subissait au quotidien. Ces semaines d'actes sexuels répétés eurent comme conséquence terrible de la faire tomber enceinte. Seule dans la douleur de sa gestation, elle devait vivre avec ce bébé qu'elle ne souhaitait pas avoir. Son ravisseur ne prêtait strictement aucune attention à son ventre qui s'affirmait au fil des jours, il ne la regardait plus, se contentant de la nourrir en remplissant les gamelles chaque matin. Cela faisait déjà un petit moment qu'il ne l'avait pas violée, peut être par dégoût de ce corps de moins en moins praticable et infectieux. Cette grossesse aida Camille à combler sa solitude et à trouver les journées moins longues. Elle pouvait passer des heures à parler à son fœtus, à lui raconter sa vie et son espoir de partir d'ici un jour. Finalement, elle commença à s'attacher à ce bébé non désiré, c'était devenu son espoir pour ne pas finir seule avec son bourreau. Caressant son ventre rond tendrement, elle lui chantait des chansons pour faire abstraction de sa détresse. Séquestrée dans son imagination, elle se voyait promenant avec sa poussette en bord de mer, naviguant dans un avenir fantasmé. Cette envie d'évasion, elle pensait réellement la saisir lorsqu'elle devrait accoucher, croyant naïvement que Christophe l'emmènerait à l'hôpital le jour venu.

Ignorant le sexe de son futur enfant, Camille avait une intuition profonde que ça serait une fille, elle avait déjà trouvé un prénom, elle l'appellerait Carla. Dans sa tête, elle passait en revue son entourage afin de choisir qui pourrait être le parrain et la marraine de sa descendance. Elle pensa à Sandra, l'une de ses cousines, elles ont le même âge et ont fait les quatre cents coups ensemble. Toute leur enfance, elles l'ont passée à s'habiller de la même façon, au point qu'on aurait pu croire qu'elles étaient sœurs jumelles. Au fin fond de la forêt, Camille était déjà en train de préparer la chambre de sa fille en la dessinant sur le sol avec son doigt. Autant d'initiatives spirituelles qui lui permettaient de survivre. Pour protéger son fœtus de son tortionnaire, elle faisait en sorte de se positionner d'une façon où il ne pouvait pas voir son ventre proéminent, par peur qu'il ne la fasse avorter de force. À chaque fois qu'il se déchaînait sur son corps, elle prenait soin de bien placer ses mains pour éviter un drame.

L'hiver fut une période très difficile à vivre pour la jeune femme, toujours enchaînée à l'extérieur, elle n'avait en guise de confort qu'une pauvre couverture pour couvrir sa nudité. Complètement frigorifiée, elle devait rester, toutes ses journées, recroquevillée dans sa niche. Elle voyait de moins en moins Christophe, il ne venait plus que deux à trois fois par semaine pour la nourrir. Ses absences étaient un soulagement. Elle évitait ainsi le risque de perdre son bébé en se faisant martyriser. Cette grossesse était un véritable chemin de croix, dans la douleur et l'horreur, son état de santé était très préoccupant, sa survie elle ne la devait qu'à cette envie de mettre au monde Carla. Elle devait affronter des démangeaisons insupportables avec ses cheveux grouillant de poux et autres insectes, sans parler de ses nombreuses plaies surinfectées. C'était devenu, ce qu'on pourrait imaginer, une morte vivante. Cela relevait même du miracle qu'elle n'ait pas encore fait de fausse couche dans ces conditions dramatiques. Elle ne se reconnaissait plus quand elle observait son reflet à travers les flaques d'eau, sa nouvelle apparence l'effrayait terriblement.

Ses parents avaient depuis peu arrêté leurs recherches, épuisés par la charge émotionnelle de la situation et découragés à l'idée de ne jamais la retrouver. Comme résignés, au fond d'eux, ils avaient cette certitude que leur fille était décédée depuis longtemps. Ils n'avaient plus aucune combativité en se laissant aller dans une grande détresse. Le deuil était toutefois impossible à faire sans le corps de Camille, il ne pouvait qu'attendre un triste dénouement pour mettre fin à ce cauchemar.

Presque un an après sa disparition, le quatre juin deux mille neuf au matin, les contractions furent nombreuses et douloureuses. La pauvre était seule en train de perdre les eaux. Un accouchement dans les cris et l'angoisse. Sans aucune force lui permettant d'expulser son bébé, cette dernière épreuve fut terrible. Prise de vertiges, la jeune femme manqua de s'évanouir à plusieurs reprises.

Après environ une heure d'effort, la tête du nouveau-né commença à sortir de son vagin. Avec ses mains, elle extirpa le reste du corps retenu par le cordon qu'elle n'arrivait pas à couper. Elle resta ainsi allongée au sol avec son enfant dans les bras qui était miraculeusement en vie. Son intuition s'avérait juste, c'était bien une fille. En fin de journée, son bourreau débarqua dans la forêt et découvrit Camille en sang avec le nourrisson en pleurs enveloppé dans sa couverture. Sans un mot, il partit dans la cuisine chercher un couteau de boucher et coupa le cordon ombilical d'un coup sec et en profita pour décapiter aussitôt le nouveau-né. Elle était hystérique et lui demanda de la tuer immédiatement. En pleurs, elle fit face à la tête de Carla tombée à proximité. Sa chaîne était trop courte pour qu'elle puisse la récupérer.

Mourir était devenu une priorité absolue, elle ne pouvait plus vivre dans ce monde une seule seconde. De toutes ses forces, elle se frappa le visage contre la pointe d'un clou rouillé sortant d'une planche en bois. Déchaînée, elle s'enfonça à plusieurs reprises la tige métallique dans le crâne et se perfora l'œil droit. Elle perdit connaissance en s'effondrant à côté du petit cadavre. Quelques heures plus tard, elle reprit conscience sans avoir trouvé d'échappatoires à sa souffrance. Fortement diminuée, la peau sur les os, elle avait perdu près de vingt kilos. Sans aucune énergie, elle resta assise en train d'agoniser. Elle continuait à parler à sa fille décapitée en lui disant qu'elle aurait voulu lui faire découvrir pleins de choses. Elle n'avait de cesse de lui demander pardon de n'avoir pas pu la sauver.

En pleine nuit, Camille entendit des animaux sauvages s'approchant vers elle, ayant peur qu'on dévore le corps de sa fille, elle se mit à hurler en protégeant le cadavre dans sa couverture. Au petit matin, la tête du bébé avait disparu. Depuis cet acte criminel, elle n'avait plus revu son ravisseur, huit jours qu'il n'était pas revenu lui emmener sa gamelle de croquettes. Il ne revint plus jamais. Christophe avait trouvé la mort sur la route lors d'une collision fatale, un face à face avec une voiture qui ne lui laissa aucune chance. Se retrouvant désespérément affamée, elle fut contrainte de dévorer son placenta pour survivre. Les jours suivants, elle lécha le sol pour se rassasier du manque de nourriture. Peu de temps après, elle décéda enchaînée à sa chaîne.

C'est un randonneur perdu qui tomba cinq mois plus tard sur ce corps attaché en décomposition. La scène était cauchemardesque. Après autopsie, l'ADN du cadavre fut extrait afin de le comparer à celui des parents de Camille, la police avait tout de suite eu cette intuition. Il était impossible de la reconnaître, son visage était en bonne partie dévoré. Après quelques jours d'attente interminable, le résultat fut sans appel et le dénouement terrible. Une marche blanche se déroula avec comme point d'arrivée l'emplacement où fut découvert son cadavre, au cœur de la forêt environnante de la ville de Biscarosse. Elle était séquestrée tout au bout de ce petit chemin privé se trouvant au bord de la route départementale. Une planque bien cachée que personne ne pouvait trouver facilement. En identifiant le propriétaire de ce terrain, Christophe apparut comme le suspect numéro un. Seule sa femme devenue veuve témoigna de ses absences répétées et injustifiées. Elle se doutait que son mari la trompait, mais pas de cette façon, d'ailleurs elle eut beaucoup de mal à croire qu'il avait pu être capable de cela. C'est en fouillant son ordinateur que la police trouva dans son historique et dans ces e-mails qu'il était bien inscrit sur le site de covoiturage avec comme dernier trajet la ville de Lacanau le douze juillet deux mille huit, date de la disparition de Camille. La femme de Christophe devait se reconstruire auprès de ses deux enfants après avoir fondé une bonne partie de sa vie avec un sadique de la pire espèce. Cet accident mortel laissa planer plusieurs zones d'ombre sur cet homme à l'allure si ordinaire en s'interrogeant s'il avait pu faire d'autres victimes.

Je roule en direction de ce que fut le lieu de captivité de Camille, mon GPS m'indique que ma destination ne se trouve plus qu'à cinq minutes. J'ai rentré les coordonnées exactes afin d'arriver précisément là où son corps fut découvert. Tout au long de la route D146 se trouve plusieurs chemins, je suis dans l'incapacité de deviner lequel est le bon. Devant l'un d'entre eux, je repère plusieurs bouquets de fleurs fanés, je me gare devant en me rendant compte que c'est un lieu de recueillement en mémoire de la jeune victime. Il y a même encore une photo d'elle jaunie par le temps qui se trouve accrochée sur une croix en bois. Un hommage qui me fut bien utile afin de me repérer. Malheureusement, le chemin est inaccessible en voiture, un arbre est tombé au-dessus, barricadant l'accès par la même occasion. Je vais devoir continuer à pied sous la pluie. Pour l'instant, après quinze minutes de marche, je ne trouve toujours aucune maison. Une fois mes chaussures entièrement imbibées de boue, j'aperçois au loin un cabanon, ça doit être celui du tortionnaire. Je vais découvrir à quoi il ressemble car jusqu'ici, le lieu a toujours été décrit dans la presse ou reconstitué sans avoir montré d'images authentiques. Hélas, il ne reste plus grand-chose de cette petite maison en bois, elle est bien saccagée et presque intégralement effondrée, la tempête a réussi en partie à la faire disparaître. Je ne peux même pas rentrer à l'intérieur par peur de me prendre une planche en pleine tête. De toute évidence, vu comme ça, je n'ai pas l'impression de louper grand-chose. La niche n'est plus présente non plus, mais en guise de réconfort je trouve ce qui semble être la chaîne métallique avec laquelle Camille était attachée. Elle a juste été coupée afin de libérer le cadavre. Voir ce vestige encore accroché dans la dalle en béton fait froid dans le dos.

Déjà bientôt seize heures et je dois me rendre dans la ville de Pau où j'ai réservé un hôtel pour y passer la nuit, je ne m'attarde pas plus ici en rejoignant mon véhicule afin de faire les deux cents kilomètres qui me séparent de la capitale du Béarn. Dans cette prochaine étape, je dois explorer un château abandonné situé à Lescar, une ville se trouvant à quelques kilomètres de Pau.

UNE MISE EN BOUCHE REGRETTABLE

Il est presque dix-huit heures, la nuit est déjà tombée et je viens d'arriver dans l'avenue Jean Mermoz pour me rendre à mon hôtel bon marché. Quarante euros pour passer la nuit ici, ça reste tout de même cher payé. Je suis accueilli par une quinquagénaire ayant la voix d'une fumeuse en stade terminal, elle me donne la clé de ma chambre qui se trouve au premier étage. Pour y accéder, je dois traverser ce salon qui rassemble quelques cas sociaux du coin. Autour d'une table, ils sont en train de jouer aux cartes, pariant probablement une cigarette, ça serait déjà le gros lot pour ces gens-là. Une vision de la France d'en bas qui me fait trébucher sur la première marche des escaliers. Tout est vieillissant dans cet hôtel, il ferait paniquer le plus courageux des claustrophobes tellement c'est étroit et exigu. En poussant la porte de ma chambre, la vision de cette tapisserie des années soixante-dix et cette odeur de tabac froid me font regretter déjà de ne pas passer la nuit dans ma voiture. Il faudrait peut-être que j'éteigne la lumière pour soulager ma peine et éviter de voir en détail l'état de la literie. C'est si mal insonorisé que j'entends les ivrognes parler dans le salon. Malheureusement, ce n'est pas le panorama qui va me permettre de m'évader d'ici. Sur le trottoir d'en face se trouve un clochard assis avec son chien en train de faire la manche. Les gens passent devant sans lui prêter la moindre attention. En même temps, il garde un vieux berger allemand en guise de mignonnerie, il faudrait qu'il investisse en récupérant un chiot s'il veut au moins atteindre l'empathie des enfants. Il doit obligatoirement renouveler son outil de travail pour augmenter ses bénéfices. Le mendiant est pétrifié de froid malgré le fait qu'il se blottisse contre son chien, sa fourrure animale ne l'aide pas beaucoup à surmonter cette température glaciale. En levant sa tête vers ma fenêtre, il remarque que je l'observe, il me sourit en me faisant un salut de la main. Aussitôt, je referme mes rideaux. Je déteste cette fausse amabilité pour quémander ensuite.

Prenant soin de ne pas rentrer sous les draps, je m'allonge et m'endors assez vite sur le lit après avoir passé cette première journée sous la pluie. Il est vingt-deux heures lorsque je me réveille après avoir entendu les alcooliques de l'hôtel s'engueuler, un sursaut dans mon sommeil qui me déclencha un appétit féroce. Je décide alors de prendre ma voiture pour aller becqueter quelque chose. Je traverse désespérément les grandes artères de Pau sans trouver un seul restaurant ouvert, mon choix se limite donc à la pizzeria à emporter, au kebab malfamé ou au McDonald's de l'avenue Alfred Nobel. Sans trop d'hésitation, je vais me réfugier chez l'américain. Malgré l'heure, il y a encore pas mal de monde dans le fast-food, pas si étonnant vu que ça doit être le seul pôle d'attractivité de la ville. Assis tout au fond de la salle avec mon Big Mac et mon gobelet de Sprite, j'observe attentivement la célébration d'un anniversaire. La personne doit avoir la trentaine et fête son obésité morbide ici. Assurément, cette femme a un sens de l'autodérision sans aucune limite. Le manager, bon prince, lui apporte une glace en cadeau, elle est toute contente, c'est le plus beau jour de sa vie, de la bouffe en plus. En trempant mes frites dans le ketchup, je la vois se diriger vers moi avec son chapeau pailleté rigolo sur la tête. Pris de panique, je cache comme je peux mon repas par peur d'être une victime de sa faim incontrôlable. Son anniversaire n'a aucune importance pour moi, je réserve à mes frites un meilleur destin. Ce n'était qu'une fausse alerte, elle se rend aux toilettes pour évacuer son cocktail coca hamburger, c'est ce qu'on appelle l'instant dégraissage. Insatiable, elle a tout de même jeté un regard complice sur le dernier morceau de mon Big Mac. Après dix minutes dans les WC, la voilà en train de sortir avec son débardeur moulant bien trop court pour ce cageot. Assumant de trop bouffer, elle exhibe son immonde bide afin de nous envoyer comme message qu'elle nous emmerde avec son poids. J'imagine qu'avec ce tour de taille, son taux de cholestérol doit battre des records. Je lui donne encore cinq années à vivre, un temps suffisant qui peut permettre aux agents des pompes funèbres de se muscler afin de porter un tel convoi exceptionnel. Par curiosité, à son passage devant ma table, je lui souhaite un joyeux anniversaire en lui tendant une frite froide qu'elle attrape et mange sans me regarder, une véritable poubelle ambulante. Sans hésiter, elle pouvait manger une frite après sa glace. Sa poitrine se confond avec son ventre, ce truc ne ressemble plus à rien, ce n'est plus qu'une mixture de graisse. La voilà une nouvelle fois à la caisse en train de commander un autre hamburger, ça en devient presque fascinant. Sa frustration sentimentale et sexuelle est comblée dans ce qui peut être de plus gras et calorique. Assise en prenant toute la place sur la banquette, elle ne laisse de toute façon aucune place à un possible compagnon. C'est dommage, elle pourrait avoir une opportunité avec l'autre gros lard assis plus loin, ça pourrait former un beau couple. Le seul problème résiderait dans le fait de ne pas pouvoir baiser ensemble. Le pénis et la chatte engloutis dans la graisse, ça limite forcément les possibilités de copulation. De toute façon, ils sont trop occupés à bouffer pour penser à ça. Pour parfaire le tableau, la grosse a même de la moustache, je la vois d'ici. À ce niveau d'immondicité visuelle, je peux comprendre qu'elle n'ait pas d'intérêt à se faire épiler, pourquoi donc subir une souffrance inutile.

Après avoir fini mon soda, je décide de quitter ce lieu de débauche alimentaire, ma nuit à Pau ne pouvait être plus glauque. Une fois devant mon hôtel, je me rends compte que la porte d'entrée est fermée à clé. J'ai beau taper à plusieurs reprises contre les vitres, personne ne se manifeste pour m'ouvrir, les lumières sont toutes éteintes. Je téléphone immédiatement pour indiquer ma présence. J'entends les sonneries à l'intérieur sans que personne ne prenne la peine de décrocher. Il fait extrêmement froid, je dois me résoudre à rejoindre ma voiture et attendre qu'une personne rentre ou sorte de l'hôtel pour m'y engouffrer. Une attente vaine qui me condamna à m'endormir derrière mon volant.

Au petit matin, je suis réveillé par une dispute entre deux ivrognes, je ne comprends pas ce qu'ils disent mais ça n'a aucune importance. En colère, je me dirige vers l'hôtel et demande des explications. La gérante aux dents jaunies me dit être confuse et qu'elle avait oublié de me préciser qu'il fallait que je réclame la clé de l'établissement avant de sortir le soir. Elle me rembourse ma chambre en me renouvelant ses excuses.

Sans trop vouloir m'attacher à cette ville exécrable, je décide de me rendre à Lescar, une commune limitrophe, afin de voir un château qui devait être le symbole du renouveau, d'un changement de vie pour ce couple de parisiens. Hervé et Magalie souhaitaient depuis longtemps quitter cette capitale devenue trop éprouvante à vivre. Après des mois de recherche, le coup de cœur apparut à huit cents kilomètres de la tour Eiffel pour ce domaine situé dans le Béarn. Il n'était pas en très bon état, cela faisait presque dix ans qu'il était en vente sans avoir eu d'offre d'achat. Le couple découvrit, à l'intérieur de la demeure, des salles de classe encore dans leur jus, le lieu était à l'époque une école communale. Ils vécurent à cet instant un incroyable retour en arrière en lisant les prénoms des élèves inscrits à la craie sur les tableaux.

L'investissement pour le réhabiliter était conséquent, il y avait beaucoup de travaux à réaliser. Ils étaient partis pour des années de galère. Le charme de la propriété opérant, ils l'acquièrent sans trop d'hésitation. Hervé était directeur d'exploitation d'une banque régionale tandis que sa femme était mère au foyer et s'occupait de ses deux filles, Clémence, huit ans et Sophie, âgée de six ans. Le sacrifice était important, le chef de famille devait se rendre régulièrement à

Paris pour ses obligations professionnelles tout en devant assurer ce gigantesque chantier. En peu de temps, l'ambiance au sein du couple se dégrada, Magalie reprochait avec insistance qu'il délaisse les travaux du château. Ce qui devait être un nouveau départ devint rapidement une menace de stabilité pour la famille. Des dépenses importantes imprévues et un emploi du temps stressant qui finit par créer un climat délétère. Sans jamais pouvoir récupérer de ses semaines de travail, Hervé passait ses week-ends à entretenir ce château qui s'était transformé en cauchemar. L'avancée du chantier se faisait en fonction de leurs finances qui leur permettaient de faire intervenir des professionnels comme pour la réfection de la toiture. Toutefois, ils faisaient le nécessaire pour faire tout eux-mêmes, ce qui était fastidieux pour ces bricoleurs du dimanche. En priorité, ils avaient rénové le rez-de-chaussée et les chambres, délaissant ainsi les étages supérieurs, ce qui rendait la chose atypique. Il y avait à la fois l'aspect habitation et le côté désaffecté du deuxième étage avec les classes de l'ancienne école. Le temps d'attendre que sa nouvelle mutation soit effective, Hervé n'avait pas d'autre choix que de passer sa semaine à Paris dans une chambre d'hôtel à côté de son travail, les allers-retours quotidiens étaient devenus trop éprouvant à gérer.

Un rythme épuisant qui n'était pas sans conséquence. Sexuellement, c'était le calme plat, Magalie, trop préoccupée par les travaux, avait sacrifié sa libido. Une situation évidemment pesante pour son mari. La masturbation était devenue son seul exutoire jusqu'à ce qu'il craque et cède à la tentation. Un vendredi soir, en rentrant de Paris, au volant de sa voiture récupérée à l'aéroport de Pau, il passa devant la camionnette blanche d'une prostituée à la sortie de la ville d'Uzein. Ce n'était pas la première fois qu'il la voyait, elle faisait partie intégrante du paysage. Mais ce soir-là, peut-être avait-il un peu trop aperçu son décolleté illuminé par des néons rose fluo, ce qui lui provoqua une excitation soudaine. Instinctivement, il fit demi-tour pour céder à la luxure. À la fois excité et fébrile à l'idée de franchir un cap qu'il n'aurait jamais imaginé, il demanda en bégayant le prix d'une passe.

— Bonsoir, c'est… euh… c'est combien ?
— Tu veux quoi exactement chéri ? Me baiser ou juste une pipe ?
— Euh… une pipe et on verra après.
— C'est vingt euros avec préservatif et trente sans !
— D'accord… bon ben je choisis la fellation avec préservatif.
— Monte !

— J'ai qu'un billet de cinquante euros, vous
avez la monnaie ?

— Oui ne t'inquiète pas chéri, monte me
rejoindre.

Couché sur un matelas usé par le temps, entouré
d'emballages de préservatifs et de lubrifiants,
Hervé fut déshabillé entièrement.

— Je suis très excitée ce soir, je vais te sucer
sans capote pour le même prix.

— Ah bon… merci c'est gentil.

Sa bonne conscience le refroidit en un instant, lui
habitué ordinairement à fréquenter un milieu
nettement plus raffiné se retrouvait là-dedans,
dans cet univers malodorant dans lequel la senteur
d'un déodorant bon marché combattait avec
difficulté les transpirations consécutives de ces
mâles en rut. Pendant la fellation, la prostituée le
regarda fixement ce qui le mit très mal à l'aise. Elle
caressait tendrement son torse en lui léchant le
gland. Terriblement gêné, il souhaita mettre un
terme à ce rapport. Elle insista pour le faire éjaculer
afin de terminer correctement son travail. Toujours
en train de le fixer, elle le masturbait activement en
faisant des petits bisous sur sa verge. L'homme
déversa ses spermatozoïdes sans panache. La

semence encore dans la bouche, elle lui déclara sa flamme.

— Je t'aime !
— Pardon, qu'est-ce que vous avez dit ?
— Je t'aime !
— Mais... pourquoi vous me dites ça ?
— Parce que je t'aime chéri, je veux faire ma vie avec toi.
— C'est une blague ou quoi ?
— Tu es déjà marié ?
— Ça ne vous regarde pas.
— Si tu viens me voir, c'est que ta femme n'assure pas non ? Moi je veux t'offrir le bonheur, je te sucerai comme ça tous les soirs.
— C'est n'importe quoi ce que vous dites !
— Ah oui ! Elle te lèche les couilles comme moi ta femme ?

Écœuré par cette pute sentimentale avalant son foutre avec délice, il se rhabilla précipitamment en balançant à son visage un billet de cinquante euros. Sans lui dire un mot, il monta dans sa voiture afin de rentrer chez lui. Sur la route, il remarqua à travers son rétroviseur les phares d'un véhicule le suivant depuis un moment. Il accéléra par peur d'être attaqué sans qu'il n'arrive à le distancer. Arrivé devant le portail de son château,

Hervé vit la camionnette s'arrêter également, c'était la prostituée.

> — Mais qu'est-ce que vous faites ? Vous êtes folle ? Partez immédiatement.
> — Tu m'invites à boire un dernier verre chez toi ?
> — Je suis un homme marié, partez je viens de vous dire !
> — J'ai encore envie de toi.
> — Non, allez partez d'ici ou je porte plainte pour harcèlement.
> — Ça se voit, toi aussi tu as envie qu'on baise, allez monte on fait ça vite fait.
> — Bon j'ai compris je vais appeler les flics.
> — Je t'aime et je t'aimerai jusqu'à ma mort.

Excédé par cette tapineuse encombrante, il donna un billet de cent euros en lui demandant de s'en aller et de ne plus jamais revenir sinon il porterait plainte sans hésiter. Les larmes aux yeux, elle déchira le billet en plusieurs morceaux et s'en alla. Dans son lit auprès de sa femme, Hervé fut dans l'incapacité de trouver le sommeil. Cette dernière heure était tellement improbable qu'il se repassait à plusieurs reprises le film dans sa tête. La première fois qu'il fit preuve d'infidélité, cela s'était passé dans un camion dégueulasse avec une pute détraquée. Il passa une nuit blanche à stresser en imaginant que son épouse puisse un jour être au courant de ce dérapage irréparable.

Le lendemain matin, pour débuter le week-end, Hervé s'occupa avec sa famille du jardin. Ensemble, ils plantèrent des fleurs et des légumes ce qui amusait beaucoup les enfants. Une matinée durant laquelle l'homme montrait des signes affectifs envers Magalie, l'embrassant et lui caressant le visage, comme s'il avait peur qu'elle ne se rende compte de quelque chose. Des gestes inhabituels qui étonnèrent l'intéressée car ils étaient devenus inexistants ces derniers mois. Pendant la plantation des tomates, des coups de klaxon répétés attirèrent leur attention. Sur la route qui bordait le château, une camionnette blanche passa en roulant doucement, Hervé la reconnut sur-le-champ, c'était encore la prostituée. Il peinait à dissimuler son malaise.

— Qu'est-ce que tu as chéri ?
— Non rien… J'ai mal à la tête, je vais dans la chambre me reposer un peu.

L'homme marchait en tremblant, conscient qu'une menace tournait autour de lui, il se savait piégé et sans solution pour arrêter cette spirale infernale. Porter plainte équivalait à mettre en lumière cette nuit de vices et ferait exploser son foyer, il ne pouvait strictement rien faire, juste espérer qu'elle finisse un jour par passer à autre chose.

Il resta cloîtré des heures sur son lit jusqu'à ce que sa femme aille le chercher pour lui dire qu'une personne demandait de l'essence pour son véhicule tombé en panne. En descendant les marches, il aperçut la traînée qui attendait devant la porte. À la limite de s'évanouir, il s'avança la peur au ventre, imaginant un règlement de compte tant redouté.

— Qu'est-ce que vous voulez ?
— Bonjour, excusez-moi de vous déranger, je suis en panne d'essence et je voulais…
— Continuez votre chemin, il y a une station-service à moins d'un kilomètre, elle se trouve après la sortie du village.
— Un kilomètre ? Ça fait loin.
— C'est à moins d'un kilomètre je viens de vous dire.
— Je n'ai pas envie d'abuser de votre gentillesse, mais est-ce que ça serait possible de m'accompagner ? Je vais avoir du mal à ramener mon baril d'essence, il va être trop lourd.

C'est ainsi qu'il se retrouva une nouvelle fois seul avec ce qui était devenu son pire cauchemar. Sur la route, elle avoua qu'elle n'était pas en panne et avait juste voulu avoir l'opportunité de faire connaissance avec sa femme. À bout, il voulait savoir pourquoi elle agissait ainsi. En guise de réponse, elle tenta de l'embrasser de force. Pointant son doigt vers elle, il lui intima l'ordre de disparaître. La catin repartit comme si de rien n'était au volant de sa camionnette devant la femme et les filles d'Hervé.

Pendant le repas, il ne mangea rien, trop préoccupé par sa prédatrice, il était ailleurs, isolé dans son angoisse. Quand il était à Paris, Hervé pensait constamment à cette prostituée qui pouvait venir en son absence chez lui et tout raconter à sa femme. Au travail, il n'était plus du tout concentré, ses collègues remarquaient qu'il n'était pas dans son état normal. Enfermé dans ses angoisses, comment pouvait-il expliquer sa situation inextricable. Cela était impossible.

Un soir vers vingt-deux heures, en rentrant à son domicile, il passa comme d'habitude devant l'emplacement de la camionnette. Avec surprise, il s'aperçut qu'elle n'y était pas, mais le soulagement fut de courte durée. Arrivé devant son château, il remarqua qu'elle s'était garée en face pour l'attendre. Au cas où il ne l'avait pas vue, elle fit même des appels de phares. Jouant l'indifférence, il ne se retourna pas et rentra chez lui. Devenu paranoïaque, il vérifia que toutes les portes et les fenêtres étaient bien verrouillées. Un sommeil perturbé par des cauchemars, avec toujours la même protagoniste comme élément principal, il s'imaginait se réveiller dans son lit auprès de la prostituée. Sa femme était dépassée par sa nervosité, pensant naïvement que c'était son travail et les travaux qui le perturbaient comme ça.

Le lundi suivant, il appela comme d'habitude sa femme pour avoir des nouvelles.

— Ça va chérie ? Tout se passe bien ?
— Oui tout va bien, je ne vais pas tarder à récupérer les filles à l'école.
— D'accord… Rien de spécial sinon ?
— Non, j'ai continué à jeter des trucs du grenier, j'ai dû remplir dix sacs plastiques de déchets.
— C'est déjà une bonne chose de faite.
— Ah oui et il y a eu la dame que tu as aidée pour son essence qui est revenue !

Perdant ses moyens au téléphone, l'homme continua la conversation en bégayant.

— Mais… Pourquoi… Quand elle est passée ?

— Pardon ? Je n'ai rien compris !

— Qu'est-ce qu'elle t'a dit ?

— Elle voulait te remercier à nouveau, elle a même ramené des jouets pour les filles !

— Et c'est tout ?

— Oui pourquoi ?

— Elle est encore là ?

— Non, elle est partie aussitôt.

— Écoute chérie, je te laisse, j'ai encore beaucoup de travail.

— Je t'aime, fais attention à toi.

— À quoi je dois faire attention ?

— Hein ?

— Tu me dis de faire attention !

— Ben oui, je te dis ça comme ça.

— Ah d'accord.

— Il y a quelque chose qui ne va pas ? Je te sens très nerveux en ce moment, tu commences à m'inquiéter.

— Non ne t'en fais pas, je suis juste très fatigué.

— Prends soin de toi, je t'aime.

— Je t'aime, embrasse les enfants de ma part.

Il comprit que la menace était vive sans savoir sous quelle forme elle allait se mettre à exécution. Son idée était de fuir, de déménager et d'abandonner sa propriété afin de protéger sa famille de cette psychopathe. Il passa une semaine déplorable à son travail en imaginant toutes sortes d'hypothèses qui pourraient mettre fin à sa vie de famille. Cumulant les nuits blanches, l'homme affichait une mine déconfite. Ce vendredi soir en rentrant de Paris, la peur au ventre comme d'habitude, il remarqua la camionnette garée une nouvelle fois en face de son domicile.

En pleine nuit, le couple entendit quelqu'un frapper à la porte. Magalie paniqua en imaginant des cambrioleurs tandis qu'Hervé pensait à une autre probabilité. Par la fenêtre de la chambre donnant sur l'extérieur, ils ne virent personne devant la porte. Le matin, au petit-déjeuner, il tenta d'expliquer à sa femme son envie de déménager.

> — Ces derniers jours, j'ai bien réfléchi et je me dis que ça serait bien de repartir vivre à Paris !
> — Pardon ?
> — Je suis fatigué des allers-retours pour le boulot, le mieux c'est qu'on reparte !
> — Tu es vraiment sérieux ? Tu veux qu'on reparte habiter là-bas ?
> — Oui, on revend le château et on part d'ici, c'était une erreur de venir dans ce trou perdu.

— Mais je ne comprends pas, c'était ce qu'on avait toujours souhaité non ? Et tu penses aux filles ? Elles sont bien contentes d'être ici.
— Et moi ? Personne ne pense à moi ? Tout le monde s'en fout de ma fatigue, je dois subir ces allers-retours en fermant ma gueule ?
— Mais chéri c'est bien toi qui a voulu cette vie, pourquoi tu t'énerves comme ça ?
— Parce que tu ne veux rien savoir.
— Qu'est-ce tu veux que je te dise ? Cherche un travail à Pau, c'est la meilleure des choses à faire.

Pour tenter de la convaincre, il argumenta sur le fait que les travaux du château allaient finir par les ruiner, ce à quoi elle répondit qu'il aurait fallu y réfléchir avant.

Derrière son bureau parisien, Hervé fondait en larmes, excédé, il n'arrivait plus à se contenir. Trop de pression, de peur et de menaces sur sa vie l'assassinaient lentement. Pendant ce temps-là au château, Magalie jouait avec ses filles jusqu'à ce qu'elle soit interrompue par une personne frappant à la porte. C'était la prostituée, sans un mot, elle lui enfonça un couteau en plein cœur. Clémence et Sophie n'avaient rien vu, elles étaient dans leur chambre se trouvant à l'étage. Couteau ensanglanté à la main, elle monta les marches une à une. Devant les jeunes filles, elle s'approcha tout en douceur en souriant jusqu'à les poignarder à plusieurs reprises.

À quinze heures, Hervé téléphona chez lui, il ne reconnut pas la voix de sa femme à travers ces quelques mots échangés.

— Ça va chérie ?
— Oui et toi ?
— Fatigué, comme d'habitude.
— J'ai envie de toi !
— Pardon ?

La conversation s'arrêta brusquement. À plusieurs reprises, il essaya de joindre à nouveau son domicile sans qu'il y parvienne. Immédiatement, il eut un mauvais pressentiment et décida de partir plus tôt de son travail. Arrivé au château six heures plus tard, sa peur se confirma en voyant la camionnette blanche stationnée devant son portail. En poussant la porte d'entrée, il remarqua du sang répandu sur le sol. La télé était allumée, il s'approcha du salon et aperçut, de dos, sa femme et ses deux filles assises. Il les appela mais personne ne se retourna. Arrivé face à elles, il découvrit avec horreur ses enfants égorgés avec la prostituée affublée des cheveux de sa femme. Elle avait scalpé le haut du crâne de Magalie. Paniqué, il essaya de prendre la fuite mais fut rattrapé sur le coup. Hystérique, à coups de marteau, elle lui défonça la boite crânienne. Le château devint en un instant une boucherie humaine. Après avoir tué toute la famille, elle prit le temps d'effacer ses traces avant de partir. Il fallut attendre deux jours pour que la tuerie soit découverte par un habitant du village, interloqué de voir depuis un moment la voiture d'Hervé garée devant le portail avec la porte ouverte. En entrant, il découvrit avec stupeur les atrocités commises. Il aura fallu près de trois ans pour que la meurtrière soit inculpée. Elle avait fait l'erreur d'avoir fait des confidences à l'une de ses amies prostituées, c'est donc grâce à une langue de pute que l'affaire livra tous ses secrets.

J'arrive à Lescar en reconnaissant facilement le château, j'avais vu de nombreuses photographies sur internet. Les volets sont clos, le jardin n'est vraisemblablement plus entretenu depuis longtemps et la boite aux lettres est bondée de publicités périmées. Je fais le tour du domaine pour voir si j'ai la possibilité de m'approcher un peu plus. Un vieil homme promenant son chien m'observe et se dirige vers moi. Encore un vieillard qui cherche une oreille à qui parler, il pourra peut-être me donner des informations sur cette demeure inhabitée.

> — Bonjour Monsieur.
> — Bonjour.
> — Vous êtes intéressé par le château ?
> — Oui tout à fait, en passant devant par hasard j'ai été intrigué, il est abandonné ?
> — Oula oui, ça doit faire maintenant une vingtaine d'années, c'est dommage de laisser un tel patrimoine à l'abandon !
> — En effet c'est dommage.
> — Vous savez monsieur, à l'époque c'était une école et j'ai moi-même été élève ici ! Que de souvenirs !
> — Apparemment d'après ce qu'on m'a dit les anciens propriétaires ont été assassinés, vous en savez plus ?
> — Assassinés ? Les anciens propriétaires ?
> — Oui, l'histoire avec la pute !
> — Mais qu'est-ce que vous me racontez ?

Faussement étonné, il fit semblant de l'apprendre à l'instant. Ça ne m'étonnerait pas qu'il fût lui-même allé baiser dans le camion de la prostituée, ce qui expliquerait sa gêne palpable. Je profite qu'il ramasse la merde de son yorkshire pour continuer mon chemin. Je découvre qu'à l'arrière le mur est à moitié effondré, je m'y engouffre en regardant s'il n'y a pas un autre octogénaire cherchant à me causer. Je marche dans les ronces et dans les orties, c'est une vraie jungle.

L'intérieur du château a l'air impénétrable, les volets sont cloués et la porte cadenassée, par chance une petite entrée donnant sur le sous-sol est ouverte. Lampe torche à la main, je trouve un escalier me permettant d'atteindre le rez-de-chaussée. L'atmosphère est lourde, je trouve encore des vieux pots de peinture posés par terre, témoignage d'un chantier qui resta inachevé. L'état général est désastreux, il y a des infiltrations d'eau partout et de la moisissure sur les murs, sans parler d'un pillage certain et d'un vandalisme outrageant la mémoire de ses derniers occupants. Le salon est sens dessus dessous, il y a beaucoup d'objets personnels de la famille disparue qui sont mélangés à des déchets de squatteurs. Je me risque à mettre mes mains dans ces immondices pour y sortir des photos d'enfants. Ce sont certainement Clémence et Sophie, les filles du couple. L'odeur est insupportable, un mélange d'urine, d'excréments et d'humidité. J'ai du mal à supporter cette visite. Je monte à l'étage et découvre encore une ancienne salle de classe qu'ils n'avaient pas eu le temps de réaménager. Je quitte le château en effectuant quelques photos pour l'immortaliser. Le grabataire me remarque à nouveau, j'occulte volontairement ses appels, je n'ai pas le temps de parler. Ce soir, je dois me rendre à Perpignan pour aller en boite de nuit afin de rendre hommage à une jeune femme qui fut violée là-bas, il y a de cela quelques années.

NUIT TRAGIQUE AU CÉSAR PALACE

La discothèque que je vais aller voir a changé de nom à de multiples reprises pour faire oublier son passé tragique. Elle est même restée quelques années à l'abandon, c'est à travers la presse locale que j'ai lu qu'elle avait été réhabilitée depuis peu de temps.

Il est dix-huit heures trente, j'arrive à Perpignan, le night-club se trouve à quelques kilomètres d'ici, dans la ville de Cabestany. Je vais patienter jusqu'à minuit en prenant le temps de manger quelque part. Au premier feu rouge, je suis déjà attendu par des mendiants. Je sors mon téléphone de mon sac pour faire semblant d'être en communication afin de les ignorer. Ceux-là sont coriaces, ils tapent à ma vitre sans se soucier un seul instant de la possible importance de mon appel téléphonique. Je les regarde, c'est une femme et son enfant en train de tendre la main vers moi, la mère fait mine de vouloir manger et son gosse complice essaye de m'attendrir. Derrière ma vitre bien fermée, j'explique que je n'ai rien sur moi et que je n'ai pas d'argent à donner. Le petit crasseux observe mon tableau de bord et me montre avec son doigt dégueulasse une pièce d'un euro se trouvant dessus. Le feu est toujours rouge, j'ai l'impression d'être séquestré sur le bitume. Ils partent voir la voiture derrière moi sans me saluer. Le feu tricolore passe enfin au vert, toujours le téléphone greffé à mon oreille, un policier à moto passe à côté de moi et me fait remarquer ma fausse imprudence. Cet agent ne prend même pas en compte mon stratagème pour lutter contre la misère et m'inflige une amende. J'ai réussi à esquiver de léguer une pièce d'un euro pour finalement me faire dépouiller de cent trente-cinq euros et de trois points sur mon permis de conduire. Ma virée à Perpignan me met déjà dans une humeur exécrable à cause de ces vermines venues des pays de l'Est.

Stationné sur le parking d'une boulangerie de la zone Polygone Nord, un secteur commercial quelconque et sans charme, je dévore mon jambon beurre en pensant à Jessica Cassaro, cette jeune femme de vingt-et-un ans, étudiante en photographie qui eut son destin brisé dans la discothèque du César Palace un soir de juin deux mille huit.

À cette époque, Jessica ne passait pas un week-end sans aller en boite de nuit avec ses amis, un rituel classique et alcoolisé qui se finissait généralement à l'aube. Une vie festive qui ne mettait jamais en danger ses études, elle était très appliquée dans le projet de sa vie, devenir photographe professionnelle. Elle a toujours eu cette ambition depuis toute petite lorsque son père lui avait offert un appareil photo jetable. Elle aimait photographier les instants de vie et surtout l'architecture moderne, elle parcourait le monde entier afin d'immortaliser ces endroits. Un travail artistique qu'elle diffusait fièrement sur son site internet. Elle avait même eu l'occasion à plusieurs reprises de faire des expositions dans des bars branchés de Perpignan.

Ce vingt-huit juin deux mille huit, Jessica devait se rendre chez sa meilleure amie Morgane qui fêtait ses vingt-deux ans. Tout un monde s'entassait dans son petit appartement situé dans la rue de l'Anguille, une petite ruelle étroite en plein cœur de Perpignan. Il y avait une dizaine de personnes réunies dans ce vingt mètres carrés. L'ambiance était folle, l'alcool coulait à flots et la musique animait tout le quartier. Vers minuit, tout ce petit monde s'interrogea sur la suite à donner à la soirée. L'un des convives proposa d'aller dans un bar sympa se trouvant à cinq minutes. L'idée n'apportant aucun enthousiasme perceptible, il proposa par la suite de se rendre dans la grande discothèque du César Palace. Ils partirent avec enthousiasme en voiture à quelques kilomètres de là en direction de la ville voisine de Cabestany. Vers minuit trente, ils arrivèrent dans le parking bondé de la discothèque, la file d'attente était tellement longue qu'ils se demandèrent s'ils allaient réussir à entrer. Après trente minutes d'attente et l'approbation des videurs, Jessica, Morgane et les autres découvrirent l'intérieur de la boite de nuit. Il y avait plusieurs salles thématiques en fonction de l'ambiance musicale et de l'âge de la clientèle. Le complexe était énorme, plusieurs bars et pistes de danse étaient répartis sur deux niveaux avec des statues de Jules César cohabitant dans un magnifique décor de la Rome antique. Jessica se défoulait sur la piste de danse, admirée attentivement par plusieurs mâles en chaleur. Sa beauté ne laissait pas insensible, son décolleté ravageur était devenu un objet de fantasme. Elle n'arrêtait pas de se faire draguer lourdement, au point de ne pas apprécier sa soirée. Difficile de faire abstraction de ces tentatives d'approche en subissant ces nombreuses mains aux fesses. Des tas d'admirateurs encombrants n'hésitant pas à se frotter à elle pour faire sentir leur pénis débordant de désir.

Vers quatre heures du matin, la boite de nuit se vida petit à petit tandis que Jessica se sentit soudainement en difficulté, l'alcool l'avait assommée et un terrible mal de tête la paralysait complètement. Sans demander l'aide de ses amies, elle se précipita aux toilettes pour régurgiter ce mélange alcoolisé. Accroupie devant le WC, elle se retrouva à vomir sa bile. Étant incapable de se relever, la tête toujours plongée dans la cuvette, elle sentit des mains ploter ses seins. En se retournant, elle reconnut brièvement trois hommes qui étaient présents à l'anniversaire de Morgane. Elle leur demanda péniblement de la laisser tranquille pendant que l'un d'eux verrouilla la porte et que les autres arrachèrent ses vêtements sauvagement. Impuissante physiquement, elle n'arriva même pas à crier à l'aide. Ils enlevèrent de force sa robe et son string pour la pénétrer à tour de rôle, ses pleurs n'y changèrent rien. Des grosses claques au visage et aux fesses s'abattirent sur elle, ses cheveux étaient tirés sans ménagement. Des personnes entrèrent dans les toilettes à ce moment-là et entendirent l'agitation sexuelle. Pensant à un acte consenti, ils s'exclamèrent en rigolant.

— Et les mecs, vous pouvez nous faire entrer pour qu'on puisse la baiser aussi ?

Les jeunes tapèrent à la porte chacun leur tour dans le désir de pouvoir abuser d'elle.

— Putain écoutez cette pute qui se fait sauter ! Allez laissez-nous entrer, on veut se faire sucer ! Faites tourner les gars !

Le regard terrifié de Jessica n'avait aucune conséquence sur leur excitation, ils allèrent même jusqu'à la sodomiser en l'étranglant. Son corps tremblait de partout, elle était totalement pétrifiée. Elle continuait de vomir pendant son viol en ayant beaucoup de mal à respirer. La bouche toute pleine de régurgitation, ils la forcèrent l'un après l'autre à avaler leur sperme. Malgré son état, ils n'éprouvaient aucun dégoût en la pénétrant.

Après dix longues minutes de calvaire, les trois hommes s'échappèrent en la laissant par terre entourée de ses vêtements déchirés. Jessica se leva avec difficulté afin de verrouiller la porte et resta prostrée à l'intérieur. Toute tremblante, elle essaya de cracher cette semence qui était restée en travers de sa gorge. Pendant ce temps, le disc-jockey fit des appels au micro pour annoncer la fin de la soirée. Tout le monde se précipita au vestiaire afin de récupérer ses affaires. Les amis de Jessica partirent sans accorder de l'importance à son absence. Les lumières s'éteignirent une à une et la musique s'arrêta pour laisser place à un silence pesant. Une femme de ménage arriva peu de temps après pour prendre le relais, elle devait faire face à plusieurs heures de travail pour effacer les traces de cette nuit de débauche. Un boulot de titan mais ordinaire pour cette femme tamoule bichonnant la boite avec assiduité. Traînant sa serpillière dans les toilettes, elle remarqua qu'une des portes était restée verrouillée. Elle tapa dessus pour savoir s'il y avait quelqu'un, Jessica répondit avec crainte que oui, la femme de ménage lui demanda alors de partir. Le parking était désert, il n'y avait plus personne, le jour commença à se lever. Au bord de la route, elle entama une marche de six kilomètres, les quelques voitures qui passaient ne lui prêtaient aucune attention. Jessica déambulait dehors en n'arrêtant pas de pleurer, des passants la regardaient médusés sans oser lui venir en aide.

Une fois arrivée à son domicile, en pleine crise de nerfs, elle se frappa la tête contre le mur. Sous la douche, encore tremblante, elle y resta un moment, à nettoyer en profondeur ses parties intimes. Son corps n'était plus le sien, dégoûtée à l'idée de devoir le supporter le restant de ses jours. Elle passa le dimanche clouée au lit, se sentant incapable d'agir pour dénoncer son viol. Le téléphone n'arrêtait pas de sonner sans qu'elle prenne la peine de répondre. Pour éviter que tout le monde s'inquiète, elle envoya un SMS collectif indiquant que tout allait bien. Le lendemain matin, elle ne se leva toujours pas pour se rendre à son école, angoissée à l'idée de devoir subir le regard des autres en pensant que son viol transparaîtrait. Cette honte ne la quitta plus jamais. Les jours se suivirent et se ressemblèrent, sans appétit et dans une grave déprime, son état inquiétait. Ses parents, lui rendant visite régulièrement, ne comprenaient pas ce chamboulement soudain. Elle restait muette en ne répondant à aucune de leurs questions. Depuis cet événement, sa mère venait chaque soir pour essayer de la faire manger sans succès. Toutes ses tentatives restaient vaines, sa fille se laissait mourir en gardant le silence. Naïvement, sa maman imagina une rupture sentimentale douloureuse, si loin de cette cruelle vérité.

Quatre jours plus tard, à dix-neuf heures, sa mère frappa à la porte, mais celle-ci resta close, Jessica ne montrait aucun signe de vie. Folle d'inquiétude, elle essaya désespérément de la joindre sur son téléphone. Sans tarder une seule seconde, elle appela les pompiers qui arrivèrent un quart d'heure plus tard et défoncèrent la porte après avoir frappé à plusieurs reprises. Avec horreur, ils découvrirent la jeune fille inconsciente dans sa baignoire ensanglantée. En la sortant, ils remarquèrent ses bras entaillés à différents endroits. Par miracle, son cœur battait encore, ils essayèrent de la réanimer sur place. Plusieurs boites vides de médicaments avaient été également découvertes sur le sol de la salle de bain. Arrivée aux urgences, elle fut placée dans un coma artificiel.

Une dizaine d'heures plus tard, elle se réveilla avec un horrible mal au ventre dû au lavage gastrique. Ses parents étaient à son chevet, soulagés de la retrouver en vie. Un soulagement à sens unique, elle déchanta de constater être encore présente parmi les siens. Son échappée fut un échec, rattrapée dans sa réalité douloureuse. Toujours plongée dans son mutisme, elle ne donna aucune raison sur sa tentative de suicide. Sous les conseils d'un psychiatre, elle fut envoyée dans une maison de repos car son état ne lui permettait pas de retrouver son autonomie en toute sécurité. Elle logea alors loin de chez elle, à Albertville, dans un centre adapté aux personnes souffrant de graves troubles psychiatriques. C'est ici qu'elle devait se reconstruire, se relever et entamer un nouveau départ. Ce traitement infligea une coupure totale vis-à-vis de son entourage. Ses parents étaient priés de se mettre en retrait, le temps que leur fille prenne elle-même l'initiative de revenir vers eux, un processus important qui eut beaucoup de mal à être accepté.

Au fil du temps et des jours, le grand air de la montagne commença à faire son effet. Elle passait beaucoup de temps avec un groupe à faire de longues randonnées qui lui procuraient une réelle bouffée d'oxygène. Ce n'était évidemment plus la même jeune femme festive et insouciante, cette épreuve lui avait donné une autre vision de la vie. Son passé était bien derrière elle au point que Jessica n'essaya jamais de recontacter sa famille ni ses amis, elle n'en ressentait pas le besoin. Les psychiatres ne sauront jamais réellement ce qui s'était passé, mais se doutaient bien qu'elle avait été agressée sexuellement car elle présentait toujours une certaine méfiance vis-à-vis des hommes. Une timide remise en confiance qui l'éloignait durablement de ses pensées morbides, ce qui lui permit de quitter le centre avec sérénité.

Sa décision était prise, elle resta vivre à Albertville, elle s'y sentait bien et souhaitait poursuivre sa nouvelle vie ici. Elle entama une formation pour devenir guide de randonnée, elle était devenue une passionnée de nature, cet oxygène de vie lui était maintenant indispensable. Quelques mois plus tard, elle obtint l'agrément nécessaire pour exercer ce nouveau métier. En février deux mille dix, Jessica fut chargée de former un nouveau guide de montagne, Sylvain, un quadragénaire en reconversion professionnelle. Ils parcoururent ensemble les Alpes et les Pyrénées à travers plusieurs chemins de randonnée. De longues marches difficiles et physiques, souvent accompagnées d'une météo rendant les épreuves encore plus éprouvantes. Entre eux, les rapports étaient à la fois complices et distants, Jessica mettant naturellement une barrière envers cet homme. Avec le temps, les périples s'enchaînèrent et la bonne humeur ainsi que le charme de son compagnon de montagne firent finalement petit à petit leurs effets. Ce vingt-quatre février, ils devaient escalader le mont Rose, une montée difficile avec un dénivelé très important. Le temps était catastrophique, la pluie torrentielle et les orages menaçants rendaient le parcours très accidentogène. Le pas s'accéléra, ils se laissèrent déborder par la précipitation et Jessica chuta sur un rocher. Sylvain accourut vers elle et comprit rapidement qu'elle s'était cassée la jambe droite. La situation devint chaotique. Le réseau téléphonique ne passant pas, il n'y avait aucun moyen de joindre les secours. Le randonneur abandonna son sac pour la porter sur son dos. Il devait faire preuve d'une grande concentration afin de ne pas tomber ensemble dans le précipice. En descendant quelques mètres plus bas, le duo s'engouffra sous un rocher faisant office d'abri de fortune, ils ne pouvaient plus continuer à avancer. Blottis l'un contre l'autre, cette épreuve difficile ne pouvait que les réunir d'une manière plus concrète. Ce jour-là, Jessica eut la sensation d'avoir trouvé l'homme providentiel. Ils passèrent la nuit dans le froid avec une couverture de survie. Le lendemain matin, Sylvain décida de la laisser seule pour essayer de capter un réseau téléphonique en prenant bien soin de mémoriser des repères afin de la retrouver. Dix minutes de marche suffirent pour pouvoir communiquer avec les secours. Les pompiers intervinrent dans l'heure en hélicoptère en ayant eu beaucoup de mal à les localiser. Arrivés à l'hôpital de Chamonix-Mont-Blanc, le calvaire se termina enfin. Le diagnostic ne se fit pas attendre, elle avait une fracture ouverte. Des mois de repos et de rééducation furent nécessaires pour qu'elle puisse se rétablir convenablement. Ce temps d'immobilisation, elle le passa chez Sylvain, qui fut aux petits soins envers elle, ne manquant jamais une seule occasion pour la chouchouter. Jessica n'eut d'autres choix que de se rendre à l'évidence qu'elle était bien tombée amoureuse. Un amour partagé tant il était subjugué par son charme et sa timidité séduisante. Sans précipiter les choses, ils n'eurent jamais l'un pour l'autre un geste ou un mot déplacé, les choses se passaient lentement avec beaucoup de tendresse. Elle lui raconta toute sa vie sauf son agression sexuelle au César Palace. Les premiers baisers s'échangèrent avec passion, tout en gardant une certaine réserve, trop anxieuse à l'idée de passer à l'acte.

Depuis maintenant plusieurs semaines, Jessica souffrait d'une sorte de fatigue chronique et malgré les antibiotiques prescrits, son état ne s'améliorait pas, bien au contraire. Son médecin traitant décida alors de lui faire des analyses de sang afin de faire un bilan de santé complet. Les résultats tombèrent trois jours plus tard et furent dramatiques. Une fois arrivés au cabinet médical, le docteur demanda à son compagnon de patienter dans la salle d'attente. Assise en face du médecin, Jessica se retrouva mal à l'aise en voyant la gêne de son interlocuteur.

> — Je ne vais pas tourner autour du pot, après avoir regardé vos analyses de sang, vous avez contracté le sida.
> — Pardon ?? Ce n'est pas possible !! Dites-moi que c'est une blague !

Elle s'effondra en pleurs, le médecin essaya en vain de dédramatiser la situation.

> — Calmez-vous, je sais que c'est difficile à entendre mais vous savez que des traitements existent pour continuer à vivre avec la maladie.
> — Mais ce n'est pas possible, comment cela a-t-il pu m'arriver ?
> — Vous seule pouvez le savoir, vous n'avez pas souvenir d'un rapport non protégé ?
> — Je me suis toujours protégée, ce n'est pas possible, je vous dis que ce n'est pas possible.

— Je ne suis pas là pour vous juger, maintenant il faut juste que vous fassiez attention aux autres.

Le médecin prit le temps de lui expliquer les différents protocoles qui l'attendaient, mais Jessica n'écouta même pas, elle n'était pas en mesure de le faire. Sylvain fut ensuite appelé pour qu'il vienne la chercher, sans qu'on lui explique la situation. Dans la voiture, il lui demanda ce qu'elle avait sans obtenir de réponse. Il insista, redoutant quelque chose de grave, elle lui expliqua alors en sanglots qu'elle était atteinte du sida. Choqué par cette annonce, il s'arrêta sur le bas-côté de la route, ne trouvant pas les mots, il la prit dans ses bras pour la consoler.

— Rien ne changera entre nous, je te le promets, je t'aimerai toujours.
— Tu sais bien que non.
— Je serai toujours là avec toi, on va surmonter cette épreuve à deux.
— Un jour ou l'autre, tu en auras marre et tu partiras.
— Pourquoi tu dis ça ?
— Parce que c'est la vérité et je te comprendrai.
— Je te prouverai le contraire.

Leur quotidien était alors devenu rythmé par les prises de sang et sa trithérapie. Une vie difficile durant laquelle la mort cohabitait en permanence avec le couple. Malgré de belles paroles répétées, Jessica ne se faisait aucune illusion et se rendait compte que Sylvain commençait à prendre ses distances. Il lui parlait souvent mal, s'absentait régulièrement et ne lui disait plus je t'aime comme avant, la maladie gagnait déjà la première manche. Un jour, en sortant de l'hôpital, comme à son habitude, elle attendait son compagnon pour rentrer à son domicile. Des heures d'attente sans parvenir à le joindre au téléphone. Arrivée à son domicile en taxi, elle découvrit qu'il avait récupéré toutes ses affaires ne laissant aucun doute sur son intention finale. La lâcheté eut raison de son homme. Cette nuit fut terrible, seule dans son lit, Jessica n'eut même plus l'envie de pleurer. Elle se remémora juste les bons moments qu'elle avait passés avec celui qui lui avait redonné ce goût d'aimer et d'exister. Des flashbacks de sa vie, ce soir-là, elle les vit défiler, sans filtre, le sida, Sylvain, la montagne, ses parents, Perpignan, ses anciens amis, le César Palace... et son viol. Elle n'échappait jamais à ce souvenir, à ces violeurs souillant son corps, encouragés par une masse d'hommes derrière la porte l'insultant de tous les noms. Sa vie détruite était vouée à le rester. Le sida avait trois visages ce soir-là, cette maladie, elle l'avait forcément contractée pendant le viol étant donné qu'elle avait toujours eu des rapports protégés jusqu'à ce terrible événement.

La vengeance était devenue soudainement la seule issue possible à son mal-être. Qu'étaient devenus ces trois violeurs ? Où étaient-ils ? Que faisaient-ils ? À ces questions-là, Jessica voulait absolument obtenir les réponses. Sur son ordinateur, elle s'inscrivit avec une fausse identité sur Facebook afin d'exhumer son passé. Elle chercha le profil de Morgane, son ancienne meilleure amie, par qui tout était parti. Elle la trouva inscrite sur le site et la demanda en amie en patientant de longues heures jusqu'à ce qu'elle accepte l'invitation. Elle consacra du temps à remonter le passé virtuel de Morgane, jour après jour, mois après mois, année après année. Sur un des albums photos en ligne, elle s'attarda sur celui du mariage de son ancienne amie, elle reconnaissait brièvement quelques personnes, des anciennes copines, Alice, Olga, Ornella... Beaucoup de souvenirs remontaient à la surface. Le rythme de son cœur alla en s'accélérant lorsqu'elle découvrit deux hommes en train de faire des grimaces sur une photo. Elle n'avait aucun doute, c'étaient deux de ses violeurs. La colère et la haine lui firent fermer son ordinateur avec rage. Ses violeurs avaient de nouveau un visage, leur sourire sur cette image était insupportable à regarder. De nouveau connectée sur le réseau social, elle ajouta en ami les deux violeurs pour découvrir leur vie actuelle. Une fois ce but atteint, elle passa en revue les profils de Mathieu et Gabriel, elle pouvait maintenant, après toutes ces années, mettre une identité sur les personnes qui avaient gâché sa vie. La vie de Mathieu était abjecte tant elle différait de l'acte horrible qu'il avait commis auparavant. Papa d'un bébé âgé de six mois, il était en couple avec une femme charmante, ce décalage n'était pas acceptable pour elle. Gabriel, lui, apparemment, était resté sur un principe de vie faite de sorties nocturnes et de voyages. Tous deux avaient des vies aux apparences parfaites. Jessica trouva difficilement le sommeil en pensant aux photos de Mathieu jouant avec son bébé et sa femme sur une plage idyllique. Son temps libre, elle le passa dorénavant à observer le quotidien virtuel de ses deux violeurs en ne ratant aucun détail de leur vie.

Un bouleversement eut lieu des semaines plus tard lorsque Mathieu annonça un grand événement sur son profil Facebook, la date de son mariage qui allait être célébré dans deux mois. La surprise fut totale pour son entourage. Un flot de félicitations accompagnèrent la nouvelle dans les commentaires de la publication. À la suite de cette annonce, le futur marié publia régulièrement des photos de la préparation de la cérémonie.

Le jour de l'heureux événement arriva, il était dix heures du matin, une cinquantaine de personnes se trouvaient devant le parvis de l'église Saint Paul à Perpignan. Le monde se pressait pour entrer dans l'édifice afin d'acclamer la mariée se dirigeant vers l'homme de sa vie. Tout le monde les applaudit sauf cette femme au chapeau rouge couvrant légèrement son visage, Jessica observait cette célébration en scrutant tous les invités. Pour dissiper son identité, elle était venue affublée d'une perruque rousse et d'une paire de lunettes à la monture imposante. Les mariés s'embrassèrent après le traditionnel « Oui, je le veux », le moment était magique. Les alliances furent partagées devant le sourire de leur bébé. Assis devant elle, à quelques rangs, Jessica remarqua la présence de Gabriel. Il était seul, appareil photo à la main, immortalisant ce jour unique. À la sortie de l'église, le riz fut envoyé sur le couple, les invités pleurèrent de joie tant l'émotion et la ferveur étaient grandes. Pour s'immiscer au sein de la cérémonie, Jessica n'hésita pas à partir à la rencontre de Gabriel.

— Bonjour, vous êtes de la famille du marié ?

— Non du tout, je suis un ami de Mathieu et vous ?

— Moi je suis une collègue de travail de Lucie

— Ah d'accord, et comment vous appelez vous ?

— Jessica et vous ?

— Gabriel, enchanté de faire votre connaissance !

— Enchantée également !

— Vous êtes venue seule ?

— Oui, il paraît que les mariages sont des lieux de rencontres idéales pour les célibataires !

— Vous avez parfaitement raison, à vrai dire je viens ici dans l'espoir de rencontrer de jolies femmes comme vous.

Ils sympathisèrent sans qu'il reconnaisse un seul instant cette femme qu'il avait violée des années auparavant. Dragueur dans l'âme, l'homme n'était pas insensible à cette femme venant l'aborder. Elle rigolait de bon cœur à ses blagues graveleuses et n'hésita pas à le complimenter à plusieurs reprises pour le mettre en confiance. La journée devait se poursuivre dans un ravissant château situé dans la commune de Bompas. L'après-midi était animée par un orchestre chantant les classiques des années quatre-vingt. Les invités défilèrent sur le podium pour dire quelques mots aux mariés en se passant le micro les uns après les autres. Gabriel, sur la scène, raconta quelques anecdotes rigolotes à propos de Mathieu.

— Est-ce que tu te souviens de ta première voiture Mathieu ?

De loin, le marié fit des grands signes pour qu'il ne raconte pas cette histoire.

— C'est bon il y a prescription maintenant, on peut tout dire non ?

Pour rigoler, Mathieu fit semblant de se lever pour partir.

— Allez ! Reste avec nous ! Assume !

Les invités l'encouragèrent à raconter son anecdote.

— Tu vois Mathieu, ça intéresse du monde mon histoire. Bon je vous raconte, un matin, en rentrant de discothèque, on a décidé de partir promener sans savoir où aller. Bourrés l'un comme l'autre, on a commencé à se perdre jusqu'à se retrouver au lac de Villeneuve-de-la-Raho. Là-bas je ne sais pas ce qui nous a pris, on a sauté dans l'eau pour se baigner à poil.

Mathieu rouge de honte cacha sa tête derrière un bouquet de fleurs pendant que son ami continua son récit.

— À ce moment-là, sa Peugeot 206 dévala la berge pour s'engloutir dans le lac.

Toute la salle se mit à rigoler en regardant Mathieu.

— Ah oui ! Vous pouvez rigoler, cet imbécile avait oublié de serrer son frein à main. On était dégoûté, surtout que nos fringues étaient dans la voiture. On ne pouvait rien faire, elle était déjà à moitié engloutie dans l'eau.

Mathieu arriva en courant rejoindre Gabriel sur la scène pour prendre le micro.

— Je te remercie d'avoir raconté ça le jour de mon mariage, sympa… C'est vrai que sur le coup je n'ai pas rigolé, c'était horrible… Je me souviendrai toujours du bruit qu'a fait la voiture quand elle est tombée dans l'eau… Enfin bon, j'ai pris juste le micro pour vous rassurer que depuis je suis devenu un obsédé du frein à main !

Sur cette note d'humour, le marié regagna sa place sous les applaudissements des invités.

— Que de souvenirs hein Mathieu… Je pourrais encore raconter d'autres histoires mais bon, je ne vais pas te mettre encore dans l'embarras, je tiens à rester ton ami, je vais donner la parole à quelqu'un d'autre.

Gabriel chercha une personne dans la salle et se dirigea vers Jessica pour lui tendre le micro. Mal à l'aise, elle refusa catégoriquement d'y aller, mais sous les encouragements de toute la salle, elle fut contrainte de se lever. Elle s'avança alors doucement vers la scène en ne sachant pas quoi raconter. Prise à son propre piège, elle se retrouva sur le podium à regarder les mariés et les invités, son regard croisa même celui de son ancienne amie Morgane, elle prit peur à ce moment-là d'être démasquée. Le silence fut complet, le malaise était perceptible. Elle avait les larmes aux yeux en se retrouvant dans l'épicentre de ce qui avait brisé sa vie. Tête baissée, elle exprima, en bafouillant, quelques mots à peine audibles.

— Je vous souhaite beaucoup de bonheur… et de… de… de joie et euh… une longue vie à votre couple. Toutes mes félicitations.

À peine ces quelques mots prononcés, elle posa le micro par terre pour disparaître du podium. L'orchestre prit la relève sans traîner pour remettre de l'ambiance. Les mariés s'interrogèrent alors sur l'identité de la personne qu'ils ne reconnaissaient pas.

Le soir, pendant le repas, Jessica s'était mise en retrait pour ne pas se mettre en danger, toutes les places étaient nominatives, elle attendit le bal pour refaire son apparition. Pendant le dessert, Gabriel alla voir la mariée afin de lui demander quelques informations sur sa ravissante collègue de travail.

> — Alors Lucie ! Tu aurais pu me dire que tu as invité une charmante collègue de travail !
> — Quelle collègue ? Je n'ai invité personne de mon boulot !
> — Mais si, la rousse, celle avec le chapeau rouge.
> — Il n'y a personne de mon travail je t'ai dit.
> — Je ne suis pas fou, c'est elle-même qui me l'a dit.
> — T'en es sûr que ce n'est pas une connaissance de Mathieu ?
> — Mais non, elle m'a dit Lucie, c'est toi Lucie non ?
> — Je ne sais pas quoi te dire.

— Elle a même parlé au micro sur la scène tout
à l'heure.

— Ah oui ! Effectivement, je te confirme que je
ne la connais pas et Mathieu non plus, je ne
sais pas du tout ce qu'elle fait ici.

Sidéré, il revint s'asseoir à sa table et n'arrêtait
pas de penser à cette mystérieuse personne à
l'identité trouble. La soirée se déroula dans une
super ambiance. La musique disco déchaînait les
invités sur la piste jusqu'à ce que le disc-jockey
annonce que tous les couples et tous les
célibataires devaient se rejoindre sur la piste pour
partager un slow. Une main se posa à ce moment-
là sur l'épaule de Gabriel, il se retourna et
découvrit Jessica toute souriante qui l'invita à
danser avec elle. Sans un mot, ils se retrouvèrent
l'un contre l'autre à s'adonner à une danse
sensuelle. Regard contre regard, sans tarder, ils
s'embrassèrent en se caressant le visage, la magie
du mariage opérant. Se mettant à l'écart, elle le tira
vers les toilettes pour s'y enfermer avec lui. Assis
sur le WC, elle le chevaucha en simulant
exagérément. La scène était torride, l'homme
baisait fougueusement cette belle inconnue. Avec
son collant noir, elle lui banda les yeux en
continuant à se faire pénétrer. En plein acte,
Gabriel faisait l'amour, aveuglé, à une femme qui
tenait un couteau de boucher à la main. Elle le

contempla en train de jouir et lui planta, avec force, l'arme blanche en pleine gorge. Il s'étouffa en crachant du sang tandis que Jessica continua à le poignarder. Au bout de quelques secondes, il décéda en tombant dans une mare de sang. Elle se rhabilla et enfonça son talon aiguille sur le sexe du violeur. Avant de sortir, elle prit soin de verrouiller la porte des toilettes afin que personne ne découvre le cadavre pendant la soirée. Sa robe rouge lui permit de ne pas trop faire ressortir les nombreuses taches de sang qu'elle portait sur elle.

Il était presque cinq heures du matin, peu à peu les invités restant au château montèrent dans leur chambre. Le bébé du couple dormait avec la mère de Lucie afin de les laisser tranquilles. En pleine nuit, quelqu'un toqua à la porte de la chambre des mariés, Lucie ouvrit à Jessica qui lui demanda de la suivre prétextant que sa mère n'arrivait pas à calmer son bébé. La mariée enfila prestement des habits afin d'aller voir le nourrisson. Intriguée par cette personne qu'elle n'avait jamais vue, Lucie ne put s'empêcher de la questionner.

— Je peux savoir qui vous êtes ?
— Une invitée
— Mais une invitée de qui ? Je ne vous connais pas.
— De votre mari.

— Ah bon ? Il m'a dit ne pas vous connaître, c'est bizarre non ?

— C'est le problème de baiser bourré.

— Qu'est-ce que vous racontez ? Je ne comprends rien à ce que vous dites.

— Vous allez vite comprendre !

Arrivées devant la porte de la chambre, il n'y avait aucun bruit, le silence était complet. Lucie ouvrit la porte délicatement, la pièce était plongée dans le noir, les lumières étaient éteintes. En refermant la porte à clé, Jessica alluma une lampe et Lucie découvrit avec effroi son bébé et sa mère décapités sur le lit. Sans avoir eu le temps de hurler, elle se fit trancher la gorge sur le coup. Hystérique, Jessica se déchaîna sur le cadavre en l'éventrant. Couteau ensanglanté à la main, elle monta en direction de la chambre de Mathieu afin de s'engouffrer sous les draps. En lui caressant le torse, elle descendit sa langue jusqu'à sa verge afin de lui faire une fellation, l'homme n'imagina pas un seul instant que ce n'était pas sa femme. Elle le suça en lui caressant le visage du bout de ses doigts tandis que lui tenait sa tête pour qu'elle continue à lui lécher son sexe. C'est à ce moment-là qu'elle lui mordit violemment le pénis en érection sans jamais le relâcher. En hurlant, il alluma la lampe de chevet et découvrit stupéfait cette femme qu'il ne connaissait pas en train de lui arracher son organe avec ses dents. De toutes ses forces, il essaya de lui faire ouvrir la bouche, mais elle mordait de plus en plus fort, déterminée à l'émasculer. Ses cris déchirèrent le silence de cette nuit et toutes les chambres s'allumèrent les unes après les autres. Il frappa violemment la tête de Jessica mais elle ne lâcha pas son sexe imbibé de sang. Il cria au secours, des personnes entrèrent dans la chambre et découvrirent une scène d'une violence inouïe. Jessica se retourna vers eux, la verge amputée de Mathieu dans la bouche avec son couteau à la main. Elle prit la fuite en menaçant les invités et s'échappa au volant d'une voiture. La police et le Samu arrivèrent en moins de dix minutes pour constater le décès de Mathieu qui n'avait pas pu survivre à une telle hémorragie. Jessica, emportée par sa folie, roulait jusqu'au César Palace qui se trouvait à quelques kilomètres. Une fois arrivé à destination, elle découvrit que la boite de nuit était désaffectée et vandalisée, il n'en restait pas grand-chose à part cette enseigne rouillée aux lettres manquantes. Elle marcha en direction de l'entrée puis traversa cette porte en verre toute brisée. Elle se remémora le soir où sa vie avait pris cette tournure dramatique en ayant encore en tête la musique de l'époque. En direction des toilettes, elle fut pétrifiée et tremblante en revivant ces instants traumatisants. Malgré les détériorations, elle reconnut formellement ce WC où elle avait vécu son viol. À l'intérieur de celui-ci, en criant, elle se trancha la gorge avec son couteau. Elle fut retrouvée quelques heures plus tard grâce à sa voiture stationnée sur le parking. Rien n'avait pu être fait pour la réanimer, il était déjà trop tard.

Cette tuerie fit les échos de la presse locale et nationale pendant plusieurs semaines dans le but de comprendre comment cette femme effacée avait-elle pu commettre ces actes monstrueux. Les enquêteurs ne trouvèrent rien, elle n'avait laissé aucun mot, ses parents témoignèrent, sous le choc, qu'ils ne savaient vraiment pas ce qui avait pu se passer dans la tête de leur fille. Elle fut décrite, à travers des articles, comme une folle sans alibi. Finalement, un homme raconta la vérité, une personne qui n'arrivait plus à vivre avec son secret devenu trop lourd à porter. Nicolas se rendit à la gendarmerie et déclara avoir violé, en deux mille huit, cette femme avec l'aide de deux anciens amis qui se trouvaient être deux des victimes de cette tuerie. Il n'avait donc aucun doute sur la nature de ces meurtres. Pris de remords depuis les événements, il n'arrivait plus à dormir ni à se regarder dans un miroir, la culpabilité était bien trop étouffante. Pendant sa détention préventive, il revint sur ses propos en s'innocentant de cette agression. Il fut relâché le temps que l'enquête détermine sa véritable culpabilité. Dès sa sortie de prison, Nicolas mit fin à ses jours par pendaison.

Garé sur le parking de la discothèque, je m'ambiance en écoutant de la musique pour ne pas m'endormir. Il commence à y avoir de nombreuses personnes qui font la queue devant l'entrée. Je m'avance seul en remarquant qu'il n'y a pas beaucoup de femmes qui attendent. Je me sens observé par la gent masculine comme une proie sexuelle. Je me rends compte que la discothèque s'adresse aux homosexuels. Cela m'arrange, je n'aurai pas trop de mal à faire du charme au videur afin de pouvoir entrer. Malgré ma mauvaise mine et ma fatigue, les nombreux sourires et clins d'œil me redonnent confiance en mon potentiel de séduction. Après m'être acquitté du prix de l'entrée comprenant un verre d'alcool, je découvre la discothèque qui n'a plus rien de ressemblant avec le César Palace. Elle ne porte d'ailleurs plus le même nom, c'est devenu le Sixty-Nine et elle arbore une décoration très flashy, loin de l'ambiance de la Rome antique. Le milieu homo est intéressant à observer, cette communauté d'ouverture exerce à son échelle une sorte de ségrégation. Les hommes et les lesbiennes ne se mélangent pas et s'adressent à peine la parole. Quelques-unes me regardent avec une méfiance palpable, car par mégarde je me suis attardé un peu trop longtemps à mater les fesses de l'une d'entre elles. Je suis scanné de bas en haut afin de détecter si j'ai des chromosomes hétérosexuels dans mon organisme. Elles sont méfiantes de ces mecs qui se confondent avec malice dans ce cadre dans l'unique but de s'approcher de celles qui ont relâché leur garde. Qu'elles ne s'inquiètent pas de ma présence, pour faire l'amour à une femme, j'ai besoin de lui tirer les cheveux et avec leur coupe de skinhead, c'est impossible. Elles fixent ces hommes avec un mépris affolant. Le simple fait d'avoir un pénis nous classe dans une sous-catégorie. Elles nous détestent profondément mais utilisent certainement des godemichets ressemblant à s'y méprendre à de vrais pénis. Peut-être, n'aiment-elles pas le goût du sperme. Dans ce groupuscule de lesbiennes, je n'en trouve pas une d'excitante, elles sont une dizaine et font preuve d'inventivité pour se démarquer dans leur combat contre la féminité. Du piercing hideux sur la langue aux colorations capillaires fluo, elles ont l'astuce de paraître plus moches qu'elles ne le sont afin de donner l'impression qu'elles sont laides volontairement. Ces broutes vagins aux cheveux courts font tellement plus viriles que moi qu'elles pourraient me sodomiser avec leur clitoris. Il n'y en a pas une qui se risquerait à danser sur la piste, préférant se saouler avec des shots de vodka. Elles n'ont aucune joie de vivre qui transparaît, je les imagine bien se lécher la chatte en écoutant du Barbra Streisand. Soudainement, un homme m'enlace, m'empêchant par la même occasion de prolonger mon étude anthropologique. Avec son débardeur blanc laissant apparaître ses pectoraux, il tente de m'embrasser sans que l'on prenne le temps de se parler et d'échanger au moins nos prénoms. C'est sans conteste l'avantage des boites homos, la consommation est immédiate sans se soucier de la traçabilité du produit. Après un baiser de courtoisie, je reviens sur la raison de ma venue et me dirige vers les toilettes pour rendre hommage à Jessica qui s'est suicidée ici. Je traverse la foule transpirante et alcoolisée afin de parvenir difficilement à cette lignée d'urinoirs avec au fond trois toilettes cloisonnées. Ce n'est pas très intéressant, il n'y a même pas de plaque commémorative concernant la tragédie passée. Avant de quitter la discothèque, ma curiosité me guide vers une autre salle plus discrète se situant au sous-sol. Une pancarte indique la salle « Black », je rentre et me retrouve dans une pièce dans le noir dans laquelle des hommes baisent les uns avec les autres sans jamais se voir. J'avance avec prudence dans une atmosphère glauque, le bruit des testicules qui s'abattent sur le postérieur d'hommes passifs est assourdissant. Ça jouit de partout, cet amas de sperme a une odeur insupportable, je vais finir par comprendre les lesbiennes. Je suis dans l'antre des MST, je n'ouvre pas ma bouche en cas d'une éjaculation non contrôlée. Des mains me caressent de partout et tentent même d'enlever mon jean, je n'irai pas plus loin dans ma curiosité et me dirige vers le panneau rouge lumineux indiquant la sortie. Je trébuche à plusieurs reprises sur des hommes en train de s'enculer, c'est surréaliste, jamais je n'aurai imaginé me retrouver au cœur d'un tel spectacle. En sortant de la salle, je suis regardé comme quelqu'un qui vient d'abandonner sa semence et pourtant, je repartirai avec.

Il est trois heures du matin, je suis extrêmement fatigué, j'ai trop la flemme de chercher un hôtel. Je vais dormir dans ma voiture et faire la route de bon matin en direction de Fontjoncouse, un village se trouvant vers Narbonne. Je prends le soin de m'éloigner un peu avec ma voiture pour éviter d'être réveillé par des hommes se culbutant sur mon capot. Je roule dans Perpignan pour me trouver un coin tranquille et pas trop passant pour dormir paisiblement. Après avoir tourné dans plein de petites rues, j'arrive dans un quartier pavillonnaire au nom évocateur, la rue du rêve. Je stationne entre deux voitures et rabaisse mon siège pour me coucher. Sans avoir eu le temps de fermer les yeux, j'entends des gens parler à côté de ma voiture, je me relève et aperçois sur le trottoir un jeune homme se faisant accoster par deux types genre racailles. Discrètement, je baisse ma vitre pour écouter ce qu'il se passe. L'homme est en train de se faire racketter. De toute évidence, j'ai fait le mauvais choix en me garant ici, la rue du rêve n'en était pas un. Il essaye de se débattre mais les deux hommes le plaquent contre une voiture, celle qui se trouve juste devant la mienne. L'un l'étrangle et lui donne de violents coups de genou tandis que l'autre lui fait les poches. Je pourrais intervenir ou même klaxonner pour les alerter de ma présence, mais je n'ose pas, trop fatigué pour avoir des emmerdes. La victime implore la pitié, il est prêt à donner toutes ses affaires, mais ses agresseurs ont bien trop envie de le martyriser. Vu sa tête de donneurs de leçons, il ne doit probablement pas voter la même chose que moi, ça lui remettra les idées en place. D'autant plus que je suis certain que ce minable aurait la lâcheté de ne pas intervenir si j'avais été à sa place. Au sol, ils continuent de le frapper violemment, j'ignore à cet instant s'ils comptent le tuer, le suspense est à son comble. L'un de ses bourreaux est un homme noir, une raison de plus pour ne pas intervenir, je n'ai aucune envie d'avoir une association antiraciste sur le dos, la justice lui prêtera plus de légitimité à agresser que moi à défendre la victime. L'autre au sol n'a aucune fierté, recroquevillé, il est là, passif, à se laisser massacrer sans se défendre. Je remarque en regardant l'une des maisons, une personne derrière sa fenêtre, cachée par ses rideaux. Peut-être qu'elle aussi ne compte pas appeler la police pour assister à cette mise à mort. Une voiture passe et s'arrête en klaxonnant pour les mettre en fuite, les lumières des habitations du quartier s'allument une à une, encourageant les agresseurs à partir. La représentation est terminée. Je m'allonge bien au fond de ma voiture pour que l'on ne me voie pas, il ne manquerait plus qu'on me condamne pour non-assistance à personne en danger. Du coup, je me retrouve bloqué ici, tout le quartier est animé, les pompiers et la police arrivent avec les gyrophares hurlants. Je ne suis pas près de dormir. Sur place, les pompiers tentent désespérément de le réanimer tandis que les policiers recherchent des témoins de la scène. La nuit va être longue. Rue du rêve, la bonne blague. Je tente comme je peux de trouver le sommeil en fermant les yeux, mais le vacarme extérieur m'en empêche. Demain soir, je vais devoir me reposer à l'hôtel pour récupérer de tout ça. Ma montre m'indique qu'il est déjà cinq heures du matin, je vais avoir du mal à faire toutes les étapes prévues aujourd'hui.

LA CAVE DE L'ENFANT SANS PRÉNOM

Après cette presque nuit blanche, je suis fatigué comme jamais, la journée va être vraiment difficile. Je me dirige maintenant vers un village de moins de deux cents habitants afin de chercher la maison dans laquelle a vécu un enfant à l'existence dramatique.

C'était un garçon non désiré au point de n'avoir aucun prénom ni d'existence administrative. Né d'une mère couturière et d'un père militaire, sa vie commença tragiquement. Avant sa naissance, Christian, son père, partit en intervention en Somalie pour une mission de plusieurs mois. À son départ, le couple ignorait encore qu'ils attendaient un bébé, pourtant sa femme était enceinte sans le savoir depuis déjà trois mois. C'était avec des contractions régulières et un ventre s'affirmant au fil des jours qu'elle comprit qu'elle allait devenir mère pour la première fois. Lorsque son mari l'appelait pour prendre de ses nouvelles, elle ne disait pas un mot sur sa future paternité pour lui faire une surprise à son retour. Seule pendant sa grossesse, elle a courageusement pris sur elle pendant ces moments difficiles en étant assistée par le médecin du village qui venait régulièrement lui administrer des soins pour la soulager de ses douleurs. Heureuse, elle aménagea une chambre pour accueillir dignement le nouveau-né. Chaque mercredi matin avec son vélo, elle parcourait dix kilomètres pour faire le marché de Thézan-des-Corbières. C'est ici qu'elle acheta des peluches, des jouets et un berceau en bois qu'elle avait ramené à pied avec difficulté. Des semaines de préparation et d'enthousiasme à l'idée de devenir mère. Ce huit novembre mille neuf cent soixante-dix-neuf, les contractions furent de plus en plus nombreuses et insupportables. Clouée dans son lit, elle prit conscience en panique de la gravité de la situation d'accoucher seule avec tous les risques que cela pouvait comporter. Dans l'urgence, elle prit son téléphone pour demander de l'aide au médecin. Habitant dans une rue à côté, il accourut pour donner la vie. Dans un confort rudimentaire, il improvisa son intervention dans des conditions difficiles. Louise hurla de douleur, le col de l'utérus était complètement dilaté. Après une vingtaine de minutes d'effort, le bébé fut expulsé avec difficulté. Sur son lit imbibé de sang, la nouvelle maman serra son garçon dans ses bras en pleurant.

— Comment vous allez l'appeler ce petit ?
— Je ne sais pas encore, ça sera mon mari qui décidera du prénom à son retour.
— Ah bon ! Faites attention vous avez un certain délai pour déclarer sa naissance, renseignez-vous.

— Oui je suis au courant.

— Bon je vais partir madame Dupech, si vous avez un problème, n'hésitez pas à me rappeler.

— Ne vous inquiétez pas !

— Demain à la première heure, je vous conseille d'appeler une ambulance, il faut vous rendre à l'hôpital pour que le bébé soit ausculté.

— D'accord, je le ferai.

— Vous souhaitez que je vous accompagne demain matin ?

— Non merci, je me débrouillerai.

— Encore félicitations pour ce magnifique bébé.

— Merci beaucoup pour ce que vous avez fait !

— Bon courage madame Dupech !

— Excusez-moi docteur ?

— Oui ?

— Ne dites à personne que j'ai accouché, je n'ai pas envie que quelqu'un l'apprenne avant mon mari, je veux lui faire la surprise.

— C'est promis, vous pouvez compter sur moi.

Le quotidien de Louise fut plus difficile à gérer, outre la difficulté de s'occuper de son enfant, elle devait faire preuve de discrétion afin que le village ne soit pas au courant de sa maternité. Elle partait chaque jour à l'épicerie sans le bébé, profitant de son sommeil en espérant qu'il ne se réveille pas entre-temps.

Le vingt-trois novembre mille neuf cent soixante-dix-neuf, Louise attendait impatiemment son homme, c'était enfin le jour de son retour. Elle appréhendait beaucoup sa réaction, car jusqu'à maintenant, il n'avait jamais voulu d'enfant malgré les désirs répétés de son épouse. Arrivé tard dans la nuit, il frappa à la porte, le grand moment était arrivé, le bébé allait enfin connaître son papa. Accueilli avec une tension palpable, Louise embrassa Christian et l'emmena dans la chambre nouvellement confectionnée. Quand il découvrit le nouvel habitant dans son berceau, il fut pris d'une colère noire et frappa sa femme à coups de poing. Il n'acceptait pas ce qu'il considérait, pour lui, comme une trahison. Dans un instant de folie, il hésita même à tuer le bébé en lui brisant la nuque. Louise le supplia de l'épargner en s'accrochant à lui de toutes ses forces. Il finit par laisser la vie sauve au nouveau-né, mais à la condition qu'il vive enfermé dans la cave. Il ne voulait pas le voir ni s'en occuper. Imaginant des simples paroles en l'air, le temps que sa colère passe, elle accepta de déplacer le berceau dans la cave, rassurée de pouvoir le garder. Christian n'arrivait pas à se calmer et cassa toute la vaisselle de la cuisine pour se défouler, il était impossible de le maîtriser et de le raisonner. Du sous-sol, elle n'osait pas le rejoindre par peur de se faire frapper une nouvelle fois. Son mari hurla pour qu'elle le rejoigne.

— Monte !! Monte immédiatement !! Ne fais pas semblant de ne pas m'entendre !! Si je descends je crève le chiard !!

Elle monta les escaliers en tremblant sous les pleurs de son bébé. Louise avait toujours vécu sous pression à travers cet homme à la carrure imposante, il n'avait aucun état d'âme à la maltraiter naturellement. Debout dans la chambre, il l'attendait les poings fermés.

— Approche-toi !!
— Ne me frappe pas !
— Approche-toi !!
— Je t'en prie ! Calme-toi !
— Approche-toi tout de suite !!

Toute la nuit, il la martyrisa pour lui faire regretter sa grossesse. Recroquevillée par terre, la pauvre femme reçut des dizaines de coups de pied au ventre, l'homme regrettant certainement de n'avoir pas pu les donner lorsqu'elle était enceinte. Il fit preuve d'une extrême violence pendant qu'elle, en souffrance, écoutait son enfant pleurant dans la cave. La chambre du bébé fut éphémère, l'homme s'acharna comme un dingue à tout détruire.

Un matin, attablé à la terrasse du bar-tabac, Christian buvait son café en lisant le journal. Le médecin l'aperçut et alla à sa rencontre.

— Félicitations !
— Félicitations ?
— Pour votre bébé, alors ça fait quoi de devenir père ?

Surpris de savoir qu'une autre personne était au courant, il ne sut quoi répondre et resta silencieux.

— Vous l'avez appelé comment finalement ?
— Euh… Antoine !
— Très bon choix, c'est un beau prénom.
— Merci.
— Et comment va votre épouse ?
— Elle va bien.

Le médecin remarqua la gêne qu'il avait occasionnée en le voyant tout transpirant derrière son journal.

— Puis-je passer chez vous pour voir Antoine ?

— Non… Pas maintenant.
— Demain ?
— Écoutez laissez-moi tranquille.

Sans prendre le temps de finir son café, il se leva précipitamment pour rentrer à son domicile. À son retour, il interrogea Louise en lui demandant qui à part le médecin avait appris l'existence de cet être indésirable. Tant bien que mal, elle essaya de le rassurer en lui répondant qu'il n'y avait personne d'autre. Agacé, il se doutait bien que tôt ou tard, le docteur allait ébruiter la nouvelle et qu'il ne pourrait pas continuer à le cacher longtemps. Le jour même, devant sa télévision, pendant que sa femme était à la cave en train de nourrir sa progéniture, il remarqua qu'une personne était en train de l'observer à travers sa fenêtre. Il reconnut le médecin et s'empressa d'ouvrir sa porte pour demander des explications.

— Qu'est-ce que vous faites ?
— Rien, je passais simplement devant votre maison.
— Vous étiez en train de regarder derrière la fenêtre, ça ne vous gêne pas ?
— Ne vous méprenez pas, je voulais juste dire bonjour à votre épouse.
— Je vous ai dit non tout à l'heure.
— Permettez-moi d'insister.

Le patriarche accepta finalement de le faire entrer chez lui. Il l'invita à descendre les marches de la cave car sa femme s'y trouvait avec le bébé pour faire du rangement. Sans se douter du danger, il s'avança dans l'escalier jusqu'à ce qu'il soit poussé violemment. Il dégringola toutes les marches pour se retrouver devant le berceau en bois. Le médecin était tombé sur la tête et eut du mal à se relever. Christian l'étrangla de toutes ses forces sous les cris de Louise. Il essaya de se débattre, mais la détermination du militaire ne lui laissa aucune chance, il décéda en quelques minutes. C'était la seule solution afin de pérenniser ce lourd secret. Il attendit le soir pour jeter le cadavre dans l'étang de l'Ayrolle, à quelques kilomètres de chez lui. À l'aide de plusieurs parpaings, le corps du médecin disparut sous la vase en quelques secondes.

Louise était pleine de bonnes intentions envers son bébé durant les premiers mois. Elle venait le voir plusieurs fois par jour, lui faisait des câlins, lui racontait des histoires mais au fil du temps, l'influence de son mari se fit ressentir et elle commença à le rejeter. Les bons sentiments avaient fait place à la culpabilité d'avoir enfanté dans le dos de son mari. Ses biberons étaient donnés sans patience ni envie, elle n'hésitait plus à lui mettre des claques sur le visage à chaque fois qu'il pleurnichait. Il pouvait rester les journées à hurler souffrant de ce manque d'attention. Comme une bête immonde, il vécut dans une cave sans lumière, à l'état sauvage. Au fil des années, ses parents le frappaient avec une violence répétitive, il développa ainsi naturellement une peur permanente.

Exceptionnellement, dans de rares moments, le couple recevait la visite de membres de la famille pour des repas dominicaux, des anniversaires et autres fêtes se prêtant aux rassemblements. Ces gens ne se doutaient absolument pas qu'en dessous du salon résidait un enfant séquestré, rien ne pouvait laisser le moindre doute sur cette terrible situation.

En mille neuf cent quatre-vingt-sept, l'enfant eut huit ans et s'exprimait seulement avec des grognements. Il ne s'était jamais développé. Le gosse n'avait jamais vu le jour, seules l'obscurité et l'odeur de ses excréments faisaient partie de son environnement. Il n'exprimait rien, aucun sentiment, il était dénué de tout.

Le soir de Noël de cette même année, le repas était organisé chez Louise et Christian, toute la famille était réunie pour cette occasion. La fête battait son plein et les cadeaux étaient nombreux. Dans la cave, l'enfant non désiré n'avait rien comme chaque année, il ignorait évidemment qui étaient ces gens qu'il entendait en haut. Le frère de Christian était présent ce soir-là, Olivier était venu avec sa femme et ses trois enfants, Jade, six ans, Sophie, huit ans et Marc, onze ans. Les mômes jouaient ensemble et décidèrent de faire un cache-cache improvisé dans la maison. L'aîné fut désigné pour compter jusqu'à trente, le temps que ses sœurs trouvent une cachette. Sophie alla dans la salle de bain tandis que Jade ouvrit la porte de la cave pour s'y engouffrer. Elle descendit les marches dans le noir et attendit que Marc aille la chercher. Elle commença à sentir qu'elle n'était pas seule en ayant l'impression que quelque chose tournait autour d'elle. Une main se posa sur son visage, Jade cria et remonta les marches en courant, mais se fit attraper par l'enfant qui l'attaqua violemment. Il lui tira les cheveux et la traîna au sol. Du salon, tout le monde entendit les cris de Jade et se précipita en direction de la cave. Christian interdit alors à ses invités de descendre et alla chercher lui-même la petite fille. Il remonta avec elle en pleurs, son visage était griffé et ses vêtements déchirés. Trouvant difficilement les mots, il expliqua la présence d'un chien dans sa cave et que Jade n'avait aucune raison d'y aller sans autorisation. La soirée se termina brutalement, tous choqués par ce qui venait de se passer. Une fois les invités partis, sans avoir terminé le repas ni ouvert les cadeaux, Christian redescendit dans la cave pour frapper le gamin comme jamais. Louise ferma la porte pour ne pas entendre ce déchaînement de violence.

Jade fut profondément traumatisée, elle ne parlait plus, n'avait plus d'appétit et ne pouvait plus s'endormir sans lumière. Une période douloureuse pour sa famille qui l'emmenait fréquemment chez le psychiatre sans que son état s'améliore. Après un mois de silence, la jeune fille commença à se confier à sa mère. D'une voix encore tremblotante, elle lui expliqua que ce n'était pas un chien qui l'avait attaquée, mais bien une personne humaine. Elle en était certaine, c'étaient bien des mains qui l'avaient attrapée dans les escaliers. Une déclaration qui fut répétée à son père qui s'empressa de rendre visite à son frère pour voir le chien en question. Arrivé devant la maison, il frappa à la porte avec insistance.

— Mais qu'est-ce qui te prend Olivier ?
— Je veux voir ton chien immédiatement !
— Pourquoi ?
— S'il te plait Christian, montre-moi ton chien !
— Ça ne va pas être possible.
— Ah bon ? Et pourquoi ?

— Je l'ai tué le jour même pour venger ta fille,
je l'ai poignardé et incinéré dans la nature.
— Je peux quand même descendre dans la
cave ?
— Mais pour quoi faire ?
— Tu me laisses entrer ?
— Non ce n'est pas le moment.
— J'en ai pour deux minutes !
— Pars d'ici avant que je m'énerve, ça va mal
finir !

En le poussant de l'entrée violemment, Christian
claqua la porte au visage de son frère.

À la suite de cet échange musclé, une opération
fut manigancée entre Olivier et sa femme afin de
s'infiltrer dans la cave.

— Ce n'est pas normal que ton frère ait réagi
comme ça avec toi !
— Je ne l'ai jamais vu comme ça, il cache
quelque chose dans sa cave, c'est certain.
— Il faudra attendre qu'il reparte en mission
pour que tu demandes à Louise.
— Elle aussi ne voudra pas me laisser aller au
sous-sol.
— Samedi prochain c'est l'anniversaire de
Marc, absente-toi là-bas pendant qu'ils sont
ici.

— Mais la maison sera fermée à clé.

— Casse une vitre, tu n'as pas le choix.

— Non je ne peux pas faire ça.

— Tu dois le faire, on doit savoir qui a agressé notre fille.

Le samedi suivant, l'épouse d'Olivier organisa le douzième anniversaire de Marc en invitant Louise et Christian. Profitant que l'habitation du couple soit désertée, Olivier brisa une fenêtre pour pénétrer à l'intérieur. Devant la porte de la cave, il ouvrit et cria pour demander s'il y avait quelqu'un. Personne ne répondit, il commença à descendre les marches sans avoir trouvé l'interrupteur, il ne voyait quasiment rien. Il continua à s'avancer prudemment jusqu'à ce que l'enfant surgisse d'un seul coup pour l'attaquer avec une violence inouïe. Une mise à mort extrêmement brutale, le sauvage lui arracha les yeux et continua à s'acharner sur son visage. Le gosse s'échappa ensuite par la fenêtre brisée en étant complètement aveuglé par la lumière du jour. Désorienté, il partit en direction du village.

Pendant ce temps, à l'anniversaire, l'ambiance était joyeuse, les cadeaux de Marc furent déballés et les bougies venaient d'être soufflées sur le gâteau aux fraises. Christian ne comprenait pas l'absence de son frère et demanda à son épouse des explications.

> — Il est où Olivier ?
> — Il est parti dépanner un ami.
> — Ah bon, le jour de l'anniversaire de son fils ?
> — Oui… C'était urgent.
> — Qu'est-ce qu'il devait faire ?
> — Je ne sais pas.

Une réponse évasive qui peina à le convaincre. Jade, silencieuse jusque-là, rompit la bonne humeur ambiante pour accuser son oncle de mentir et qu'il n'y avait pas de chien dans la cave. La gêne était palpable et Christian insista en disant que c'était bien un chien qui l'avait attaquée. La petite hurla au mensonge tandis que Louise commença à comprendre l'absence d'Olivier. Elle invita son mari à rejoindre leur maison au plus vite. Ils quittèrent l'anniversaire sans attendre et roulèrent à toute allure en direction de leur domicile.

Dehors, l'enfant nu était effrayé par cet environnement qu'il découvrait pour la première fois. Avec les voitures qui passaient et les gens qui l'observaient, il entra dans une peur ingérable et agressa toutes les personnes qu'il croisait. Les gens furent mordus et violentés, il était incontrôlable en saccageant tout sur son passage. Les gendarmes, immédiatement prévenus, arrivèrent au village et menacèrent l'enfant d'obtempérer en demandant qu'il lève ses mains. Avec ses cheveux longs, sa crasse et son physique cadavérique, il terrorisait la population avec ses grognements et son regard hostile. Il s'approcha en direction d'un gendarme pour se jeter sur lui et le mordre à la gorge, son collègue, sans sommation et dans la panique générale, tira une balle dans la tête de l'enfant. Son existence réelle n'aura duré que quelques minutes.

A leur domicile, le couple de tortionnaires découvrit le cadavre d'Olivier et l'absence de leur enfant. Dans la précipitation, ils arrivèrent en courant dans le village et aperçurent un attroupement et des véhicules de police présents. Une ambulance sirène hurlante arriva au même moment. Ils se frayèrent un chemin à travers la foule et découvrirent leur enfant au sol se vidant de son sang. Louise poussa un cri d'effroi et se jeta sur lui pour le serrer fort dans ses bras. Les villageois ne comprenaient pas ce qu'il se passait et se tournèrent vers son mari qui resta impassible. La mère éplorée s'accrocha au cadavre sans vouloir le lâcher. Son mari prit la fuite en abandonnant sa femme et la dépouille du garçon. Louise fut évacuée avec difficulté dans un fourgon de la police pour être interrogée. Sous le choc, aucun mot ne sortit de sa bouche. Au vu de son état préoccupant, elle fut transportée en urgence à l'hôpital pour lui administrer des soins. Au village, c'était la stupeur et l'incompréhension, ils n'avaient jamais entendu parler de cet enfant sorti d'outre-tombe. Pour avoir des explications, certains d'entre eux n'hésitèrent pas à se rendre à la maison du couple afin de parler à Christian. Ils étaient une dizaine à marcher jusqu'à chez lui. L'entrée était complètement ouverte, ils frappèrent tout de même à la porte, mais personne ne répondit. Ils s'avancèrent dans le salon et le découvrirent allongé par terre à côté de son fusil, il s'était suicidé en se tirant une balle en pleine tête.

Louise fut poursuivie pour non-déclaration de naissance et maltraitance de leur enfant. Elle fut condamnée à une peine de quatre ans de prison ferme. Un jugement que beaucoup déplorèrent comme trop clément. Du fond de sa cellule, elle avoua que son mari avait tué Monsieur Fabre, le médecin du village. Elle déclara qu'il avait jeté le cadavre dans un étang proche de chez elle sans savoir où exactement. Des fouilles intenses furent effectuées pendant plusieurs mois en vidant les étangs des alentours. Des recherches qui ne donnèrent aucun résultat. Quant à l'enfant, il reposa au cimetière communal du village. Sur sa pierre tombale, le garçon fut nommé Maxime, un prénom attribué symboliquement par des membres de sa famille.

En arrivant à Fontjoncouse, je découvre un village complètement désert, il n'y a plus aucun commerce en activité, même le bar-tabac est condamné par un rideau de fer rouillé. J'ai la sensation d'être dans un village fantôme. Je laisse mon véhicule devant une boulangerie en ruine pour aller interroger les habitants sur le drame qui s'est déroulé ici. L'histoire remonte à une trentaine d'années, j'espère ne pas tomber seulement sur des personnes atteintes d'Alzheimer. Une vieille dame est en train d'arroser ses plantes sur le rebord de sa fenêtre, souriant et courtois, je m'avance vers elle pour engager la discussion.

— Bonjour madame !
— Bonjour jeune homme, qu'est-ce que vous faites de beau par ici ?
— Je souhaite savoir si vous vous souvenez de cette histoire qui s'est passée à Fontjoncouse avec l'enfant séquestré dans la cave ?

La mine défaite, elle me claque la fenêtre au visage, apparemment le sujet a l'air encore sensible. Je ne croise plus personne et décide donc de me diriger vers le cimetière pour me recueillir sur la tombe de Maxime. Un panneau m'indique

que le cimetière communal se trouve à un kilomètre, je décide d'y aller à pied si jamais, par chance, je croisais une autre personne. Motivé à passer en revue les caveaux funéraires, je scrute chaque stèle, chaque plaque, à la recherche de la fameuse sépulture. Vraisemblablement, il n'y a pas beaucoup de monde qui vient se recueillir ici, l'ensemble est mal entretenu, même les fleurs en plastique semblent fanées. Yvonne, Marguerite, Henri, Violette, Gaston, toujours pas de Maxime. Je commence à tourner en rond en perdant patience, l'enfant est introuvable. Fatigué, je m'assois sur le rebord d'une tombe le temps de reprendre un peu d'énergie et de motivation. Un vieillard entre dans le cimetière en poussant son vélo, il me remarque et s'approche vers moi.

— Vous n'avez pas honte ?
— Pardon ?
— Vous êtes assis sur une tombe, ce n'est pas un banc pour poser vos fesses !
— Et c'est grave ?
— Bien sûr que oui, c'est irrespectueux de s'asseoir sur un mort, on ne vous l'a jamais appris ?

Prenant sur moi pour ne pas l'envoyer chier et que ça fasse des histoires, je décide de me relever.

— Excusez-moi j'étais fatigué, j'avais besoin de
m'asseoir !
— Ce n'est pas grave, pensez-y la prochaine
fois.
— Dites-moi je cherche la tombe de Maxime,
vous savez où elle se trouve ?
— Maxime ? Quel est son nom ?
— Je ne sais pas, je parle de l'enfant qui avait
été séquestré dans une cave.
— Ah oui, vous parlez du petit Dupech,
justement vous étiez assis dessus !

En frottant les inscriptions de la tombe, je
remarque en effet que c'est ici qu'il repose.
L'homme m'interroge afin de savoir comment j'ai
connu cette histoire qui remonte à bien longtemps.
J'explique que je suis en train d'effectuer un travail
journalistique et que j'enquête sur ce terrible
drame. C'est ainsi qu'il me raconta ses mémoires
en me disant que ce couple avait toujours été très
discret au sein du village en parlant peu aux autres
habitants. Le mari, Christian, était redouté car sa
réputation de militaire violent occasionnait
naturellement une certaine méfiance. Il me dit
avoir été là quand l'enfant s'est échappé, il gardait
encore en tête le visage de ce gosse qui était
effroyable, comme si c'était un mort qui était
revenu parmi les vivants. Son teint cadavérique lui
avait procuré des cauchemars pendant des jours.

Le vieillard ajouta que le village était en état d'abandon depuis cette histoire, le médecin assassiné n'avait jamais eu de successeurs, laissant les personnes âgées dépourvues de soins. Beaucoup d'habitants avaient déménagé en laissant leur maison à l'abandon car ils n'avaient pas trouvé d'acheteurs. Lui était resté vivre ici pour rester proche de sa femme décédée il y a une dizaine d'années. Chaque jour depuis, il se rend dans ce cimetière pour entretenir sa tombe. L'émotion est vive et je sens qu'il est proche de verser quelques larmes devant moi, c'est gênant. Avant de le laisser, je lui demande si Louise est revenue vivre dans sa maison, il me répondit que non, que d'après les rumeurs, elle fut internée dans un hôpital psychiatrique et n'en ressortirait probablement jamais. L'homme devina ma prochaine question en me proposant de me montrer la maison de l'horreur. Dans l'avenue Saint-Victor, nous arrivons devant l'habitation du couple, elle est en très mauvais état, proche de l'effondrement, un panneau accroché sur le mur indique une mise en péril imminente au vu de sa dangerosité. Les accès sont condamnés avec des planches en bois clouées sur la porte et aux fenêtres, je n'aurai pas la chance de visiter la fameuse cave. Il est temps que je parte en laissant le vieux à sa misérable existence. Pour ma part, je vais enchaîner les villages paumés en partant en direction de Vélieux, un patelin se trouvant à une heure d'ici.

RELATION POST-MORTEM

Je me trouve dans le département de l'Hérault, à la recherche d'un petit hameau appartenant au village de Vélieux. Heureusement que j'avais récupéré les coordonnées GPS exactes pour le trouver sinon je pense que je n'y serais jamais arrivé. Le hameau des « Ruaux » est constitué d'à peine six maisons qui appartenaient à des chasseurs. C'est difficile de le localiser tant il est perdu au beau milieu de nulle part, il n'y a pas un seul panneau qui indique sa direction. L'accès est desservi uniquement par un chemin fracassé. Ma voiture peine à rouler dessus, je suis en train de m'embourber, je vais continuer à pied pour éviter de me retrouver coincé ici. À l'époque, les habitants se connaissaient tous, ce n'était pas que des simples voisins, mais bien des amis liés à travers la chasse, leur passion commune. Hervé était le seul homme en couple, les autres n'étaient que des vieux garçons solitaires qui n'avaient que leur chien comme compagnon.

Le couple d'Hervé était atypique pour ne pas dire malsain. Sa femme, Yvonne, était décédée depuis presque deux ans. Sa mort ne fut jamais déclarée et sa dépouille préservée. Il n'avait jamais accepté de devoir vivre sans elle, pourtant c'était bien en la frappant après une énième dispute qu'il avait tué son épouse. Culpabilisant de lui avoir ôté la vie, il décida de déposer son cadavre dans un grand congélateur rempli de glace carbonique pour continuer à vivre avec. Une situation glauque et émotionnelle tant elle reflétait un dernier acte d'amour désespéré. Les amis chasseurs d'Hervé étaient au courant et approuvaient cette conservation, d'autant plus qu'ils en profitaient chacun en l'utilisant comme défouloir sexuel. Partagée par son mari, des partouzes macabres étaient régulièrement organisées avec la défunte. Elle appartenait à tout le monde, une sorte de poupée gonflable de l'horreur. Ils n'étaient pas dégoûtés de lui faire l'amour même si son corps était froid et rigide. Le cadavre avait été à plusieurs reprises retravaillé dans le but d'assouvir leur libido. Toutes les dents avaient été arrachées afin de pouvoir mettre leur bite dans sa bouche sans risque de se blesser. Yvonne devait être sortie du congélateur au moins dix heures avant tout acte sexuel, le temps que son corps soit moins glacial et praticable. Son vagin et son rectum devaient être nettoyés puis lubrifiés assidûment pour pouvoir la pénétrer et éviter que cela pourrisse avec le temps. Hervé devait se battre sans cesse contre la putréfaction inévitable de sa femme. Lorsqu'elle se trouvait à l'air libre, le temps qu'elle se ramollisse un peu, les mouches bleues tournaient autour du cadavre, elles pondaient même des œufs dans ses orifices. La chaleur ambiante avait comme conséquence d'accélérer le processus de décomposition. Au fil du temps, la dépouille avait changé de couleurs, elle s'était noircie. Yvonne était devenue méconnaissable, toute gonflée, son visage était totalement boursoufflé et ses yeux sortis de leur orbite. Malgré son apparence épouvantable, cela n'avait aucune conséquence sur les pulsions sexuelles des chasseurs. Ce n'était pas les quelques larves et les tâches vertes de pourrissement sur le corps qui avaient réussi à la rendre moins baisable. Le seul inconvénient qu'ils pouvaient déplorer, c'était l'odeur de moins en moins supportable, ils devaient la parfumer avec du déodorant pour camoufler cela.

Le décès de la pauvre femme n'avait jamais inquiété personne, sans enfant et sans famille proche, elle faisait partie des oubliés de la vie. Le veuf était un homme heureux depuis que sa femme était condamnée au silence, il pouvait faire ce qu'il voulait. Le corps d'Yvonne lui permettait également d'avoir un revenu supplémentaire car ses collègues lui donnaient de l'argent à chaque fois qu'ils abusaient d'elle.

Un soir de janvier mille neuf cent quatre-vingt-neuf, pendant l'apéro, Georges, le meilleur ami d'Hervé, annonça à tout le monde qu'il vendait sa maison pour aller vivre près de la mer. Ils étaient tous abasourdis par cette annonce inattendue. Il raconta avoir déjà trouvé un logement près de Narbonne et invita ses amis à venir le voir de temps en temps. Quelques jours plus tard, il vida son habitation en mettant l'essentiel de ses affaires dans son fourgon et en donnant ses gros meubles à ses amis. Avant de partir, il organisa un dernier repas pour un adieu déchirant, Georges était quelqu'un de très apprécié et ses blagues potaches allaient manquer à la petite troupe. Comme cadeau de départ, Hervé lui proposa de faire l'amour à sa femme gratuitement. Il pénétra avec fougue ce cadavre qui lui avait permis à l'époque de se dépuceler.

Le lendemain matin, Hervé partit à la chasse, mais le cœur n'y était pas, le départ de son ami l'affectait profondément. Vers treize heures, de retour avec son gibier, il constata que sa porte d'entrée avait été fracturée. En entrant, il ne remarqua aucune trace de vol, rien n'avait bougé. C'est en regardant dans le congélateur qu'il s'aperçut que sa femme n'était plus là. Une lettre écrite par Georges était posée dessus.

« Yvonne est partie avec moi, on s'aime, j'espère que tu le comprendras. Tu t'es toujours mal comporté avec elle, je ne pouvais plus supporter de la voir se faire souiller par les autres. Je souhaite lui donner une vie meilleure. Ne fais pas en sorte de rendre cette décision plus difficile en essayant de nous chercher, tu ne nous trouveras pas. Ton ami, Georges. »

En panique, il alerta les autres chasseurs en criant comme un hystérique. Ils partirent tous ensemble en direction de Narbonne sans avoir d'adresse. Hervé ne pouvait pas prévenir la police étant lui-même dans l'illégalité, il était pris au piège. Des jours et des nuits à rouler sans discontinuer en espérant retrouver son épouse décongelée. Ses amis chasseurs commençaient à s'inquiéter de ne pas l'avoir vu rentrer depuis bientôt une semaine. Une attente à laquelle mirent fin les gendarmes venus sur place pour annoncer à Yvonne le décès de son mari. Il avait été retrouvé mort dans son véhicule après être tombé dans un fossé au niveau de la commune de Montouliers, son stress et sa fatigue, mélangés à l'alcool, lui avaient été fatals. Pour justifier l'absence d'Yvonne, les autres chasseurs avaient raconté qu'elle était partie vivre temporairement chez sa mère malade. Malgré le choc de la nouvelle, ils avaient l'art d'improviser sans difficulté.

Sur six maisons, deux étaient maintenant abandonnées, l'ambiance sur place était lourde et les engueulades fréquentes. Quelques chasseurs reprochaient à Michel d'avoir été au courant des intentions de Georges, une accusation sans fondement qui créa une vive tension. Le clan était à l'agonie, le climat dans le hameau était délétère. Michel, ne supportant plus d'être désigné comme étant celui qui avait tout manigancé, décida dans un instant de faiblesse d'assassiner les autres chasseurs à l'aide de son fusil. Cette nuit du huit février mille neuf cent quatre-vingt-neuf, il les avait invités chez lui en prétextant leur fournir des explications. Une fois tous réunis, de sang-froid, il tira une balle en pleine tête sur chacun d'entre eux pour clore définitivement cette polémique. Avec son arme, il se rendit chez les gendarmes pour avouer les meurtres et expliquer la disparition d'Yvonne. Il raconta tout dans les moindres détails y compris les abus sexuels sur le cadavre. Il fut condamné à perpétuité tandis qu'Yvonne et son nouveau mari ne furent jamais retrouvés.

Après avoir marché pendant au moins vingt minutes, j'arrive dans le hameau désaffecté. Les maisons sont apparemment restées à l'abandon depuis cette affaire. J'ignore laquelle appartenait au couple, je vais prendre le temps d'entrer dans chacune d'entre elles. Les habitations sont en mauvais état, mais ils restent encore pas mal de choses à l'intérieur. On y trouve des vêtements, de la vaisselle, de la nourriture périmée, c'est impressionnant ce qu'on peut trouver après tout ce temps. Dans l'une des maisons, en poussant une porte à l'étage, je découvre une chambre recouverte par la moisissure, l'air est glacial. En ouvrant une étagère, je tombe sur plusieurs robes et des soutiens-gorge, manifestement c'est ici que vivait Yvonne. Dans l'un des tiroirs, je découvre le livret de famille appartenant à Hervé avec quelques photos d'identité. C'est troublant de découvrir ça quand on est au courant de ce qui s'est passé ici. Je récupère un dossier dans lequel se trouvent diverses factures sans intérêt, je les regarde une à une dans le doute et c'est là que je trouve une pochette de photos. Assis sur le matelas moisi, je m'empresse de les regarder. Chaque photographie me permet de retracer ce passé trouble. Je découvre Yvonne de son vivant à travers ces clichés. Ce qui fait froid dans le dos, c'est qu'elle ne sourit jamais, son visage témoignant d'un certain mal-être. Sur d'autres photographies, on voit les chasseurs lors de leurs battues aux sangliers. La photo suivante me donna envie de vomir, on y voit le cadavre d'Yvonne en train de se faire baiser par Hervé et ses amis sur le lit où je suis assis actuellement. Je me lève subitement avec dégoût et sors de la maison pour m'aérer. Pas un seul instant, je n'aurai cru voir ça de ma vie, j'ai du mal à réaliser. Je remonte dans la chambre et regarde les autres photos toutes aussi horribles les unes que les autres. Au milieu des chiens, à même le sol, le macchabée est maintenu à quatre pattes pendant que les chasseurs s'immortalisent en train de le sodomiser.

À ce moment-là, ma vision d'horreur est interrompue par le bruit d'un véhicule arrivant dans le hameau. Par la fenêtre, je vois un 4x4 se garer devant l'une des maisons, un homme d'apparence rustre descend et regarde attentivement toutes les fenêtres des habitations. Je me baisse brusquement par peur d'avoir été vu. Il se met à crier en demandant si quelqu'un se trouve ici. Je n'aurais jamais dû laisser ma voiture devant le chemin, mon manque de discrétion me fout dans la merde. Discrètement, je l'observe en train de se diriger à nouveau vers son véhicule, il doit penser qu'il n'y a personne. Il ouvre la porte côté passager pour sortir son fusil et tirer en l'air. L'homme est en train de regarder le sol et remarque mes traces de pas dans la boue qui le mènent directement dans la maison dans laquelle je me trouve, il s'avance avec prudence. Je suis pris au piège, je n'ai pas le temps de descendre, je n'ai pas d'autres choix que de me cacher dans le placard. Le bois de l'armoire est en train de craquer, j'ai l'impression qu'elle va se casser en plusieurs morceaux. Je l'entends monter les marches en criant, mon aventure morbide risque de prendre fin ici. Il entre dans la chambre et ramasse les photos que j'ai fait tomber, j'arrive à l'observer discrètement à travers l'ouverture du placard. Il les regarde avec attention et les range dans son sac pour ensuite repartir. Je n'ose pas bouger par peur de faire du bruit. Après de longues minutes, j'entends son véhicule démarrer et s'en aller. Les jambes encore tremblantes, je quitte la maison sur la pointe des pieds. Par précaution, je ne vais pas emprunter le même chemin, préférant passer à travers la nature environnante afin de guetter une quelconque menace. Ma peur intense m'anesthésie des nombreuses orties et ronces que je suis en train de traverser. Après une trentaine de minutes, je rejoins ma voiture en courant et démarre sans attendre. Mes roues ont été crevées, je continue tout de même de rouler afin de m'éloigner au plus vite. Avec difficulté, j'atteins la ville de Pouzols-Minervois, là où se trouve un petit garage automobile. Il accepte de prendre mon véhicule pour remplacer les roues en me signifiant que je pourrais seulement la récupérer en fin de journée. Je dois attendre ici pendant trois heures, je n'ai pas le choix, je dois faire avec. Ma journée va se terminer ici, je n'aurai pas le temps de me rendre jusqu'à Portiragnes où je devais aller voir un hôtel à l'abandon, j'irai demain matin. De toute façon, je n'ai pas du tout la tête à ça, je n'ai qu'une envie, c'est de dormir dans un lit et d'oublier cette journée.

Assis dans un abribus, je passe le temps à repenser sans cesse à cet homme armé qui a vandalisé ma voiture. J'ignore son identité, mais je préfère ne pas en savoir plus, je suis déjà assez troublé comme ça. Je récupère mon véhicule à dix-huit heures trente et file à Narbonne afin de trouver un endroit où dormir. Directement à la sortie de l'autoroute, je me gare devant cet hôtel low cost à trente euros la nuit. Les douches et les toilettes sont en commun avec les autres clients, une horreur. Tant pis, mon lavabo sera mon urinoir personnel. Tout habillé, je saute sur le lit avec mes chaussures pour me reposer, je suis exténué. Quelques secondes suffiront pour que je m'endorme profondément.

Plus tard, vers vingt-et-une heures, je suis réveillé par mes voisins de chambre qui jouissent sans aucune discrétion, les cloisons sont tellement pourries que j'ai l'impression de baiser avec eux. C'est très désagréable. Impossible de me rendormir avec mon érection naissante. Après plusieurs minutes de rythmiques sexuelles, je me rends à l'évidence que cet homme n'est pas précoce et sans conteste plus endurant que moi. Je commence à me masturber en m'imaginant avec eux en collant ma tête contre le mur, je la pénètre par procuration. Il est en train de pousser des petits cris, il va certainement éjaculer avant moi. Leur lit est maintenant silencieux, ils m'abandonnent à mes désirs. L'érection en main, je prends mon téléphone pour choisir une vidéo sur un site pornographique. Me voilà perdu au milieu de multiples catégories me proposant des fantasmes illimités. Le choix excessif me fait perdre du temps à cliquer de partout, je veux goûter à tout comme un obèse devant un buffet à volonté. Petits culs, gros seins, naturelles, siliconées, étudiantes, matures, slovaques, scatos, uros, blacks, asiats, dans la forêt, dans le métro, gay, anal, poilu, je ne sais pas sur quoi déverser. L'imagination pornographique est fascinante et sans aucune limite comme sur cette vidéo dans laquelle un homme livre une pizza avec un trou dans la boite laissant apparaître son sexe en érection. Bon appétit. Cette femme s'enfourche sur lui en trempant son cul dans la sauce tomate et les champignons. J'éjacule au moment où la caméra filme en gros plan la raie de cette nymphomane remplie de jambon. Cette prouesse culinaire m'a donné faim.

Après une douche revigorante, je quitte l'hôtel pour déambuler dans la zone commerciale toute proche. Influencé par la vidéo que je viens de mater, je choisis une pizzeria. Le serveur m'accueille sans panache, déçu de voir un client arriver vers la fin du service. Je choisis sans trop d'originalité une Margherita et un Coca-Cola qui me furent apportés sans facétie.

Malgré cette journée difficile, je ne regrette pas l'initiative de ce voyage, au contraire, au fond c'est ce que je cherchais, le danger et l'adrénaline. J'espère juste qu'on ne va pas continuer à crever les roues de ma voiture car ça, je ne l'ai pas prévu dans mon budget qui est déjà bien limité. Je dévore rapidement mon repas pour aller me reposer, demain je pars explorer un hôtel abandonné situé à côté de Béziers dans lequel le gérant de l'établissement a été atrocement assassiné.

PAS DE JAMBE, PAS DE PAIX

Je me lève à la bourre, il est onze heures, je n'ai même pas entendu mon réveil, je quitte l'hôtel avec trois heures de retard. Ce soir, je dois dormir chez un ami d'enfance à Avignon, il va falloir que je me presse aujourd'hui pour ne pas arriver trop tard chez lui. Je continue mon tour de France en partant en direction de la station balnéaire de Portiragnes où Éric Barthes était le directeur de l'Hôtel de la Réserve jusqu'en deux mille six. Déjà trente ans qu'il dirigeait d'une main de maître ce lieu de villégiature situé dans l'Hérault. Un endroit de standing proposant diverses activités, mais aussi spécialisé dans l'accueil de séminaires d'entreprise. Une réussite qui pouvait créer des convoitises et bien des jalousies.

Depuis quelque temps déjà, il recevait des lettres anonymes pleines de mystère car ce n'était jamais des menaces directes, mais plutôt des intimidations subtiles et interrogatives. Le rituel était toujours le même, une feuille blanche avec marqué « Bonjour » accompagnée de clichés de sa famille pris à leur insu. Sur ces photos imprimées, leurs jambes étaient toujours hachurées au feutre rouge, voire également tailladées aux ciseaux. Quotidiennement, Éric vivait avec une pression énorme, se sentant constamment observé, il développa une paranoïa en soupçonnant chaque personne qu'il croisait. Déjà des mois que cette situation perdurait avec une dizaine de lettres réceptionnées. Il décida de porter plainte le jour où il reçut un colis avec à l'intérieur une poupée sans les jambes avec écrit dessus « Bonjour ». La gendarmerie procéda à diverses vérifications comme l'analyse des lettres à l'aide d'un graphologue qui compara l'écriture du harceleur avec celles de son entourage sans que cela débouche sur une piste sérieuse. Pas de suspect en vue, il n'avait strictement aucune idée de qui pouvait se cacher derrière cet expéditeur angoissant.

Le dix août deux mille six, l'hôtel reçut la visite d'une personne qui devait vérifier de fond en comble l'accessibilité et les services proposés aux handicapés afin de délivrer un agrément officiel. Une approbation permettant à l'établissement d'élargir sa clientèle. L'homme qui arriva était en fauteuil roulant, tétraplégique lui-même. Il devait passer toute une journée et la nuit à l'hôtel pour juger de ce qui était conforme ou pas. Éric était aux petits soins avec lui et l'aida à porter sa valise étonnamment bien lourde. Vincent déclara être un client test pour une association de tétraplégiques qui notait tous les hôtels de France. Tout de suite, une bonne entente s'installa entre les deux hommes. Il visitait l'hôtel et les diverses installations comme la piscine extérieure afin de vérifier que tout était bien adapté aux handicapés. Un tour du propriétaire assez concluant dans l'ensemble. Éric se proposa même de l'emmener en voiture pour lui faire visiter les environs, tout était fait en bonne et due forme pour le séduire et obtenir cet agrément. Une opération séduction sans faille. Il tenait lui-même à le suivre durant son séjour afin d'éviter une maladresse d'un de ses employés.

Le soir, autour d'un repas, Vincent raconta comment il était devenu handicapé après être tombé d'une falaise dans les Pyrénées. Une initiation à l'escalade pleine d'imprudence à la finalité dramatique. La tétraplégie fut une addition plutôt légère par rapport à une mort certaine au vu de la hauteur de sa chute. L'homme encore ému s'épancha sur son quotidien.

> — On me dit souvent que j'ai eu beaucoup de chance, j'ai toujours du mal avec le mot chance.
> — Chance parce que vous auriez pu mourir.
> — La chance d'avoir ma vie brisée ? La chance d'être condamné dans un fauteuil ?
> — Je peux comprendre que ça soit difficile.
> — Plus jamais je ne trouverai l'amour.
> — Mais si, il ne faut pas dire ça.

— Vous n'imaginez pas avec quel mépris les femmes me regardent.

— Il doit bien y avoir des femmes qui sont dans la même situation que vous.

— Vous avez déjà eu envie de vous taper une handicapée ?

— Je ne sais pas, la question ne s'est pas posée.

— Bien sûr que non, ne mentez pas, il n'y en a pas une de bandante.

— Non je ne suis pas d'accord, j'ai déjà croisé des femmes ravissantes en fauteuil !

— Peut-être bien… Mais elles sont encore plus casse-couilles que les valides et ne veulent jamais baiser.

— Oui ça doit être compliqué.

— La seule fois où je me suis tapé une femme en fauteuil, on a baisé comme des tortues, c'était tellement lent que mon éjaculation est arrivée au ralenti.

— En effet ce n'est pas très excitant.

— Vous savez ce qui me chagrine le plus ?

— Dites-moi ?

— Ne pas avoir d'enfant.

— Ça viendra, ne vous inquiétez pas, des gens dans votre condition ont réussi à être père, il n'y a pas de raison que ça ne vous arrive pas.

Avant de se coucher, Vincent lui proposa de boire un dernier verre dans sa chambre, en le rassurant sous le ton de la blague qu'il n'y avait aucune allusion homosexuelle derrière ça. Il tenait à lui faire goûter un alcool de sa Bretagne, appelé la Godinette, un cocktail à base d'eau-de-vie, de muscadet et de fraise. Dans ces circonstances, le patron de l'établissement ne pouvait pas refuser cette invitation improvisée.

Dans la chambre, ils burent à leur santé et à la pérennité de l'hôtel, l'ambiance était bon enfant. Quelques minutes plus tard, Éric fut pris d'un horrible mal de tête, il vomit soudainement sans avoir eu le temps et la force de se rendre aux toilettes. Transpirant et tremblant, il s'évanouit par terre. Trois quarts d'heure plus tard, il ouvrit les yeux avec difficulté, il n'arrivait pas à se relever et se rendit compte qu'il était attaché sur le lit à l'aide d'une corde. Assis à côté de lui, sourire aux lèvres, Vincent le contemplait avec un certain sadisme. Sa victime ne pouvait ni parler ni crier, sa bouche était recouverte de ruban adhésif. À ce moment-là, l'infirme montra son vrai visage et sa véritable identité.

— Tu n'as rien à te reprocher ?

Éric remua la tête pour répondre par la négative.

— Je crois que tu as perdu la mémoire, c'est fâcheux ! Souviens-toi le vingt février mille neuf cent quatre-vingt-onze, ce jour où tu as brisé ma vie, tu te rappelles ou pas ?

Il renouvela son incompréhension en bougeant sa tête pour lui dire non.

— Tu as Alzheimer ou tu te fous juste de ma gueule ?

Un rafraîchissement de mémoire était nécessaire. Il y a une quinzaine d'années, âgé de vingt et un ans, au volant de son scooter, Vincent fut victime d'un grave accident de la route dans la périphérie d'Agde. Une voiture l'avait percuté à toute vitesse en grillant un feu rouge. Entre la vie et la mort, il fut plongé dans un coma qui dura presque cinq mois. A son réveil, il découvrit qu'il n'avait plus l'usage de ses jambes. Son cauchemar à perpétuité ne fit que commencer. Pour cette grave imprudence, Éric fut condamné à une lourde amende et à une peine de prison avec sursis. Finalement, malgré cette perte financière, il s'en sortait sans aucune séquelle physique et pouvait continuer à vivre comme si de rien n'était. Des années furent nécessaires pour apprendre cette nouvelle vie en fauteuil roulant. Avec le temps, ses amis disparurent peu à peu et les filles le regardaient avec pitié, ce n'était plus qu'une vie pleine de frustrations dans laquelle le temps s'était arrêté définitivement. L'idée d'en finir et de se suicider fut bien présente, mais ses parents avaient toujours les mots pour éviter qu'il passe un jour à l'acte. Lui, au fond, ne se détourna jamais de cette ultime échappatoire. Depuis l'accident, il n'arrivait plus à dormir convenablement, tourmenté et réveillé par cette scène durant laquelle il avait perdu sa vie. Un traumatisme qui l'empêchait de passer à autre chose. Le nom du coupable était gravé dans sa tête et il savait éperdument qu'il le retrouverait tôt ou tard.

> — Tu croyais t'en sortir comme ça ? La belle vie pendant que moi je végète comme une merde sur mon fauteuil ?

Il s'approcha de sa valise pour sortir une scie circulaire qui ne laissait aucun doute sur la justice qu'il comptait employer. Éric se rendit compte que sa vie lui échappait et essaya de se débattre violemment. Vincent posa la scie sur sa jambe droite en le regardant avec délectation. Avec une grande difficulté, il commença à l'amputer. Une scène d'une cruauté sans nom. Les draps étaient imbibés de sang avec des morceaux de chair éparpillés. Les clients des chambres d'à côté ne se doutaient de rien en pensant que le bruit provenait de travaux tardifs. Après une quinzaine de minutes à lutter pour lui arracher ses jambes, Vincent avait réussi à se venger comme il le voulait. Son plan mûri depuis des années venait d'être exécuté. Éric succomba rapidement d'une hémorragie, il fut mort cul-de-jatte sur l'un des lits de son hôtel. Le veilleur de nuit alerté par le vacarme se précipita devant la porte de la chambre en demandant qu'on lui ouvre immédiatement. Sans réponse, il n'hésita pas à se servir de sa clé pour rentrer à l'intérieur et découvrit l'horreur. La chambre était toute recouverte de sang et son patron était mutilé avec ses jambes amputées. Vincent, affalé sur le lit à côté du cadavre, se trancha la gorge avec la scie circulaire pour quitter ce monde le cœur léger sous les hurlements de l'employé.

Lors de la perquisition de sa chambre, chez ses parents, les enquêteurs trouvèrent plein de documents et d'articles parlant d'Éric et de son hôtel. Il était absolument obsédé par lui. Sa mère, présente sur place et sous le choc de la nouvelle, déclara que son fils lui avait dit à plusieurs reprises vouloir tuer cet homme. Considérant cela comme des menaces en l'air, elle n'avait jamais cherché à alerter qui que ce soit. En fouillant dans son ordinateur, ils découvrirent des centaines de clichés pris en cachette d'Éric et sa famille, Vincent savait tout sur leur vie. Ils apprirent également à travers d'autres documents trouvés sur son disque dur externe que l'homme avait soigneusement constitué des faux papiers pour se faire passer pour un représentant d'association de soutien aux personnes handicapées. Le directeur d'hôtel n'aurait jamais pu reconnaître l'homme qu'il avait écrasé tant il avait changé à travers le temps. Devenu obèse et chauve, il était devenu méconnaissable. Peu de temps après le drame, l'hôtel fut revendu, mais sa réputation morbide le condamna à la faillite.

En arrivant à Portiragnes, je remarque qu'un panneau indique encore la direction de l'hôtel de la Réserve, c'est étonnant depuis le temps qu'il a fait faillite, peut-être a-t-il réouvert depuis. Je roule jusqu'au bout du chemin de la Capelude pour constater qu'il est toujours désaffecté. Il y a quelques voitures en mauvais état stationnées devant, j'ai peur que ça soit squatté. J'entends de la musique et des chiens aboyer. En tendant l'oreille, je remarque qu'ils écoutent du Manu Chao, ça doit être probablement des punks à chiens. Ce ne sont pas des gens méchants, mais j'ignore si ma venue peut les déranger. Dans un éclair de lucidité, je repars en voiture pour aller chercher des bières à la supérette du coin pour montrer patte blanche. Armé de mes trois packs de Heineken, je reviens à l'hôtel et pénètre à l'intérieur avec une certaine méfiance. Avec mes habits froissés, je n'ai pas l'apparence d'un affreux capitaliste, ça devrait bien se passer. J'arrive au salon devant une vingtaine de jeunes en train de fumer. Assis sur des canapés, ils sont tellement drogués qu'ils réagissent à peine en me voyant, j'aurais pu économiser les bières. Je m'approche du groupe en les saluant et en leur offrant mon cadeau à base de houblon. Je m'assois avec eux pour discuter en essayant de me rappeler si je suis bien à jour dans mes vaccins. Les cheveux dégueulasses avec leurs dreadlocks, ils portent tous des tee-shirts dénonçant la société de consommation et le f-haine. Avec une certaine arrogance, ils me font des leçons de vie sur la manière de voir les choses. Ils vivent des aides sociales en écoutant du Bob Marley toute la journée et ont l'audace de me faire des cours primaires d'économie. Même les deux bergers allemands, assis à côté d'eux, ont l'air moins cons. Je m'échappe discrètement au bout de quelques minutes pour explorer l'hôtel en les laissant parler entre anarchistes toxicomanes. Il ne reste plus grand-chose, l'établissement a été vandalisé de fond en comble. J'arrive devant la porte numéro vingt-sept, là où Éric a été assassiné. À l'intérieur de cette pièce faisant office de décharge, je tombe sur un camé en train de se piquer avec une seringue, c'est infect. Il me regarde en agonisant mentalement, ce mec est une épave, j'espère pour lui que sa vie ne sera pas trop longue. Je quitte l'ambiance Che Guevara hippie crasseuse pour me rendre à Avignon chez mon ami d'enfance, mon GPS m'indique presque trois heures de route, je vais pouvoir arriver tranquillement en fin de journée.

Je redoute un peu de revoir Alexandre, ça va faire bientôt dix ans que l'on ne s'est pas vu, c'est récemment qu'il m'avait recontacté sur Facebook pour savoir ce que je devenais. C'est le genre de personne qui doit s'assurer qu'il a une meilleure vie que les autres. Retrouver une ancienne connaissance, c'est appréhender la question de ce qu'on a pu faire ces dernières années. Un bilan comptable de nos vies respectives qui peut s'avérer déprimant. Lui est marié avec trois gosses et habite dans un pavillon payé à crédit alors que moi je suis toujours célibataire à errer dans des lieux de faits divers. J'espère qu'il ne sera pas là à me juger en me narguant avec ses mioches, s'il est fier d'avoir opté pour une vie ordinaire, c'est son problème. On était inséparables à l'époque, nous étions voisins dans le village de mon enfance à Saint-Andiol, c'est avec lui que j'ai construit mes premières cabanes dans mon jardin. Le temps est passé si vite.

Il va falloir que je m'arrête dans un supermarché afin de ramener quelque chose chez lui, faisons-en sorte d'entretenir le peu de bonnes manières qu'il me reste. Je n'ai aucune idée de ce que je peux prendre, mais je sais que ça ne dépassera pas quinze euros. Pour faire simple, je vais ramener une boite de chocolats, cadeau impersonnel mais efficace. Arrivé au supermarché Leclerc de Morières-lès-Avignon, je traverse le rayon des biscuits sous la prosternation de plusieurs individus en train de chercher les produits les moins chers, agenouillés devant ces prix discount à la signalétique fluorescente pour bien mettre en évidence leur classe sociale. On ne respecte décidément pas les pauvres dans ce pays en les humiliant de la sorte. Avec mon assortiment de chocolats à douze euros, je file à la caisse réservée au moins de dix articles. La caissière a la tête ailleurs, elle passe les produits en étant maintenue artificiellement en vie grâce aux bips qu'elle provoque en passant les codes-barres devant son scanner. Un rythme sonore qu'elle doit maintenir pour ne jamais craquer. Cette femme doit facilement avoir la cinquantaine, ses rides bien prononcées et sa coloration ratée ne trompent personne. J'espère pour elle qu'elle n'a pas fait ce métier toute sa vie. Vivre avec un stress permanent en posant systématiquement cette même question sur la présence ou pas d'une carte fidélité avec en retour des tentatives de dragues lourdes et répétitives, cela doit être un calvaire à endurer. Je suis son client idéal, je ne suis pas dragueur et je n'ai pas de carte fidélité. De plus, je n'ai qu'un seul article à faire passer, trop facile. Je prendrai soin de ne pas lui répondre lorsqu'elle me dira bonjour, il ne faut pas la heurter en la laissant dans son environnement habituel. Ma boite de chocolats passe dans ses mains et la caissière ne me salue même pas, quel mépris, j'espère qu'elle terminera sa vie ici cette connasse.

De nouveau sur la route, il ne me reste plus que quelques kilomètres à parcourir avant ces retrouvailles inespérées. J'arrive à Saint-Andiol dans un lotissement sans âme, lui n'avait jamais quitté notre village d'enfance préférant jouir de sa lâcheté à errer dans le même décor toute sa vie. Je l'appelle pour qu'il m'aide à localiser sa maison car je tourne dans cette avenue sans savoir où m'arrêter. Il sort dans la rue pour me faire des signes au loin, il porte un maillot de l'Olympique de Marseille, il n'avait à première vue pas évolué. Malgré la largesse de son tee-shirt, je ne voyais que son bide en plus de son crâne dégarni. Ça reste toujours une mauvaise idée de revoir les gens après autant de temps. Quel courage tout de même d'avoir accepté de me revoir en assumant ce poids des années qui n'est pas en sa faveur.

Chaleureusement, on se fait la bise on se disant qu'on n'a pas changé depuis toutes ces années, autant faire preuve d'hypocrisie pour le peu de temps que je vais rester ici. Ses trois gamins sortent de la maison pour venir me voir, ils portent tous un maillot de foot, la soirée va être longue, j'aurais peut-être dû rester avec les punks à chiens de tout à l'heure. Avant d'entrer à son domicile, je lui donne ma boite de chocolats pour entretenir sa glycémie. La décoration est aussi effrayante que ses enfants, il n'y a que des posters de football et des écharpes de supporters suspendues au plafond. Il me présente sa femme Morgane qui est en train de terminer de cuisiner, ça sera steaks-frites pour tout le monde. Même pas cinq minutes que je suis chez lui et j'ai déjà envie d'être loin. Sa vie ne m'intéresse pas et je n'ai pas grand-chose à lui dire, le football est manifestement la seule discussion qu'il peut maîtriser. Son fils âgé de sept ans me demande si je suis pour l'OM, juste pour l'emmerder, je lui réponds être un supporter du PSG, malaise immédiat. Je suis regardé comme le pire des collabos. Morgane nous sert les frites sur nos steaks bien trop saignants pendant que son mari me demande avec gravité depuis combien de temps je soutiens l'équipe du Paris-Saint-Germain. Je sens que j'ai franchi la ligne rouge.

— Alors comme ça t'aime plus l'OM ?

— Non mais c'était pour rire, je m'en fous du PSG.

— Putain tu m'as fait peur, ne me fais plus de blagues comme ça !

— En fait, je n'en ai juste rien à foutre du foot !

La consternation est d'autant plus vive, dans leur regard, il était incompréhensible de ne pas aimer cela. Pour ces gens, la vie était constituée juste de frites et de ballons ronds. Pour détendre l'atmosphère, sa femme signale qu'elle n'aime pas le football non plus. Blasphème, Alexandre la regarde en lui faisant comprendre qu'elle devrait se taire, surtout pour dire cela. En plus d'être un vulgaire supporter de merde, il était vraisemblablement un sale macho, le profil type de ce que je déteste. Ses enfants, sous les encouragements de leur père, commencent à crier « Paris, Paris, on t'encule », si seulement je pouvais m'étouffer avec une frite pour mourir tout de suite, ma souffrance est insoutenable. Pour cacher mon mal-être, je lui demande s'il a des nouvelles d'amis que nous avions en commun à l'époque et il me répond que oui en m'emmenant voir sur son ordinateur des profils Facebook. Ils étaient tous avec des gosses et le même type de vie insipide, chaque photo qui défilait sous mes yeux était un risque majeur à ce que je vomisse mon steak indigeste. Ce gros con prenait beaucoup de plaisir à me montrer des tas de personnes dont j'avais oublié l'existence.

— Attends faut que je te montre ce qu'est devenue Sarah, tu vas halluciner !
— Sarah ? Je me rappelle même plus qui c'est !
— Non mais tu déconnes, toi depuis que tu es parti à Bordeaux tu as oublié tout le monde !
— Franchement je ne vois pas qui c'est !
— La petite brune aux gros seins du collège !
— Ah oui !
— Tu vois, faut que je te dise gros seins pour que tu te rappelles de cette fille !
— Maintenant que tu me le dis !
— Elle a bien changé depuis, elle est beaucoup moins bandante !
— Ah bon ?
— Elle est mariée, son mec c'est un vrai con !
— Pourquoi ?
— C'est un supporter de Lyon !
— En effet.
— Je ne peux vraiment pas le blairer Jean-Michel Aulas !
— C'est qui ?
— Ben le président de l'Olympique lyonnais !
— Je t'ai dit, je n'y connais rien en foot.
— À chaque fois que son équipe perd, il dit que c'est la faute de l'arbitrage !
— Vas y montre-moi Sarah !

— Attends je la cherche… Qu'est-ce que j'ai pu me branler en pensant à elle.

— Ah ouais ?

— Pourquoi pas toi ?

— Je ne sais pas, je m'en souviens plus !

— Arrête de mentir, je me rappelle très bien pendant les cours de sport comment tu essayais de voir ses tétons à travers son débardeur moulant !

— Si tu le dis…

— Tiens voilà regarde comment elle a grossi, elle reste baisable mais vite fait quoi !

— C'est vrai qu'elle a bien changé !

— Bon après moi je ne vais pas me plaindre de ma femme, c'est une bonne gonzesse, elle fait bien à bouffer et s'occupe des gosses correctement.

— Je suis content pour toi.

— Après ça reste toujours une femme, elle me casse les couilles de temps en temps.

— C'est normal dans un couple.

— Tu sais ce que je préfère chez elle ?

— Non dis-moi ?

— La sodomiser !

Je ne sais plus quoi lui répondre, cette conversation s'enlise toujours un peu plus. À chacune de ses paroles, je souris bêtement pour lui faire plaisir mais je suis en train de suffoquer.

— Ah ouais carrément ! Toi tu racontes tout !

— Ça va, on est entre mecs, on n'est pas des tarlouzes !

— Ouais…

— Tu sais que mes anciennes gonzesses elles n'aimaient pas se faire enculer, genre à me dire que ça fait trop mal !

— Mon pauvre !

— J'ai même un collègue qui m'a dit que sa femme elle ne voulait pas le sucer, tu imagines ?

— Ouais…

— Je me rappelle, je l'avais rendu jaloux quand j'ai dit que la mienne elle avalait en plus !

Morgane est en train de débarrasser la table, je profite de cette occasion rêvée pour l'aider et m'éloigner de ce beauf dégarni. Dans la cuisine, j'observe cette femme qui m'a l'air tout sauf heureuse. Une tristesse occasionnée par son mari ou peut-être à cause de sa culotte de cheval. À vrai dire je m'en fous, ce n'est pas mon problème. En tout cas, je ne vais pas rester dormir ici, ce n'est juste pas possible. Elle me regarde avec une certaine tendresse, ses yeux se perdent peu à peu au niveau de ma braguette. Je suis sûr qu'elle a envie de baiser, j'ai bien compris qu'elle veut que je la saute sur la machine à laver. Souriante, elle me demande si je suis en couple en se caressant les cuisses, cette soirée tourne mal. Je suis triste pour elle, je pourrais bien la dépanner vite fait bien fait mais je redoute d'être surpris par l'autre blaireau. En plus, je n'ai pas l'âme d'un cavalier pour monter sa culotte de cheval. Je préfère fuir et me rendre au salon pour rejoindre cette petite famille que je méprise tant. Ils sont devant un match de football, je vais écourter ces retrouvailles en prétextant devoir chercher quelque chose dans ma voiture. Je quitte leur domicile en démarrant en trombe pour fuir cette misère sociale. Alexandre ne traîne pas à m'appeler sur mon téléphone, je n'ai tellement pas été discret en partant que ce n'est pas étonnant. Je ne réponds pas à cet appel ni aux suivants, il m'envoie même des messages pour savoir ce qu'il se passe. Ce connard me harcèle et ne comprend pas que sa vie de merde m'a fait fuir. Je bloque son numéro et le remets dans cette place qu'il n'aurait jamais dû quitter, enfoui dans mon passé.

Je suis déboussolé par cette soirée chaotique en me retrouvant seul à rouler dans mon village, je ne sais pas où aller, je n'aurais pas dû revenir ici. Je ne suis jamais revenu voir la maison de mon enfance depuis la mort de ma mère et de ma sœur, c'était il y a dix ans. Je prends mon courage à deux mains et décide de passer une soirée résolument déprimante en arrivant au chemin de Roque

Martine, une petite route de campagne à l'écart du village. Lampe torche en main, j'éclaire ce grand portail rouillé, je dois juste le pousser pour rentrer dans le domaine. Le jardin est en friche, c'est une mini jungle, les chats sauvages m'effraient à sauter dans la végétation. Cette pleine lune angoissante illumine la maison de mon enfance. Je passe à côté du grand chêne qui abrite encore ma vieille cabane en bois, la roue de camion me servant à l'époque d'ascenseur est encore présente, rien n'a bougé, tout est figé dans le temps. La Peugeot 406 de mon père est ensevelie sous les ronces, la nature fait disparaître l'histoire de ma vie progressivement. La porte et les fenêtres de la maison sont bien fermées, les volets clos empêchent toute intrusion. Je fais le tour de la bâtisse pour arriver devant la véranda. Sans hésiter, à l'aide d'une grosse pierre, je la brise pour pénétrer à l'intérieur. Je suis pétrifié de me retrouver ici et je ne comprends pas ma volonté à me confronter à une telle épreuve. J'éclaire cette cuisine dans laquelle résident encore dans le frigo des denrées périmées, l'odeur est insupportable. Les œufs pourris y sont pour quelque chose. Dans le salon, à côté de la télé, je retrouve sur cette étagère, réquisitionnée par les araignées, mes cassettes vidéo, Jurassic Park, la Famille Pierrafeu, le Livre de la Jungle, Terminator. Toutes ces bandes magnétiques sont devenues muettes depuis mon départ. À l'étage, je retrouve ma chambre remplie de posters de film, à l'époque, je demandais toujours au vidéo club du coin si je pouvais ramener des affiches, j'avais fait de cette pièce une sorte de cinéma amateur. Un milieu cinématographique qui m'avait tellement passionné que j'avais collé sur la porte de ma chambre les horaires de diffusion des films que je passais dans mon magnétoscope, en y stipulant le prix des séances. Tout est en mauvais état, l'humidité a fait des dégâts au point que la moisissure recouvre entièrement mon lit. Je retrouve toutes mes affaires, c'est le musée de ma jeunesse. Il y a même mon premier ordinateur avec lequel j'ai partagé ces moments interminables afin de charger une page internet, j'ai vécu les balbutiements du web. Quelle époque. Pour télécharger un film, il me fallait bien cinq jours en laissant l'ordinateur allumé. C'était un investissement de pirater à l'époque, fallait pas se rater sur le choix de la vidéo. Dans les tiroirs, je feuillette mes bulletins scolaires désastreux annonçant un destin professionnel chaotique, ils ne s'étaient pas trompés. Nul dans tout, bon à rien, je boycottais à ma manière l'école, j'avais déjà envie d'indépendance et de découvrir la vie par moi-même. Finalement, j'aurais peut-être dû écouter mes professeurs, je ne serais pas dans une telle perdition. Dans un classeur, je tombe sur mes photos d'enfance qui témoignent de mon introversion, simple symptôme de la haine que j'entretenais envers ma famille. J'aurais aimé qu'une personne me prenne sous son aile afin de m'aider à passer ces épreuves terribles. Le décès de ma mère lorsque j'avais quinze ans fut fatal pour moi. Je craque et je pleure encore son absence.

Cet endroit est le sanctuaire de ce que je n'ai jamais pu être. La douleur est encore trop intense pour paraître fort. Même si j'habite loin d'ici, l'existence de cette maison m'est difficile à supporter. Je pars retrouver ma voiture pour sortir du coffre un jerrican d'essence qui me sert habituellement à calmer ma paranoïa de tomber en panne. Vingt litres que je déverse à l'intérieur de la demeure pour immoler ma vie que je n'ai jamais supportée. Du sol au plafond, je ne laisse aucune chance à ce que subsiste une seule trace de mon passé. Dans la cuisine, je récupère des allumettes pour incinérer ces mauvais souvenirs. D'un geste assuré, j'en allume plusieurs et les jette par terre, tout s'embrase à une vitesse folle. Je m'enfuis pour récupérer mon véhicule et observer ce spectacle enflammé d'un peu plus loin. Derrière un talus, installer discrètement, je me délecte en voyant toute la toiture se faire grignoter par les flammes. Les riverains sortent pour voir ce qu'il se passe, mon enfance part en fumée et ils ne pourront rien y faire. Après une dizaine de minutes, la sirène des pompiers retentit dans le village, les hommes casqués se précipitent pour éteindre l'incendie. Plusieurs camions se positionnent autour de ma maison, ils doivent être une trentaine de personnes à se démener pour circonscrire le sinistre. Je me mêle au voisinage pour observer la scène de plus près, j'en reconnais certains, mais eux concentrés par la bravoure des pompiers ne me remarquent pas. Le feu dévore ma maison, c'est un immense brasier, les lances à eau peinent à combattre les flammes. La police vient d'arriver, je préfère m'éloigner pour éviter d'être soupçonné de près comme de loin. Furtivement, je regagne ma voiture pour me garer à Mollégès, le village d'à côté. Je me sens soulagé, la disparition de cette maison n'était que la première étape de ma longue thérapie. J'ai du mal à trouver le sommeil, toute cette résurgence de mon passé m'a beaucoup perturbé. Ça ira mieux demain quand j'arriverai à Marseille, je dois m'y rendre pour explorer un hôtel situé dans les quartiers nord.

APARTHEID MARSEILLAIS

Cette nuit dans ma voiture a été chaotique, les cauchemars que j'ai enchainés m'ont réveillé à l'aube. Je décide avant de partir à Marseille de retourner à Saint-Andiol afin de voir l'état de ma maison. Mon cœur palpite à l'idée de voir qu'elle pourrait encore tenir debout, j'espère avoir fait correctement le travail. Sur place, il y a encore un camion de pompiers qui doit surveiller probablement qu'il n'y ait pas de reprise de feu. Discrètement, je rentre dans la propriété et découvre une carcasse de parpaings encore fumante, il ne reste plus rien, même le jardin a été en partie calciné. Sourire aux lèvres, je salue les pompiers en rejoignant mon véhicule en ne me retournant pas vers l'un des vestiges de mon existence. À bord de ma voiture, j'entretiens ma tristesse et une certaine nostalgie en écoutant des musiques qui me donnent le cafard. C'est toujours dans ces instants que l'on ressent le besoin de rajouter une mélodie mélancolique pour orchestrer notre déprime. La journée va être pénible, je le sens. Sur l'autoroute A7, je me suis arrêté dans une station-service après le péage de Cavaillon. Concentré à stopper la gâchette de mon pistolet à essence pour faire un chiffre rond, je tente de faire cinquante euros tout pile, un défi à ma hauteur. Par surprise, une jeune femme m'interpelle.

— Bonjour, vous allez à Marseille ?

— Oui pourquoi ?

À ce moment-là, je m'aperçois que le compteur de ma borne affiche cinquante euros et quarante centimes. Cette conne souhaite savoir si je peux l'emmener avec moi pour la déposer dans la cité phocéenne. Je ne suis pas du genre à apprécier la compagnie de personnes que je ne connais pas mais pris au dépourvu, j'accepte, résigné à faire une bonne action. Je l'invite à déposer son gros sac à dos dans le coffre et nous voilà partis pour un covoiturage improvisé. Par chance, les vitres teintées de ma voiture préservent un peu mon honneur étant donné qu'elle n'a aucune légitimité avec son physique de laisser imaginer qu'on puisse être en couple. Loin d'être belle et désirable, elle fait partie de ces femmes de forte corpulence qui ont de la graisse partout sauf au niveau de la poitrine, la nature peut parfois faire preuve de cruauté. La plupart des hommes regardent par réflexe les décolletés, même si la personne peut être moche, grosse et sale, cet alibi physique peut leur permettre encore d'attirer des regards inespérés. En revanche celles qui doivent en plus subir l'infirmité de n'avoir pas de seins sont destinés à avoir une vie exécrable. Ma passagère a donc toutes les excuses possibles pour être une aigrie accomplie. Je n'ai pas envie de lui adresser la parole, je me sens incapable de parler avec des gens repoussants, ça n'a aucun intérêt. Elle fit néanmoins le premier pas en engageant la conversation.

— Vous partez où en fait ?
— Je fais un tour de France.
— Ah oui ! C'est chouette ça !
— Un tour de France des faits divers.
— Ah !
— Voir ce qu'on put devenir ces lieux meurtris des années plus tard.
— Et c'est quoi l'intérêt de faire ça ?

Ma théorie des gens repoussants se confirme encore une fois. Je vais vite regretter ma solitude et mes musiques tristes. J'ignore son interrogation méprisante en lui demandant à mon tour l'objet de son voyage.

— Et toi tu vas faire quoi à Marseille ?
— Je participe à une grande manifestation féministe à dix heures, d'ailleurs si vous pouvez me déposer sur le Vieux-Port.
— Une manifestation pour protester contre quoi ?
— C'est une vraie question ?
— Ben oui pourquoi ?
— L'inégalité homme-femme ça vous parle ?

— Oui.
— Et le harcèlement de rue, la drague intempestive, vous vous rendez compte de ce qu'on peut subir au quotidien ?

Je rêve, la seule fois où cette fille a dû se faire toucher le cul, c'est à sa naissance lorsque la sage-femme l'a sortie du vagin de sa mère. Encore une blasée qui ne supporte pas de voir des hommes draguer devant elle, sa frustration devient son combat, le règne égalitaire moche beau. Et dire qu'il faudrait procurer un orgasme à chacune de ces femmes pour qu'elles arrêtent de nous emmerder, malheureusement l'homme est lâche et personne ne veut se dévouer à cette tâche ingrate. Une lâcheté que j'assume également.

— Ça t'intéresse de participer à la manifestation ?

Malgré ma nature curieuse, j'ai tout de même des limites que je ne veux pas franchir et me retrouver au milieu de connes aigries imbaisables et de lesbiennes hystériques en est une.

— Non ça ne m'intéresse pas.
— Ah oui d'accord, je vois, en fait toi tu es le parfait homme blanc égoïste qui souhaite garder son statut de privilégié !

Marseille est à trente kilomètres et j'ai bien peur que ma patience n'arrive pas à atteindre cette distance, l'hypothèse de l'abandonner au bord de l'autoroute est une issue probable. Est-ce que je dois me sentir coupable qu'elle porte un faciès à entretenir sa virginité, je n'y suis pour rien, je n'ai rien à assumer. La seule chose que je puisse faire, c'est de croiser les doigts pour qu'elle rencontre un jour un sans-papier assez désespéré pour lui perforer l'hymen. Peut-être même que leur mariage blanc pourrait perdurer avec comme obligation vestimentaire le port du niqab, ce qui la sauverait de son humiliation physique, il faut toujours croire au bonheur. Constatant que ses pauvres revendications sociales m'insupportent au plus haut point, elle change radicalement de sujet de discussion.

— Et tu dois faire quoi précisément à Marseille ?
— Je dois aller dans les quartiers nord, dans le quinzième arrondissement, il y a un hôtel abandonné que je dois explorer.
— Pourquoi il a été abandonné ?

Pour éviter de l'entendre dire des conneries, je saisis l'opportunité que m'offre sa question pour lui faire l'historique de cet endroit désaffecté.

Le vingt et un novembre deux mille cinq, la station d'incinération du boulevard de la Savine explosa à neuf heures trente-cinq. Des importantes fumées noires se dégagèrent faisant plonger dans le noir toute une partie de l'arrondissement. À cette heure-ci, la plupart des clients n'ont pas quitté l'hôtel de la « Garrigue Phocéenne » et se sont retrouvés pris au piège à l'intérieur. Les fumées furent si importantes que la visibilité extérieure était nulle. Ils avaient l'ordre formel de ne pas sortir, les pompiers au téléphone les mettaient en garde contre un risque important d'intoxication. Le directeur de l'établissement n'avait qu'une crainte, c'était que les bandes de délinquants, habitant juste à côté, profitent d'une telle situation pour prendre d'assaut l'hôtel. Une peur fondée depuis l'existence de cette cité construite à côté dans les années soixante-dix. La Garrigue Phocéenne existait depuis mille neuf cent cinquante-quatre et jouissait à l'époque d'une localisation idéale, surplombant au loin la mer Méditerranée. Sa renommée n'était plus à faire et rien ne pouvait prédire un destin funeste jusqu'à cette cohabitation regrettée. Malgré de multiples procédures afin de contester la construction de cette cité qui allait mettre en péril la pérennité de son business, le maire ne pouvait pas reculer car la ville était en pénurie de logements sociaux. Le sacrifice de cet établissement fut sans appel. Au fil des années, c'est une dizaine de tours d'une vingtaine d'étages qui sortirent de terre constituant une muraille de béton face à l'hôtel. Sans surprise, ses cinquante-deux chambres arrivaient péniblement à se remplir. Les gens n'avaient pas envie de passer un séjour à côté de ce qu'était devenu un ghetto qui alimentait fréquemment la presse régionale avec des faits d'agressions violentes, de trafic de drogue et de criminalité. Il n'était pas rare qu'une personne lambda puisse se retrouver au milieu d'un règlement de compte en y laissant sa vie. C'était encore un énième projet politique irresponsable qui eut comme résultat de communautariser cette population défavorisée. Excentrée, cette cité était devenue une bombe à retardement. Loin d'être découragé par ce fardeau, le directeur de l'hôtel n'avait jamais baissé les bras et avait toujours su développer son affaire en y aménageant une grande piscine et un centre de bien-être tout équipé avec sauna, jacuzzi et hammam. Deux mondes qui cohabitaient dans une proximité invivable. Entre le luxe et la cité craignos, le mélange ne faisait pas bon ménage, c'était une évidence. Souvent des bandes de jeunes squattaient la piscine en insultant les clients et harcelant les femmes. Avec le temps, l'hôtel était devenu une vraie forteresse suite à la construction d'un mur de trois mètres de haut avec barbelés et caméras de surveillance. Un tourisme bunkerisé qui avait de quoi rassurer la clientèle se sentant en sécurité dans cet apartheid fragile.

Une forteresse devenue vulnérable cette journée de novembre deux mille cinq lorsque l'explosion de la station d'incinération avait causé une coupure totale d'électricité dans le secteur. C'était une scène de chaos total, sous l'onde de choc, toutes les fenêtres des maisons et des appartements explosèrent, des corps inanimés jonchaient les trottoirs, l'air était irrespirable. La panique était généralisée. La zone sombrait dans l'obscurité avec ces nuages de fumée toxique formant un tombeau à ciel ouvert. On pouvait entendre les avions survoler la ville, des sirènes retentissaient un peu partout, pompiers et policiers essayaient de venir en aide aux victimes dans des conditions jamais vécues jusqu'alors. À l'intérieur de l'hôtel, les touristes étaient en panique, les gens pleuraient, criaient, c'était une crise ingérable. Les heures passèrent et la situation ne s'arrangeait pas, il n'y avait toujours aucune visibilité. Le directeur de l'établissement se tenait au courant en consultant son téléphone portable. Des informations loin d'être rassurantes qui soulignaient l'importance des dégâts en stipulant le danger qu'ils encouraient en sortant dehors. À l'aide de meubles et de draps, les gens faisaient le nécessaire afin de calfeutrer les fenêtres et de ne pas respirer cette toxicité incommodante. Profitant de la catastrophe, plusieurs bandes de délinquants de la cité envahirent le secteur afin de piller les maisons et les magasins. Les agressions et les meurtres se multiplièrent dans une totale impunité. Toutes les personnes qui se retrouvaient devant eux étaient massacrées à coups de couteau, poignardées voire égorgées pour certains. Sans distinction, ils furent tous attaqués dans une sauvagerie totale. Des lampes torches illuminaient la façade de l'hôtel, croyant à l'arrivée des secours, le directeur se précipita dehors pour les accueillir avec soulagement. Effroyable désillusion face à cette meute délinquante qui l'éventra sans qu'il ait eu le temps de s'échapper. Ils pénétrèrent ensuite dans l'hôtel en surprenant les clients pris au piège. Comme ils pouvaient, ils s'échappèrent à travers les couloirs pour se cacher. Sans pitié, la trentaine de personnes présentes se firent tour à tour assassiner et violer pour certaines. De ce massacre, il n'y eut que quelques survivants ayant réussi à s'enfuir à l'extérieur, guidés par les sirènes des pompiers. Le lendemain matin, les nuages sombres se dissipèrent, laissant réapparaître la lumière du jour. La zone était meurtrie, agonisante, les rues étaient imbibées de sang, de cadavres et de voitures encore fumantes, la scène était apocalyptique. Malgré des années d'enquêtes et d'investigations, il n'y eut aucune inculpation pour tous les crimes et agressions commis par manque de preuve. L'hôtel ne se releva jamais de ce drame. Il fit partie de cette longue liste de commerces qui restèrent en état de ruine telle des cicatrices bétonnées.

Mon interlocutrice est peu sensible à mon histoire, essayant même de relativiser les faits.

> — J'ai envie de te dire que c'est normal, c'est une révolte populaire contre une société de privilégiés.
> — Ah bon, tu penses comme ça ?
> — Ben oui, ton histoire ne serait pas arrivée s'il y avait un juste partage des richesses et que les gens n'étaient pas racistes envers les personnes non blanches, il faut qu'on se mélange tous, la mixité, le vivre ensemble !

Cette femme est résolument attachée à être aussi hideuse à l'intérieur qu'à l'extérieur. Elle ose me dénoncer une société de privilégiés en caressant le dernier iPhone dans ses mains. Je tente de répondre à sa diatribe juvénile.

> — Il n'y a aucune révolte qui peut justifier qu'on tue impunément.

— Cultive-toi, il n'y a pas de révolution sans mort.

Je lui propose de venir avec moi jusqu'à l'hôtel abandonné pour voir si le quartier s'est amélioré depuis cet événement.

— Tu viens avec moi découvrir le quinzième arrondissement ?
— Pour quoi faire ?
— Ben je ne sais pas, par curiosité, ça ne t'intéresse pas ?
— Pas plus que ça, surtout que j'ai ma manifestation.
— Tu as encore le temps et comme ça je t'accompagne après jusqu'au Vieux-Port !
— Je dois rejoindre le cortège quinze minutes avant le départ !
— Pas de problème.

Si elle tient à son vivre ensemble, autant qu'elle en fasse la démonstration. Vivre avec qui ? Vivre avec eux ? Je n'ai envie de vivre avec personne. Je lui dis que ça, c'est un délire de blancs à vouloir toujours se mélanger aux autres alors que personne à part eux ne réclame ça. Nous sommes dans un monde communautaire où légitimement les gens se sentent mieux entre même religion, culture ou autres appartenances, mais tu as tout de même quelques paumés de la vie qui ont la mixité obsessionnelle. Mon auto-stoppeuse a beau constater que je suis énervé en rejetant son idéal de vie, elle continue cependant à s'enfoncer en me balançant autant de phrases creuses comme « On n'a peut-être pas la même couleur de peau mais on a le même sang ». Avoir le même sang que tout le monde, c'est bien la seule chose sur laquelle elle peut se targuer d'être sur un point égalitaire cette pauvre conne.

Nous arrivons dans le quinzième arrondissement et nous sommes immergés dans un cadre repoussant avec ces nombreuses barres d'immeubles insalubres arborant toutes des centaines de paraboles servant de cordon idéologique et culturel. Ma voiture traverse la cité de la Savine où de nombreux regards se demandent ce que nous faisons là, ma passagère n'est pas à l'aise, elle est même à la limite de la crise d'angoisse. Des scooters me suivent de près, l'un d'eux me demande d'ouvrir ma vitre pour me parler.

— Qu'est-ce tu veux ? Tu es qui ?
— Pourquoi ?
— Tu es journaliste ? Qu'est-ce tu viens faire ici ? Tu veux voir qui ?
— Je me suis perdu, je vais faire demi-tour !

— Ouais vas-y fils de pute, trace !

Toutes les entrées des immeubles sont squattées par des bandes de jeunes, séquestrant par la même occasion les nombreux habitants. Elle n'ose plus regarder ce décor bétonné en préférant s'engouffrer dans son téléphone et éviter ainsi d'être confrontée à ce qu'elle surnomme la révolte populaire. On croise un groupe d'enfants qui jouent au football sur la route.

— On va s'arrêter deux minutes !
— Pourquoi ?
— Tu peux descendre récupérer des jouets dans mon coffre, j'en distribue aux plus démunies.
— Ah oui ? C'est génial ça ! Moi qui avais une mauvaise image de toi depuis tout à l'heure.
— Récupère des ballons pour les gosses, ça va leur faire plaisir !

Elle sort avec une peur à peine dissimulée. Une fois la grosse en dehors de mon véhicule, je démarre en trombe avec la portière encore ouverte en risquant de peu d'écraser les gamins. Je l'abandonne dans son déni en espérant qu'elle retrouve le sens des réalités, une thérapie brute que j'espère efficace. Au travers de mon rétroviseur, je la vois en train de courir avec difficulté, je la klaxonne pour l'encourager à affronter ses idéaux. Il y a déjà des scooters qui tournent autour d'elle tels des corbeaux reniflant une proie sans défense. Qu'elle fasse honneur à son vivre-ensemble.

Je reprends mes esprits en recherchant mon hôtel désaffecté, ce n'est pas si facile car toute la zone a l'air abandonnée. Je me demande même si cela est judicieux que j'aille m'aventurer dans cette jungle urbaine. La banlieue marseillaise je ne la connaissais qu'à travers ma télévision en regardant des reportages sur les émeutes et les trafics de drogue. J'ai l'impression de déambuler dans un décor de cinéma, ça ne m'étonnerait pas d'en voir certains signer des autographes. Grâce à leur délinquance professionnelle, ils sont peut-être devenus des véritables stars. J'arrive devant le seul accès possible permettant de rejoindre l'établissement abandonné. Il est malheureusement condamné par des plaques métalliques toutes taguées. Je n'aurai pas d'autres choix que de monter sur la poubelle pour sauter le barrage. Quelques passants m'invectivent en me disant que c'est interdit d'aller dans ce coin-là, je fais mine de ne pas les écouter. Ils peuvent bien appeler la police, ça doit bien faire longtemps qu'ils ne peuvent plus intervenir ici. Je marche sur cette route défoncée devenue une décharge sauvage, je slalome entre les téléviseurs explosés et les frigos rouillés. Un chien errant s'approche de moi et me renifle dans l'espoir d'avoir un peu de nourriture, il a la peau sur les os et je n'ai malheureusement rien à lui donner. Il reste à côté de moi et m'accompagne, heureux d'avoir quelques caresses en guise de réconfort. L'hôtel en ruine apparaît, ce n'est plus qu'une vilaine carcasse en béton entourée de bris de verre, le paysage est déprimant. À l'arrière du bâtiment, j'aperçois un véhicule incendié baignant dans cette piscine devenue marécage. Je suis loin d'être rassuré par cet environnement, je ne vais pas m'éterniser. Par curiosité, je pénètre à l'intérieur de la friche sans que le chien me suive, il me regarde m'éloigner tout en gémissant. Rien de bien passionnant, il n'y a que des déchets, des tags et des excréments. Je décide de prendre l'escalier pour atteindre le toit-terrasse afin d'avoir une vue d'ensemble. J'entends le chien aboyer avec agressivité, je me dépêche d'atteindre le haut du bâtiment pour voir ce qu'il se passe. J'aperçois une bande de racailles qui se dirigent vers l'hôtel en criant qu'ils vont me faire la peau. Ils lancent des cailloux sur le chien qui s'enfuit au loin, me voilà seul, piégé dans ce guet-apens. Au loin, je remarque de la fumée se dégager là où j'ai garé ma voiture, si c'est vraiment la mienne qui flambe, c'est une catastrophe. Je les entends, ils sont en bas en train de vociférer des menaces de mort.

 — Où tu es fils de pute ? On va niquer ta mère !
 — Sale fils de chien, on va te mettre la misère !
 — T'es chez nous ici sale bâtard !

La peur m'accapare et me fige dans cette situation qui me terrorise. Ils fracassent des bouteilles en verre contre les murs en défonçant à coups de pied chaque porte fermée, ils sont déterminés à m'attraper. Discrètement, j'emprunte un escalier de secours qui donne sur l'arrière du bâtiment. En descendant, je passe devant plusieurs fenêtres brisées, tant bien que mal j'essaye de me concentrer à ne faire aucun bruit, aucun faux pas qui pourrait compromettre ma fuite. Je me retrouve devant la piscine, sans réfléchir, je cours en direction de ma voiture en espérant qu'il n'y a personne qui se cache sur le chemin. Prenant mon élan, je saute sur la barricade et me retrouve à mettre mes mains en l'air sous les injonctions de ces policiers me considérant comme un délinquant. Outre ce quiproquo, j'observe abasourdi ma voiture en feu, il est trop tard pour la sauver, elle est déjà à moitié consumée. Tout s'accélère dans ma tête, mon voyage vire au cauchemar. Je leur indique que c'est mon véhicule qui est en train de brûler et que j'ai failli me faire tuer dans l'hôtel désaffecté. Un attroupement hostile est en train de se former autour de nous, la police m'invite à monter dans leur fourgon pour évacuer avant que la situation ne s'envenime. Désemparé, j'abandonne par la même occasion mes affaires dans l'incendie.

J'arrive dans la rue Odette Jasse afin de me rendre à l'Hôtel de Police où je suis invité à porter plainte à propos de ma voiture incendiée.

> — On ne va pas vous le cacher, votre plainte va être certainement classée sans suite.
> — Pourquoi ça ?
> — Personne ne témoignera pour dénoncer le coupable, là-bas c'est la loi du silence, la seule chose que je vous souhaite c'est que votre assurance vous rembourse au mieux.
> — En fait ça sert à quoi que je porte plainte ?
> — C'est symbolique… Et pour faire marcher votre assurance c'est obligatoire.
> — Je suis dégoûté !
> — Regardez cette armoire derrière vous, elle est remplie de plaintes qui prennent la poussière.
> — Ça craint !
> — Bienvenue à Marseille !

Avant de partir, on me propose de m'appeler un taxi pour m'emmener à la gare afin que je puisse rejoindre mon domicile. Après un court instant de réflexion, je refuse leur proposition en décidant de continuer mon itinéraire. Je me retrouve ainsi en train de déambuler dans Marseille tel un chien aveugle errant sur l'autoroute, je suis réellement désorienté. Dans l'immédiat, pour continuer mon voyage, je vais devoir prendre le bus ou le train, je n'ai pas d'autres choix.

Je dois me rendre au village d'Andon, une bourgade perdue en montagne dans les Alpes-Maritimes, c'est là-bas que je compte explorer un hôpital désaffecté. Me rendre dans ce trou perdu va être assez compliqué, le tout pour le tout, je vais tenter de faire du stop. Je me retrouve sur l'avenue du Marché National à me tenir debout juste à côté d'une entrée d'autoroute. Souriant et faussement bienveillant, j'exhibe mon pouce en espérant qu'une voiture s'arrête. Déjà une centaine de véhicules sont passés devant moi sans me prêter la moindre attention, je subis cela comme une grande humiliation. À croire que je ne simule pas assez la sympathie pour n'avoir aucune compassion en retour. Cela fait bien une trentaine de minutes que je suis en train de périr dans la pollution et personne ne se préoccupe de mon agonie. Au moment où mon pouce se démotive, une voiture s'arrête devant moi, c'est une Dacia, ce n'est pas le moment d'être difficile. Je m'avance vers cette femme qui me demande où je souhaite aller.

> — Bonjour, quelle est votre destination ?
> — Je vais à Andon, un village qui se trouve à côté de Grasse !
> — Nous on va jusqu'à Fréjus, si vous voulez on peut vous avancer ?
> — Oui c'est gentil, merci !

Me voilà dans le véhicule low cost, assis à l'arrière avec leurs deux enfants. Ce couple fait incontestablement preuve d'inconscience à faire monter un inconnu à côté de leur progéniture, enfin bon, il est vrai qu'ils sont si moches que même un pédophile en manque n'en voudrait pas. Sans tarder, j'ai vite l'impression qu'ils m'ont récupéré au bord de la route pour saisir l'opportunité de me raconter leur vie sans intérêt. Si fiers de me présenter leurs enfants, Lilou et Timéo, putain Lilou et Timéo, j'ai dû leur demander de me répéter les prénoms pour savoir si j'avais bien compris la première fois. Ces pauvres gosses, condamnés à être perpétuellement infantilisés. Comment peux-tu prétendre au respect et à la dignité quand tu portes un prénom aussi nian-nian. Victimes de parents pensant naïvement que nommer leur enfant de la sorte pourrait leur servir en étant considéré comme des gentils inattaquables. Mais non, ça ne les épargnera en rien, au contraire, je n'ai qu'une envie, c'est de leur foutre des claques dans la gueule. Le prolétaire ne remarque même pas que je ne l'écoute plus depuis un moment, je ne fais que hocher la tête en lui lançant quelques « Ah bon » en guise d'attention. Une personne qui roule en Dacia devrait rouler en silence et se faire oublier. Tout fier de lui, Timéo me montre un de ses dessins. Ces gribouillages sont censés représenter son père et sa mère. Déjà à son âge, il a l'audace de faire preuve d'une démagogie sans nom en prenant le soin d'enjoliver ses parents de manière exacerbée. La calvitie honteuse de son père fut transformée par plusieurs coups de crayon faisant office de chevelure imposante. Sa mère, quant à elle, était dessinée avec un tour de taille trente-huit voire trente-six, bien loin des mensurations réelles de cette truie. Quel calvaire, je regrette déjà le temps où j'étais seul dans ma voiture. On arrive à peine à Toulon, c'est long, Dieu que c'est long. Je dois faire face à quatre personnes qui m'interrogent sur ma vie, je suis l'objet de curiosité faisant oublier l'existence de leur autoradio. Je saisis cette opportunité afin de leur raconter pourquoi je dois me rendre à l'hôpital d'Andon.

— Je suis très ému, excusez-moi d'avoir du mal à parler, je suis en train de vivre un moment très éprouvant.

La voix tremblante et le regard triste, l'ambiance est installée, la mère de famille me questionne.

— Qu'est-ce qu'il vous arrive ?
— Je vais à l'hôpital pour dire adieu à mon enfant, il est condamné, il va mourir…

La tête dans mes mains, je me gratte les yeux pour les rougir, je n'arrive pas à faire semblant de chialer.

— Il s'appelle Hugo, il a cinq ans, depuis sa naissance il est atteint d'une maladie incurable.

Le silence est total, personne n'ose m'interrompre, ils sont tous suspendus à ma détresse.

— Les médecins m'ont appelé aujourd'hui, il ne passera pas la nuit, c'est pour ça que j'espérais arriver assez vite à l'hôpital pour l'embrasser une dernière fois.

Les parents sont déboussolés et les enfants choqués, je continue cette narration dramatique en leur disant espérer arriver au plus vite à l'hôpital pour profiter du peu de temps qu'il lui reste à vivre. Au bord des larmes, le père de famille me dit qu'ils vont m'emmener en voiture jusqu'à Andon. Bingo. Sa femme est en train de pleurer, ses larmes s'écrasent sur sa robe bon marché, l'émotion gagne toute la Dacia. En caressant le visage des gosses, j'exprime des banalités larmoyantes, que la vie est courte et qu'ils ne doivent jamais oublier que tout peut s'arrêter du jour au lendemain. J'atteins un tel niveau de pathos que je pourrais moi-même chialer. J'irai jusqu'à demander aux enfants de dire je t'aime à leurs parents. Les derniers kilomètres se firent dans un silence glacial et pesant. Nous arrivons enfin au village, l'hôpital se trouve un peu à l'écart, sur la route de Castellane, je l'aperçois au loin, perché à flanc de colline. Le bâtiment désaffecté est impressionnant tellement il est massif, on ne voit que lui, sublimé par le coucher du soleil. Je demande qu'on m'arrête ici, la route pour accéder au bâtiment est inaccessible à cause d'un bloc de béton barricadant l'accès. Le couple est décontenancé en découvrant l'état de l'hôpital. Le père ne comprend plus rien à la situation.

— Mais c'est une ruine ? Ce n'est pas possible qu'il soit encore en activité ! Toutes les fenêtres sont cassées, vous êtes sûrs que votre enfant est ici ?

J'ouvre la portière en leur disant que j'ai dû arriver trop tard et les salue d'une main sans me retourner. Je m'éloigne peu à peu sans que la voiture reparte, il va leur falloir un certain temps pour qu'ils comprennent que je me suis foutu de leur gueule.

C'est donc dans cet hôpital que Guy a bien caché son jeu jusqu'à sa mort. Pendant toute son existence, il avait réussi à mener une double vie sans aucune difficulté. Guy, sous son apparence de vieux garçon timide, dissimulait un être de la pire espèce.

LE NÉCROPHILE D'ANDON

Guy Martin a travaillé de longues années dans cet hôpital, il exerçait un métier pas commun et peu convoité, c'était un thanatopracteur, son rôle était de s'occuper des morts. Il devait prendre soin de leur apparence physique et appliquer tout un processus de conservation et d'hygiène. Seul, au sous-sol de cet hôpital perdu dans les montagnes, Guy vivait de ce métier paisiblement depuis une vingtaine d'années, un emploi idéal au vu de sa personnalité. Solitaire, réservé et légèrement insociable, il vivait reclus dans une petite maison à l'écart du village d'Andon. Malgré son ancienneté au sein de l'établissement, ses collègues le connaissaient finalement très peu. Sa tendance à éviter les gens et à fuir toute vie sociale l'avait enfermé dans une bulle dont il ne voulait absolument pas sortir. Sa personnalité n'entachait pas son professionnalisme, il traitait les cadavres avec beaucoup de soins et les familles des défunts étaient toujours satisfaites de son travail méticuleux. La mort faisait partie de son quotidien, il ne la craignait plus et savait comment la manipuler en l'affrontant sans crainte. Avec le temps et l'expérience, il n'éprouvait aucune émotion en voyant ces corps inanimés. Sa seule contrariété, c'était quand il devait composer avec des cadavres en très mauvais état. Victimes d'accidents de la route ou suicidaires passés sous un train, il devait faire de son mieux afin de présenter correctement les défunts aux familles. Comme un rituel exercé sans discernement, il devait les déshabiller entièrement avec technicité. En effet, la rigidité des membres et le manque de flexibilité des corps conduisaient à adopter une certaine rigueur à toute épreuve. Ensuite, il devait les laver à l'aide d'un gant adapté afin de les désinfecter intégralement. Il faisait ça avec tendresse et poésie. Des derniers gestes affectueux avant le grand départ, comme un encouragement à lâcher prise pour quitter ce monde sans aigreur. Après avoir fermé les yeux des cadavres en collant les paupières, si besoin, il pouvait même endosser le rôle de coiffeur pour parfaire la coupe de cheveux. Le visage des défunts devait paraître le moins effrayant possible en leur offrant une bonne expression. La dernière étape consistait à injecter divers produits à base de formol pour ralentir la décomposition du corps. Une fois tout ce travail achevé, le mort était prêt pour une deuxième jeunesse éphémère. Généralement, le tête-à-tête avec le macchabée durait environ une à deux heures, tout dépendait de l'ampleur de la tâche. Il avait l'habitude, pendant ces soins funéraires, de parler aux morts, de rire en racontant des blagues et de poser des questions qui restaient sans réponse. Ce décalage morbide pouvait être à la fois fascinant et effrayant à observer. Il était toujours de bonne humeur au contact de ses patients silencieux, mais vis-à-vis de ses semblables vivants, il paraissait la plupart du temps fuyant. Éloigné de son espace de travail, il n'était plus du tout le même homme. Personne n'avait jamais réussi à tisser la moindre relation avec Guy. Pourtant, il fut sollicité à plusieurs reprises pour divers événements sans qu'il prenne la peine de s'y rendre ne serait-ce qu'une fois. Une vie personnelle si discrète qu'on ne savait même pas s'il avait une femme et des enfants. Un être mystérieux qui ne pouvait qu'intriguer son entourage professionnel.

Ce matin du huit mai mille neuf cent quatre-vingt-seize, en travaillant sur un cadavre, Guy fut victime d'un arrêt cardiaque. Seul dans la pièce, personne ne lui porta secours, il fut découvert seulement une heure plus tard. Malgré plusieurs tentatives de réanimation, il décéda à l'âge de soixante-deux ans. Un hommage lui fut rendu à l'hôpital pour faire honneur à cette vie dévouée aux morts. Les années passèrent et Guy n'était plus qu'un lointain souvenir, son existence était presque déjà oubliée tant il n'avait ni famille ni ami.

Il fallut quatre ans pour qu'un scandale lié au thanatopracteur éclate. Depuis son décès, sa maison était complètement laissée à l'abandon avec encore tous ses effets personnels. Cela fut découvert par le plus grand des hasards par deux photographes amateurs de lieux abandonnés. Ils avaient repéré cette petite maison en ruine en remarquant cette nature envahissant le jardin et recouvrant la façade de l'habitation. Ils arrivèrent à entrer par une fenêtre qui n'était pas verrouillée et découvrirent une maison à l'atmosphère lourde et pesante. Les murs étaient recouverts de cadres photos où apparaissaient individuellement des cadavres avec les noms et dates de décès marqués dessus. Passant outre ce détail dérangeant, ils photographièrent le lieu sous tous les angles en faisant attention de ne pas traverser le plancher qui menaçait de s'effondrer. Leur curiosité les dépassa et ils fouillèrent toute la demeure afin de découvrir qui avait pu habiter ici à l'époque. Dans une boite métallique fermée avec un petit cadenas qu'ils brisèrent sans difficulté, ils découvrirent plusieurs photographies écœurantes. Elles montraient le même homme en train de pénétrer plusieurs cadavres masculins et féminins dont des enfants. On pouvait le voir sourire aux lèvres fixant l'objectif de son appareil. Tous les clichés étaient aussi traumatisants les uns que les autres. Des plans serrés sur le visage des cadavres avec du sperme répandu, des pénétrations en gros plan. De la pornographie mortelle insoutenable. Dans la panique, les deux explorateurs décidèrent de se rendre au poste de police afin de raconter ce qu'ils venaient de découvrir. En apprenant cette trouvaille macabre, les policiers intervinrent rapidement pour perquisitionner la maison abandonnée. Les photos furent toutes analysées, une enquête minutieuse identifia les cadavres comme étant tous passés par l'hôpital d'Andon. L'habitation de Guy était un capharnaüm de l'horreur et de l'immonde. Dans des bocaux, ils trouvèrent plusieurs clitoris que l'homme avait excisés. Des rituels inexplicables. Sa mort laissa derrière lui plusieurs interrogations qui ne trouvèrent jamais de réponse. Quelques cadavres féminins furent exhumés afin d'examiner les corps et cela permit de constater systématiquement l'absence de leurs organes génitaux.

L'hôpital ne se releva jamais de cette affaire en accélérant le processus de fermeture qui était déjà engagé depuis quelques années, l'histoire du thanatopracteur nécrophile avait juste fait précipiter les choses. Malgré une pétition demandant la démolition de cette friche, la municipalité, par manque de moyens financiers, n'a jamais pu faire disparaître le bâtiment désaffecté. Les habitants devaient donc cohabiter avec ce monument de l'horreur au quotidien.

Je ne pris pas la peine de rechercher la maison de Guy, car d'après quelques articles de presse que j'ai consultés, son habitation a été incendiée. Un acte d'origine criminelle qui semblait être une vengeance post-mortem. Je me contenterai de visiter cet hôpital entièrement vandalisé et tagué. Au premier abord, je vais avoir du mal à pénétrer à l'intérieur, toutes les entrées et fenêtres sont condamnées par des parpaings. En observant attentivement le bâtiment, je remarque une ouverture au premier étage, quelqu'un a littéralement explosé une partie du mur à coups de masse. Tout est prévu afin que je puisse accéder à cette entrée, il y a une grande planche en bois faisant office d'échelle qui est déjà apposée contre le mur. J'ai tout de même du mal à parvenir à mon but, la planche étant toute mouillée, je n'arrête pas de glisser, il me faudra plusieurs tentatives pour y arriver. Une fois à l'intérieur, je suis obligé de m'éclairer à l'aide de mon téléphone portable, mes lampes torches ayant brûlées avec ma voiture. Plongé dans l'obscurité, j'avance avec prudence dans ce désordre car il est difficile de se frayer un chemin. Sans parler de la température qui est glaciale, je suis complètement gelé. J'illumine ces longs couloirs effrayants, je ne suis pas rassuré, l'atmosphère glauque me pétrifie. Le vent s'infiltre dans l'hôpital provoquant des claquements de porte qui me font sursauter à chaque fois. Je suis dans une condition dans laquelle je redoute d'éclairer une présence paranormale. Sans être un adepte de ces croyances, cet univers est propice à nous offrir ce type d'hallucinations.

Je descends les escaliers afin d'accéder à la morgue en ayant peur de me perdre dans ce dédale de couloirs qui fait office de labyrinthe. J'éclaire des panneaux directionnels pour trouver mon chemin, la cuisine et l'accueil se trouvent à gauche, la chambre mortuaire à droite. J'arrive à être orienté, c'est déjà une bonne chose. Je marche sur les dossiers médicaux des anciens patients, on y trouve encore de nombreuses radiographies abandonnées. Tout est resté sur place, il y a de nombreux fauteuils roulants qui errent un peu partout. Je traverse plusieurs portes battantes me perdant toujours un peu plus dans les entrailles de l'hôpital. Mon pied vient de se poser sur une matière visqueuse, en éclairant le sol, je m'aperçois que je viens de marcher sur le cadavre d'un chat, de quoi me mettre encore un peu plus à l'aise. Une flèche m'indique une nouvelle fois la chambre mortuaire qui m'oblige à emprunter un ascenseur, hors service évidemment. J'essaye de trouver un escalier me permettant de me rendre au sous-sol. J'ouvre plusieurs portes jusqu'à tomber sur une issue de secours, je l'emprunte et m'égare encore un peu plus dans le bâtiment. Pris de panique, mon côté claustrophobe prenant le dessus, j'ai l'impression soudaine de manquer d'air, je ne suis plus en mesure de continuer à avancer et décide de faire marche arrière pour sortir d'ici. C'est à ce moment-là que mon téléphone s'éteint, impossible de le rallumer. Un signal rouge m'indique que je n'ai plus de batterie, je me retrouve enfermé dans le noir sans être en capacité de voir quoi que ce soit. En tremblant, je me laisse guider par le claquement des portes, les bras tendus, j'essaye de ne pas tomber en trébuchant un peu partout. Je ne sais pas comment je vais faire pour m'échapper d'ici, j'espère ne pas finir comme ce chat en décomposition. Pour reprendre mes esprits, je décide de m'asseoir par terre un petit moment. J'ai comme une sensation inexplicable de ne pas me sentir seul, c'est bizarre, l'atmosphère est lourde, je suis en sueur, cette impression d'être emmuré vivant me fait perdre tous mes moyens. Je me relève et continue à marcher en longeant les murs, j'ai perdu mon sens de l'orientation, c'est un cauchemar. Je touche des panneaux directionnels, mais je n'ai strictement aucune visibilité pour les lire, je ne peux que les caresser sans en profiter. Pris au piège, je hurle pour demander de l'aide sans avoir la moindre espérance que mes appels désespérés servent à quelque chose. Je monte et descends les escaliers sans savoir à quel étage je me trouve, je n'ai pas de repère. Il est certain que je suis passé plusieurs fois aux mêmes endroits sans m'en rendre compte. Je suis extrêmement fatigué, je vais mourir d'épuisement. Personne ne viendra me chercher ici et ce n'est pas l'inquiétude que pourrait générer ma disparition qui va me rassurer. À bout de souffle, je m'assois dans l'un des fauteuils roulants, j'ai la tête qui tourne, je suis en train de perdre conscience. Quelques instants plus tard, je reprends mes esprits lorsque je sens une main me toucher les cheveux, je me lève brusquement en criant. J'entends quelqu'un courir sur des bris de verre, il rigole, j'essaye de le suivre, mais je tombe à plusieurs reprises à cause de l'encombrement du couloir. Lorsque je me retrouve au sol, il revient me toucher les cheveux et s'enfuit à nouveau. Je n'arrête pas de hurler, je perds mes nerfs et m'enferme à clé dans une pièce. La personne s'acharne sur la porte à coups de pied, il la défonce violemment en criant qu'il va me tuer. Sa voix est terrifiante. Je n'ai aucune issue, avec mes mains, je devine un lit qui va me servir de cachette, je m'engouffre en dessous sans traîner. La porte cède, il s'approche dans ma direction et soulève le matelas pour me saisir par le cou afin de me cogner contre le mur. C'est à ce moment-là que je me retrouve à sursauter sur mon fauteuil roulant. Je viens de faire un horrible cauchemar, transpirant et encore sous le choc de cette vision tout droit venue de l'enfer.

Désespérément, je monte jusqu'au dernier étage de l'hôpital et aperçois de la lumière, j'ai l'impression d'être encore en train de rêver. À travers la verrière du toit, la lune éclaire mon visage apeuré. Une échelle fixée au mur me permet d'atteindre son ouverture, je grimpe avec tous mes espoirs, mais je suis dans l'incapacité de l'ouvrir, elle est malheureusement verrouillée. Je continue de déambuler comme un lion en cage. Je tombe par terre à nouveau, c'est une paire de béquilles qui m'a fait trébucher. Cet obstacle me donna une idée. Je récupère une canne métallique et repars en direction de la verrière. De toutes mes forces, j'essaye de la briser. Elle est résistante et ne se laisse pas impressionner par ma détermination. Tout en étant suspendu à l'échelle, je la frappe sans discontinuer, je n'ai plus que ça à faire pour m'enfuir. Après quelques minutes, j'entends qu'elle se fissure ce qui me motive à donner des coups encore plus forts. Des morceaux de verre tombent sur mon visage pour signifier ma libération. En m'extirpant de cet abîme, je m'ouvre les mains en me suspendant à la verrière, je suis ensanglanté mais en liberté. C'est une libération conditionnelle, car je me retrouve toujours bloqué ici, sans issue pour descendre à part sauter dans le vide. Malgré tout, je savoure cet instant en retrouvant de l'oxygène, je peux enfin respirer à nouveau. Avec soulagement, je m'allonge pour admirer cette nuit étoilée. Demain matin, je n'ai plus qu'à espérer que quelqu'un passe à proximité pour qu'il me vienne en aide. Au loin, j'aperçois déjà le lever du soleil illuminant la Côte d'Azur, je viens de réaliser que j'ai passé plusieurs heures enfermé là-dedans. Pour passer le temps, j'essaye avec souffrance d'enlever les nombreux morceaux de verre incrustés dans mes mains, la douleur est intense. À vue d'œil, il n'y a aucune habitation aux alentours, j'espère qu'un promeneur égaré va se perdre dans le coin, car je n'ai pas d'autres perspectives pour me sauver d'ici. Il est hors de question que je rentre à nouveau à l'intérieur pour chercher une autre issue. Je m'impatiente en marchant sur le toit et découvre avec étonnement la présence d'un escalier extérieur sur l'aile gauche du bâtiment. Je compte chaque marche métallique menant à ma libération définitive. Le nombre cent quarante-huit restera définitivement gravé dans ma mémoire. Sans me retourner une dernière fois vers ce qui aurait pu être mon sarcophage, je me dirige en direction du village pour trouver une pharmacie au plus vite.

Arrivé dans le centre d'Andon, je découvre une commune sans pharmacie, il y a juste un bar-tabac d'ouvert. Je rentre à l'intérieur sous les regards intrigués des quelques vieillards attablés au bar. Avec mes habits tachés de sang, je ne passe pas inaperçu. Je demande à la gérante du café si elle a des pansements et du désinfectant pour mes mains. Elle s'empresse d'aller récupérer sa trousse de secours en m'invitant à m'asseoir. L'un d'eux me demande si je me suis fait agresser, je lui dis que non, que je me suis retrouvé perdu dans l'hôpital abandonné et que je me suis coupé avec du verre.

> — À l'hôpital ? Mais qu'est-ce que vous avez foutu là-bas ?
> — J'ai juste voulu voir l'intérieur par curiosité.
> — Et vous ne savez pas lire ? Vous ne les avez pas vu les panneaux sur lesquels c'est marqué qu'il est strictement interdit de rentrer dedans ?
> — Je n'ai rien fait de mal !
> — Ce n'est pas la question, c'est interdit bordel !

La vieille femme m'emmène de quoi désinfecter mes vilaines blessures et m'aide à extraire les petits morceaux de verre à l'aide d'une pince à épiler. Avec des lingettes imbibées d'alcool à quatre-vingt-dix degrés, elle me frotte les plaies de quoi me faire hurler de douleur. Les pochetrons ne se remettent toujours pas du fait que j'ai pu aller visiter l'hôpital illégalement.

— Et tu avais que ça à faire d'entrer dans cette
ruine ?
— J'enquête sur la vie de Guy, le nécrophile
d'Andon.

L'un d'eux me prend à partie avec un ton très
agressif.

— Tu es qui toi pour le juger ? Qu'est-ce que tu
viens foutre le bordel ici ?

Apparemment, je suis en terrain hostile avec ces
individus prêts à défendre le nécrophile. Je tente
de me justifier face à cette meute d'arriérés.

— Je ne suis pas venu pour le juger mais…
— Mais quoi ? Il s'est juste vidé les couilles, ça
te pose un problème ? Il n'a fait de mal à
personne, c'était des cadavres.

Je reçois des arguments d'une rare violence, ils
n'ont aucune morale. Le thanatopracteur était
apparemment devenu un modèle ici, même la
vieille dame acquiesçait les paroles choquantes de
sa clientèle.

Pour ma prochaine destination, je dois me rendre
dans un hôtel dans lequel l'ancien propriétaire a
commis des ignominies envers sa clientèle

féminine. Il se situe à Tourrette-Levens, un village se trouvant dans l'arrière-pays niçois, je ne sais pas comment je vais arriver à me rendre là-bas mais je vais devoir me débrouiller. Après avoir bu mon café, je demande par quels moyens je peux me rendre à ma nouvelle destination. La gérante m'explique qu'un bus pour Grasse passe toutes les deux heures devant la mairie, une fois là-bas, je devrais ensuite prendre la direction de Nice et chercher une correspondance pour mon patelin. C'est laborieux. Elle m'indique que le prochain bus arrive dans cinq minutes. Je me précipite à l'extérieur de peur de devoir rester encore deux heures avec les bouseux. J'ai une dégaine de psychopathe avec mes habits déchirés et tachés de sang, jamais une voiture ne se serait arrêtée pour me prendre en stop. Quand je serais à Nice, j'irai faire quelques boutiques afin de me relooker, je ne peux pas rester comme ça.

Après une sieste de quarante-cinq minutes, dans un état de somnolence totale, je suis réveillé par le chauffeur qui m'indique que nous sommes arrivés au terminus de Grasse. Je dois me dépêcher maintenant pour rejoindre le bus de Nice qui est prêt à partir. Le rythme est soutenu, je ne suis pas certain que je vais continuer mon voyage avec les transports en commun, c'est trop stressant. Une fois à l'intérieur du second bus, je peine à me trouver une place, observé avec méfiance, je traverse ces regards se tournant les uns après les autres dans ma direction. Par chance, je remarque encore une place de libre du côté de la fenêtre, mais elle est condamnée par un sac à main posé dessus. La jeune femme au téléphone fait semblant de ne pas me voir, ne souhaitant pas m'accorder ce siège. J'ose l'interrompre dans sa conversation pour demander si je peux m'asseoir, mais elle continue de m'ignorer complètement. Insistant, je touche son épaule afin de la faire réagir ce qui eut comme conséquence de lui faire pousser un cri comme si j'étais en train de l'agresser sexuellement. Elle me regarde de haut en bas en ne cachant même pas le dégoût que je lui procure, l'expression de son visage est une insulte à mon égard. Se levant pour me laisser passer, elle exprime son mécontentement en soufflant assez fort pour que tout le monde entende. Il va être difficile de me rendormir dans ces conditions, elle parle si fort avec son téléphone qu'elle partage sa conversation avec tous les voyageurs. Remarquant que sa stratégie de se maquiller comme une pute au rabais ne suffit plus pour attirer quelques regards, elle en est arrivée à gueuler dans son téléphone pour décrocher un semblant d'attention. Cette fille a tellement de fond de teint sur le visage qu'elle pourrait y dissimuler de la cocaïne. Heureusement pour elle qu'il y aura toujours des mecs en chaleur, peu regardants sur la marchandise pour combler son narcissisme. Sans aucun doute, elle doit juger de son charme au nombre de bites qu'elle a sucées, ça doit être son seul critère d'estime de soi. Un homme se lève et se dirige vers elle pour lui demander de parler moins fort sous l'acclamation des autres passagers. Elle raccroche immédiatement comme si elle faisait semblant de parler à quelqu'un depuis le début. Vexée que son charme n'opère pas en ayant ce genre de remontrances, elle se plonge dans son téléphone pour naviguer sur une application de rencontres. Énervée par la situation, elle passe en revue les profils masculins en appuyant systématiquement sur une croix rouge pour leur signifier qu'ils ne sont pas assez bien pour la mériter. À défaut de briller un jour intellectuellement, elle ne peut que s'investir à travers ses orifices, ce n'est que par ce moyen qu'elle pourra espérer un jour saisir la moindre opportunité. Trop prétentieuse à l'idée d'être caissière, elle profite de son peu d'amour propre qu'il lui reste avant d'exhiber son cul sur les trottoirs.

Il est dix heures, me voici arrivé à la gare routière de Nice, je ne traîne pas en me rendant à l'accueil pour demander les heures de départ pour la ville de Tourrette-Levens. La préposée m'indique que le prochain bus part dans cinquante minutes. Je vais profiter de cette attente pour m'acheter de quoi être présentable à l'hôtel. Il n'y a pas beaucoup de magasins dans ce quartier à part ce « Nice Affaires », une boutique bon marché à la devanture jaune fluo. J'ai bien peur que mes habits déchirés et tachés de sang soient du plus bel effet par rapport à ce que je peux trouver à l'intérieur. Je rentre dans une sorte de bric-à-brac dans lequel se mélangent aussi bien des outils de bricolage, des bonbons, des fringues et des piscines gonflables rangés dans des rayons sans âme. Partout, des affiches indiquent que tous les articles sont discounts à des prix mini dans le but de mettre en confiance cette clientèle qui doit être sous le seuil de pauvreté. J'endosse le rôle d'anthropologue venu observer le bas peuple dépensant leurs revenus sociaux dans des merdes venues de Chine, c'est fascinant. Me voici dans le rayon vêtement, heureusement qu'une pancarte me le signale, car j'avais pensé au premier abord me trouver dans un vaste choix de torchons recyclés. Il est difficile de se laisser tenter par ces motifs hideux qui se présentent à moi. Comment peut-on porter de telles immondices, la misère n'excuse pas tout, on ne doit en aucun cas supporter cette pollution visuelle dans nos rues. Il devrait y avoir un permis de décence, cela éviterait de voir défiler des gens exhibant leur précarité sans aucune pudeur. Honteux, le regard fuyant, je me dirige en caisse avec un jogging gris digne d'être porté par un chômeur alcoolique en fin de droits. J'ai choisi ce qu'il y avait de moins pire, je tâcherai de m'arrêter ailleurs pour acheter autre chose, là j'ai à peine le temps de me changer dans les toilettes avant que le bus arrive. À l'intérieur de l'autocar, il n'y a pas grand monde, ma destination n'est pas très convoitée. J'espère juste qu'il reste des chambres de libres dans cet hôtel, car j'ai bien peur de n'avoir que cette possibilité pour passer la nuit. Je ne rêve que de prendre un bain pour me relaxer de cette nuit terrible que j'ai passée à l'hôpital. En permanence, j'ai mes cheveux qui me démangent, je me sens vraiment dégueulasse, la halte de ce soir s'annonce indispensable pour me revigorer. Je suis impatient à l'idée de découvrir l'hôtel de l'Étoile anciennement appelé l'hôtel de la Gabre, le nom a été changé depuis l'horrible histoire qui a eu lieu dans les années quatre-vingt.

HÔTEL TOUS SÉVICES COMPRIS

Inauguré en mille neuf cent quarante-six, l'hôtel de la Gabre avait la particularité de disposer d'une magnifique vue sur la vallée du Paillon, un panorama qui contribua à sa popularité. En plus de cet atout visuel, sa renommée était due aux nombreuses soirées organisées réunissant la jet-set locale. Derrière cette belle réussite, un couple, Adrienne et Manuel qui avaient réussi à constituer ce lieu incontournable en partant de zéro. Au fil des années, des complications médicales chamboulèrent leur quotidien. Adrienne Gioffredo contracta une maladie grave en mille neuf cent quatre-vingt-cinq à l'âge de soixante-six ans et en décéda quelques mois plus tard. Son cancer généralisé ne lui laissa aucune chance de s'en sortir. Son mari tomba alors dans une profonde dépression irréversible. Meurtri sentimentalement, il se retrouva à devoir gérer l'hôtel sans aucune aide. La tâche était immense, sa femme gérait toute l'administration, la comptabilité et faisait le ménage. Devant cette charge de travail, il n'avait pas la force et la volonté de continuer à faire perdurer l'existence de l'établissement, sa peine était trop lourde et sa motivation inexistante. Désemparé, il ferma l'hôtel à la clientèle pour finir ses jours dans une grande solitude. Sans appétit et plongé dans un état léthargique, il se laissait mourir à petit feu. Extrêmement amaigri, il était devenu méconnaissable, son facteur le voyait dépérir au fil des jours. Cet homme était devenu son seul lien social. Par affection, il se démenait pour que le vieil homme reprenne goût à la vie, mais c'était peine perdue, il n'y avait plus rien à faire. Manuel pouvait passer ses journées à se plonger dans ses albums photos pour regarder cette vie lointaine. Un passé photographique qu'il faisait partager à son facteur, ce n'était qu'à travers ces clichés qu'il pouvait encore parler. Il était enfermé dans ses souvenirs sans avoir la volonté d'en sortir. À plusieurs reprises, le facteur voyait défiler les photos d'un enfant, il questionna Manuel pour savoir qui était cette personne. Une interrogation qui le mit mal à l'aise, au point d'être au bord des larmes.

> — C'est mon fils unique, ça fait des années que je ne l'ai pas vu. Il a fugué à l'âge de dix-sept ans et n'est jamais revenu.

Il justifia cette rupture en disant que c'était un adolescent violent et turbulent souffrant de graves troubles psychiatriques. Dès son plus jeune âge, il avait pris plaisir à humilier son père et sa mère devant la clientèle de l'hôtel en les insultant et les diffamant. Il leur rendait la vie impossible. Manuel ne comprenait pas pourquoi il faisait autant preuve de haine envers eux. La seule hypothèse dont il disposait, c'est que son enfant avait toujours été rejeté par les autres élèves de son école, certainement par pure jalousie, car il était le fils des propriétaires de cet hôtel réputé. Des circonstances qui lui déclenchèrent par la suite de sérieux troubles du comportement. Depuis cette rupture avec son fils, il n'avait jamais eu de ses nouvelles, il ne savait même pas si son enfant était encore en vie. Il raconta au facteur qu'il espérait un jour retisser les liens avec lui afin de comprendre cette attitude qui l'avait fait tant souffrir. Un souhait qui ne se réalisa jamais, car ne pouvant affronter sa grave dépression plus longtemps, Manuel décida de mettre fin à sa vie en se passant la corde au cou. Il fut découvert par le facteur qui s'inquiétait de ne plus le voir attendre son courrier devant sa porte. Sans hésiter, il brisa une fenêtre pour porter assistance au vieil homme. Malheureusement, il découvrit avec horreur son corps suspendu dans la cuisine. Cette mort provoqua une onde de choc pour les habitants de Tourrette-Levens, l'ancien hôtelier était une personne appréciée et la fin tragique de son existence suscita une peine immense.

Après ce douloureux suicide, l'avenir de l'hôtel fut remis en question. Le notaire avait la lourde tâche de retrouver l'héritier qui n'était autre que Fabian, le fils unique de la famille. La séparation avec leur descendance avait été entamée depuis si longtemps que cela compliqua évidemment les recherches afin de le joindre et l'informer de la situation. Après des semaines de recherche intensive, l'homme chargé de la succession le retrouva enfin. Il était domicilié à quelques kilomètres de l'hôtel, dans une petite maison située dans le village de Sospel. Le notaire découvrit un homme rustre à l'allure inquiétante, au premier abord il semblait réfractaire à tout contact. Il était difficile d'insister face à cette personne à la carrure impressionnante, à vue d'œil il mesurait facilement plus de deux mètres et avait le visage recouvert de cicatrices. En apprenant la mort de ses parents, il n'eut strictement aucune émotion, Fabian resta de marbre, indifférent à la gravité de la nouvelle. Il n'exprima pas plus de choses à l'énoncé de l'héritage. Le notaire lui signifia alors qu'il pouvait revendre son hôtel à un très bon prix, mais il refusa tout de suite. Cet héritage lui donnait l'opportunité de changer de vie en gérant cet établissement malgré le fait qu'il n'avait strictement aucune expérience dans ce domaine. Depuis sa fugue, il n'était jamais revenu ici, au point de ne pas reconnaître le bâtiment de son enfance. L'hôtel avait été réhabilité et réaménagé afin de rendre l'ensemble plus moderne. Il effectua la visite de l'établissement pour voir l'état général des vingt-quatre chambres afin de juger s'il était nécessaire de faire des travaux. Fabian n'avait pas encore conscience de la charge de travail qui l'attendait. Jusqu'à présent, il était habitué à effectuer des petits boulots par-ci par-là, mais il subvenait essentiellement à ses besoins grâce aux aides sociales. Sans trop de surprise, en peu de temps l'hôtel perdit de sa superbe. Après quelques mois de gestion, le nouveau propriétaire avait rendu le lieu insalubre et n'arrivait pas à attirer la moindre clientèle. Sans aucun moyen pour l'entretenir, l'établissement tomba peu à peu en ruine. C'est ainsi qu'il transforma le lieu en auberge de jeunesse afin de s'adresser à des clients beaucoup moins exigeants sur les prestations et le confort. Avec des tarifs très accessibles, il avait réussi à remplir les chambres de nouveau grâce à des personnes venues dans le secteur pour pratiquer la randonnée et l'escalade. La décrépitude de l'hôtel était totale. Sa façade décolorée donnait déjà une indication sur son état général. Et pourtant à l'intérieur, le décor était encore plus effrayant. Dans les chambres et les couloirs, il y avait plusieurs seaux disposés afin de recueillir la pluie s'infiltrant à travers la toiture. Les murs étaient humides et la moquette extrêmement sale. Il fallait faire preuve d'un aveuglement certain pour séjourner là-dedans.

Le vingt janvier mille neuf cent quatre-vingt-huit, en pleine nuit, l'habitant d'une maison voisine de l'hôtel fut réveillé par des violents coups donnés à sa porte d'entrée. Paniqué, il regarda par sa fenêtre et découvrit avec effroi une jeune femme nue ensanglantée. Il se précipita pour lui ouvrir afin de la faire entrer à son domicile. La victime avait son corps mutilé de partout, sa poitrine était déchiquetée, son visage extrêmement lacéré, sa main droite amputée et comble de l'horreur, sa langue était à moitié sectionnée. La police et les pompiers arrivèrent quelques minutes plus tard pour la transporter en urgence à l'hôpital de Nice. Ils n'avaient jamais vu un corps dans un tel état. Le propriétaire de la maison fut questionné pour savoir ce qu'il s'était passé exactement. L'homme encore choqué n'avait pas grand-chose à dire, il expliqua juste avoir été réveillé par cette femme qu'il n'avait jamais vue auparavant. Dès son arrivée à l'hôpital, elle fut plongée dans un coma artificiel pour la soulager de ses souffrances. La jeune femme se réveilla cinq jours plus tard. À son chevet, des inspecteurs de police étaient venus pour récolter des informations pour les besoins de l'enquête. Dans l'impossibilité de parler, elle prit une feuille et un stylo avec sa main gauche et commença péniblement à décrire le lieu dans lequel elle avait été séquestrée et torturée. Elle dessina une maison en inscrivant le mot hôtel dessus et en prenant le soin d'entourer le toit à plusieurs reprises comme pour indiquer que l'attention devait être portée sur le grenier. Sous morphine et extrêmement atténuée, elle n'avait pas la force d'exprimer plus de choses. Malgré ce peu d'indications, les policiers comprirent rapidement qu'il fallait perquisitionner le seul hôtel de la commune. Une fois sur place, le gérant de l'établissement était introuvable et il n'y avait personne d'autre. Sans perdre de temps, ils se dirigèrent avec prudence en direction du dernier étage pour accéder au grenier. L'ascenseur était hors service, il fallait emprunter l'escalier pour aller là-haut. Sur la porte du troisième étage, il y avait une affiche collée interdisant l'accès. Illuminé par un seul lampadaire en fin de vie, le couloir laissait transparaître des murs recouverts de moisissure, le sol était humide et l'air glacial. Cette partie de l'hôtel était désaffectée. Derrière chaque porte, toujours le même décor apocalyptique, les chambres avaient le plafond écroulé sur le mobilier et la literie. Au fond du couloir, une échelle était fixée contre le mur permettant de rejoindre le grenier. Une fois en haut, ils découvrirent dans une petite pièce sombre une cage qui, de toutes apparences, pouvait servir à séquestrer une personne. La puanteur qui s'en dégageait était insupportable à cause du manque d'aération. Un arsenal de torture fut découvert, il était constitué de couteaux, de sabres, de lames de rasoirs et de tournevis. Chaque outil présentait encore des traces de sang plus ou moins séchées. À l'intérieur d'un tiroir, ils découvrirent des papiers d'identité appartenant à deux autres femmes. Après vérifications, elles avaient été déclarées disparues depuis plusieurs mois. L'affaire prit une autre dimension. Toujours dans un état jugé inquiétant, allongée dans son lit d'hôpital, la rescapée prenait le temps de décrire les atrocités qu'elle avait vécues durant sa captivité. Il lui fallut une dizaine de jours pour réussir à écrire ce récit glaçant.

Elle raconta être venue à Tourrette-Levens pour passer quelques jours de vacances afin de pratiquer la randonnée pédestre. Arrivée à l'hôtel, son enthousiasme fut de courte durée quand elle découvrit l'état lamentable de l'établissement. Une chambre inutilisable tant par la forte humidité qui s'en dégageait que par son insalubrité. Pour elle, il était impossible de rester dormir dans cette pièce. Malgré les réclamations portées au responsable de l'hôtel, elle ne réussit pas à obtenir une autre chambre, condamnée à devoir passer trois nuits dans de sales conditions. La première soirée fut chaotique avec cette literie qui lui provoqua des démangeaisons toute la nuit. Elle en était rendue à dormir par terre sur ses habits éparpillés. La seule satisfaction de son séjour, elle la devait à ces magnifiques paysages qu'elle découvrait lors de ses promenades, c'était ce qui lui donnait l'envie de ne pas écourter ses vacances. La veille de son départ, cloîtrée dans sa chambre, elle resta assise sur sa valise à attendre l'arrivée de son taxi pour se rendre à la gare de Nice. Elle était si impatiente de partir d'ici qu'elle préféra passer la nuit sans dormir. Cette soirée fut interminable, une attente pénible à observer les aiguilles de sa montre tourner péniblement jusqu'à ce qu'elle puisse être délivrée de ce gourbi. Finalement, elle n'arriva pas à résister à sa fatigue en s'allongeant au sol avec sa valise en guise d'oreiller. Plus tard, elle fut réveillée brusquement par une main la saisissant par le cou. Un rouleau adhésif condamna sa bouche pour qu'elle ne puisse pas continuer à hurler. Elle essaya de se débattre, mais face à la force de cet homme, elle ne pouvait rien faire à part subir. À travers la pénombre, elle le reconnut, son agresseur s'avérait être l'hôtelier. En tirant violemment ses cheveux, il la traîna dans le couloir pour l'emmener jusqu'à l'escalier afin de la faire monter au dernier étage. Personne n'intervint malgré le vacarme, comme s'il n'y avait aucun client dans l'hôtel. Le corps de la jeune femme fut tiré sauvagement par les pieds, sa tête se fracassait sur chacune des marches. Il lui demanda de se relever et d'avancer jusqu'au bout du couloir.

Tétanisée, elle était incapable de mettre un pied devant l'autre. Fabian l'obligeait à marcher en lui donnant des coups de pied dans le dos. En pleurs, elle traversa le troisième étage en redoutant le pire. Lorsqu'elle arriva devant l'échelle, il l'obligea à grimper les barreaux pour l'emmener dans le grenier, elle refusa en tentant de s'échapper. Enragé par cette tentative désespérée, il lui assainit plusieurs coups de poing au visage pour lui faire comprendre qu'elle n'avait pas le choix. Une fois arrivée dans la pièce, elle fut attachée et violée à plusieurs reprises. Il faisait preuve d'une grande violence, voir cette femme en sang lui procurait une jouissance terrible. Soumise, elle ne pouvait pas appeler à l'aide à cause de sa bouche bâillonnée, condamnée à subir en silence cette torture sexuelle. À plusieurs reprises, il prit plaisir à mordre son clitoris jusqu'à la faire saigner, c'était d'une telle férocité qu'il pouvait lui arracher son organe à tout moment. Après ces viols à répétition, la jeune femme fut enfermée dans une petite cage dans laquelle elle devait se mettre en position fœtale afin d'entrer intégralement à l'intérieur. Une fois dedans, complètement recroquevillée, il était impossible qu'elle puisse légèrement relever sa tête, elle ne pouvait plus bouger du tout. C'est ainsi que débuta sa longue séquestration. L'homme n'avait strictement aucun état d'âme, il était d'une cruauté sans nom. Nourrie dans sa cage, elle ne pouvait en sortir seulement quand son bourreau voulait abuser de son corps. Malgré sa soumission, il ne pouvait s'empêcher de la torturer en exerçant des actes immondes tels que l'amputation de ses doigts à la scie. Son objectif était de lui faire subir les pires des sévices. Personne ne pouvait entendre ses nombreux gémissements, l'étage en dessous du grenier était désaffecté, Fabian pouvait la torturer sans que la clientèle ne se rende compte de cette horrible situation. Un soir, seule dans sa cage, Élise décida de se frotter la tête à plusieurs reprises contre les barreaux afin de déchirer le ruban adhésif collé sur sa bouche. Pendant une heure, elle n'arrêta pas de s'égratigner le visage dans l'espoir de libérer sa voix. Après plusieurs tentatives, elle put enfin crier de nouveau afin de demander de l'aide aux clients de l'hôtel. Ses efforts n'eurent aucune conséquence, le lieu avait été fermé à la clientèle depuis plusieurs jours. Une décision prise afin que son tortionnaire se retrouve seul avec elle. Assis dans le salon, il fut surpris en entendant les hurlements d'Élise. Précipitamment, il se dirigea vers le grenier en prenant soin de récupérer des ciseaux dans la cuisine. Énervé, il la fit sortir de force de la cage et s'acharna sur son visage en lui donnant plusieurs coups de pied. Avec difficulté, il bloqua sa tête sur le sol pour tenter de couper sa langue avec sa paire de ciseaux. Elle fit tout pour éviter cela en fermant sa mâchoire de toutes ses forces. Déterminé, Fabian lui fit ouvrir la bouche en y insérant un tournevis tout en continuant à lui donner de violents coups sur son visage. Il tenta à nouveau de lui sectionner la langue, mais la jeune femme réussit à faire tomber son arme. Il se retourna pour récupérer les ciseaux tandis qu'Élise profita de sa position pour le pousser hors du grenier en lui donnant un violent coup de pied. Déstabilisé, Fabian se fracassa la tête contre les barreaux de l'échelle avant de s'écraser sur le sol du troisième étage. Prudente, elle attendit quelques minutes pour voir si l'homme allait se relever. Elle ne pouvait pas croire qu'elle venait de tuer son ravisseur. Dix minutes plus tard, Fabian ne bougeant toujours pas, elle décida la peur au ventre de descendre. Il n'y avait que six barreaux pour atteindre le sol et s'enfuir, mais l'idée de devoir enjamber ce monstre la pétrifiait. Elle pensait qu'il faisait semblant d'être mort pour mieux l'attraper et la tuer. Dans ce couloir humide à l'éclairage faiblard, elle posa ses pieds juste à côté du cadavre et se dirigea vers l'escalier en regardant à plusieurs reprises si l'homme était toujours à terre. Souffrant de graves blessures, elle tomba dans l'escalier en ayant beaucoup de mal à se relever, les douleurs étaient si intenses qu'elle n'arrivait plus à marcher. Elle n'arrêtait pas de hurler dans les couloirs sans s'apercevoir encore qu'il n'y avait personne dans les chambres. Une fois à l'extérieur, elle se dirigea vers la maison la plus proche pour mettre fin à son calvaire.

Après avoir écrit son témoignage, elle fut retrouvée morte à l'hôpital, les veines tailladées. Le suicide comme seule échappatoire. Jamais cette jeune femme n'aurait pu se remettre d'un tel traumatisme. Cette captivité inhumaine était une condamnation à périr dans de graves séquelles psychiatriques et physiques, elle n'avait pas souhaité prolonger sa souffrance. Terrible destin pour cette étudiante de dix-neuf ans. Des fouilles approfondies de l'hôtel et du jardin n'avaient malheureusement rien donné, aucune trace des autres filles disparues. Les recherches n'avaient également pas permis de retrouver Fabian malgré une traque intense et divers appels à témoins, l'homme s'était évaporé dans la nature.

Mon bus vient de traverser la ville de Saint-André-de-la-Roche, je vais bientôt arriver à mon hôtel, ma destination se trouvant à quelques minutes d'ici. Je ne pense qu'à une chose, m'étendre sur mon lit et me reposer, j'ai vraiment besoin de me remettre sur pied pour continuer mon périple. Une bonne douche aussi, c'est une urgence médicale, je n'ose plus me regarder à travers le reflet des vitres, j'ai l'impression d'être un clochard, c'est affreux. Le chauffeur me dépose sur le boulevard Léon Sauvan, il m'indique que mon hôtel se trouve à cinq minutes de marche, ce trajet est interminable. Je profite d'être devant une épicerie pour faire quelques provisions afin de rester enfermé dans ma chambre. Quelques sachets d'apéritifs, de paquets de gâteaux et une bouteille de coca suffiront à combler ma faim. Déjà une bonne dizaine de minutes que je marche sans apercevoir mon hôtel, je commence à être à bout. Je m'arrête dans une auto-école pour demander mon chemin. La secrétaire me fait savoir que l'hôtel se trouve à dix minutes mais dans la direction opposée, je viens de faire un détour à cause de ce connard de chauffeur de bus. La quadragénaire sensible à ma situation me propose qu'un moniteur m'accompagne lors d'une leçon de conduite avec un élève. Évidemment que j'accepte, avec grand plaisir, elle me fait patienter sur une chaise en attendant qu'il arrive.

La Peugeot 207 vient de se garer devant la vitrine, je suis invité à monter dedans. Assis à l'arrière, j'assiste à un spectacle pitoyable, la jeune femme conduit apparemment pour la première fois. L'élève n'arrive pas du tout à gérer son stress et n'arrête pas de caler, ses mains moites sur le volant ne me rassurent pas. Le moniteur reste professionnel et montre une patience à toute épreuve en expliquant calmement comment faire pour démarrer le véhicule correctement. J'ai bien compris à ce moment-là que je n'arriverai jamais à mon hôtel. Nous voici enfin partis après plusieurs tentatives restées vaines, une joie de courte durée lorsque je réalise à quelle vitesse nous roulons. Dans l'idée, un cul-de-jatte pourrait nous dépasser en nous faisant un doigt d'honneur. Quelques instants plus tard, j'ai failli passer par le pare-brise, car le moniteur a freiné en urgence pour éviter qu'elle écrase un couple de vieux traversant sur le passage clouté. La jeune femme reste tétanisée sous les invectives des retraités ayant eu la peur de leur vie. Elle est en train de trembler et n'ose plus poser ses mains sur le volant. Incapable de gérer sa panique, elle n'arrive plus à redémarrer. Derrière nous, toute une file de voitures à l'arrêt improvisent un concert de klaxons. Heureusement que sa poitrine imposante permet au moniteur d'être toujours aussi calme et attentionné envers elle, s'il a comme projet de se la taper, il va devoir effectivement faire preuve de beaucoup de sang-froid. Moi je n'ai pas ce projet, je n'ai aucun intérêt à subir cela, je n'en peux plus, cela n'a que trop duré. J'aperçois un panneau indiquant mon hôtel à cinq cents mètres, je demande qu'elle arrête la voiture afin que je puisse continuer mon chemin à pied.

J'arrive enfin devant l'Hôtel de l'Étoile, la façade pittoresque est vraiment splendide, c'est tout bonnement méconnaissable par rapport aux photos d'époque que j'avais consultées. Je suis accueilli par une charmante femme me souhaitant la bienvenue. Le cadre est agréable, à la fois rustique et moderne, j'espère que ma chambre sera dans le même style. La nuit est à soixante-quatorze euros, à ce prix-là, je vais rester que deux jours, je n'ai pas les moyens de m'éterniser. Ma chambre se trouve au deuxième étage, c'est la numéro vingt et un. Sans prendre le temps de me laver, je balance mes denrées par terre et saute sur le lit pour m'endormir profondément. Je serai réveillé plus tard par le téléphone de ma chambre qui sonna sans discontinuer. Un homme s'excuse de me déranger et m'indique que le service du petit-déjeuner prend fin dans dix minutes et qu'il faudrait que je descende dans la salle de restauration si je veux en profiter. Encore dans le coaltar, je m'aperçois qu'il est déjà neuf heures trente du matin, j'ai dû dormir à peu près treize ou quatorze heures, j'avais effectivement besoin de me reposer. Déjà habillé de la veille, je m'asperge d'eau au visage pour essayer de provoquer un électrochoc à ma léthargie. Arrivé devant le buffet, je dévalise ce qui reste comme pains au chocolat et croissants en accompagnant le tout d'un chocolat chaud. Aujourd'hui, je vais rester dans ma chambre, je n'ai ni la force ni l'envie de faire quoi que ce soit d'autre. Profitant de ce temps libre, je vais préparer la prochaine étape de mon voyage qui se trouve à Saint-Sauveur-sur-Tinée, encore un coin paumé en pleine montagne. J'hésite à m'y rendre car je n'ai pas envie de passer tout mon temps dans les bus à galérer, je n'aurai pas la patience de voyager encore comme ça. Il serait peut-être judicieux que je garde uniquement les étapes se trouvant autour de grandes villes, il faut que je réfléchisse.

De nouveau dans ma chambre, ma motivation m'engouffre sous la couverture afin de prolonger cette longue nuit. Les volets fermés, je reste éveillé dans l'obscurité en me remémorant ce que j'ai vécu depuis que je suis parti de Bordeaux. Jamais je n'aurai imaginé que cela se déroulerait ainsi, ma prétention à me changer simplement les idées avait pris une tournure bien différente. Que de péripéties en une semaine, au moins je n'ai pas la tête ailleurs. Enfin, je n'irai pas jusqu'à relativiser l'incendie de ma voiture, ça me complique les choses au point de me demander si je vais pouvoir continuer mon périple.

Hier en attendant mon bus à Nice, j'ai été pris d'une crise d'angoisse en me rendant compte que la prison se trouvait à quelques rues d'ici. L'image de mon père m'obnubilait de nouveau. Je le savais incarcéré ici depuis des années sans avoir pris la peine ne serait-ce qu'une seule fois d'aller lui rendre visite. Cet homme a tué ma mère et ma sœur et depuis, j'attends avec impatience que l'on m'annonce sa mort, force est de constater qu'il s'accroche à la vie. Je vais l'aider à disparaître, cela sera aussi simple que d'avoir incendié sa maison, c'est la suite logique des choses. S'il n'a pas de remise de peine, normalement il doit sortir d'ici deux mille vingt-trois, ça fait encore beaucoup d'années à attendre, mais je continuerai à patienter le temps qu'il faut. Il m'a brisé à tout jamais et lui seul est coupable de mes échecs et de mes névroses. Du fond de sa cellule, cela ne doit pas le préoccuper beaucoup. Son seul regret certainement, c'est de n'avoir pas réussi à me tuer, il m'aura juste marqué à vie avec cette cicatrice se trouvant sur mon dos, marqué au fer rouge à tout jamais. Ma vengeance se nourrit depuis que j'ai seize ans, c'est à cet âge que ma vie a basculé. C'était le quatre février deux mille un, le jour de mon anniversaire, une date qui portera à jamais les stigmates de mon existence. J'ai toujours vécu dans un climat familial anxiogène. Les disputes et les bagarres entre ma mère et mon père étaient devenues banales depuis longtemps, je ne faisais que les subir sans avoir l'espoir d'y mettre fin, il fallait juste que j'apprenne à vivre avec. Des concessions j'ai dû en faire, comme celle de ne jamais inviter mes amis chez moi, pas que j'en avais l'interdiction, mais je ne voulais pas qu'ils voient ce que je pouvais endurer. En aucun cas, il ne devait me considérer autrement, je ne voulais pas attiser la moindre pitié. Je devais en toutes circonstances garder mes souffrances pour moi, la honte d'être jugé, ce n'était pas possible de craquer. Comment aurais-je pu assumer le visage tuméfié de ma mère, comment aurais-je pu présenter cet être alcoolique falsifiant son rôle de père, j'étais par conséquent moi aussi pris au piège dans cette famille. Un calvaire que je n'aurai pas souhaité à mon pire ennemi. Régulièrement, il nous frappait aussi avec ma sœur, cela permettait à ma mère de ne pas souffrir le temps d'un instant, la solidarité familiale dans la violence. Impuissante en nous entendant crier, elle ne pouvait intervenir par peur de se mettre en danger, elle vivait en permanence avec la peur de mourir sous ses coups, elle était conditionnée à se soumettre constamment. Qu'il était difficile d'endosser le rôle de l'enfant à la famille parfaite, quotidiennement je devais prouver ce que je n'étais pas. Ma vie scolaire, je l'ai passée la peur au ventre à l'idée de rentrer chez moi en redoutant de découvrir ma mère inanimée, ce qui était déjà arrivé à plusieurs reprises. Je regrette tellement qu'elle n'ait pas pris la décision de fuir avec nous, loin de notre maison, loin de mon père, malheureusement, elle n'en avait ni les moyens ni le courage. Avec recul, j'ai la haine en prenant conscience que notre entourage familial ne pouvait ignorer ce qu'on subissait. Ils ont été si lâches en fermant les yeux, sans scrupule de nous abandonner dans les mains de cet homme. Ils avaient sans aucun doute conscience des mensonges répétés de ma mère prétextant être tombée dans les escaliers pour justifier les bleus sur son visage. La même excuse réutilisée à plusieurs reprises sans qu'ils agissent pour éviter un drame. Ce déchet humain ne pouvait pas supporter sa vie faite d'échecs et de frustrations, il avait autant raté sa vie professionnelle que familiale. Sa seule occupation était de se défouler sur nous, profiter de nos rôles de souffre-douleurs. Il avait comme seule ambition qu'on ne réussisse à rien dans notre vie, comme lui, pour qu'il ne subisse pas une énième humiliation. En alternance avec mes cours au lycée, je travaillais le mercredi matin en aidant les maraîchers de mon village afin d'économiser un peu d'argent qui nous servirait, ma mère, ma sœur et moi, à nous enfuir d'ici. C'était mon unique objectif. La tournure des choses s'avéra dramatique.

Ce mercredi sept février deux mille un, comme d'habitude, j'appelais toutes les heures ma mère pour savoir si tout allait bien, mais tout au long de cet après-midi elle ne répondit jamais. À l'occasion de mon anniversaire, j'étais en train de passer ma journée à Avignon avec des amis, nous étions partis là-bas pour aller voir un film au cinéma. La séance fut interminable, trop préoccupé à essayer de joindre ma mère et ma sœur en renouvelant mes appels téléphoniques dans un rythme effréné. J'avais un mauvais pressentiment, il fallait que je regagne mon domicile au plus vite. Cyril, un de mes meilleurs amis de l'époque, prit la peine de quitter la séance pour m'accompagner, il me voyait être dans une grande panique. Sur le trajet, il me demanda à plusieurs reprises pourquoi je me mettais dans un tel état. En sueur, j'essayais sans cesse de joindre ma mère au téléphone. Je ne pris aucune peine à lui expliquer la situation en disant que cela ne le regardait pas.

Une fois arrivé, j'infiltrais discrètement mon jardin. À cette heure-ci, il faisait déjà nuit et cela me permettait de faire le tour de ma maison sans être vu. Toutes les lumières de mon domicile étaient éteintes, pourtant, les voitures de mes parents étaient bien présentes. Au bord des larmes, redoutant le pire, je m'aperçus également de l'absence de mon chien, le Jack Russell n'était pas présent dans sa niche. Habituellement, sentant ma présence, il venait systématiquement à ma rencontre, ce jour-là, ce ne fut pas le cas. Avec prudence, je rentrais chez moi par la porte arrière menant à la cuisine en essayant de faire le moins de bruit possible. À part le tic-tac de l'horloge, le silence était complet. Je ne savais pas quoi faire, dans le doute, je ne pouvais pas allumer les lumières, me retrouvant ainsi à rester debout, statique à attendre dans une tension intense. Après quelques secondes à tendre l'oreille, le parquet à l'étage se mit à résonner légèrement, je n'étais pas seul, une personne se trouvait en haut, peut-être un cambrioleur. Immédiatement, je pris mon téléphone en main afin de composer le numéro de la police pour les prévenir. C'est à ce moment-là que le numéro de mon père s'afficha sur mon écran, il était en train de m'appeler. Sans réponse de ma part, il tenta une nouvelle fois de me joindre. Il y avait du bruit dans les escaliers, quelqu'un était en train de s'approcher de moi. J'éteignis mon téléphone afin qu'il ne sonne plus. J'avais l'impression de ne plus être seul dans la cuisine, je ressentais une autre présence. Pris de panique, je décidai d'allumer la lumière de la pièce et découvris avec frayeur mon père avec un couteau à la main. Tentant de fuir en direction de la porte, il me rattrapa par mon manteau pour me poignarder dans le dos. Sur le moment, je ne sentis aucune douleur, trop préoccupé à abandonner mon manteau afin de m'échapper dans le jardin. En courant, je n'ai fait qu'accentuer cette blessure, mon dos saignait abondamment, j'étais pris de vertige, j'avais beaucoup de mal à avancer. Dans l'incapacité de m'échapper plus loin, je me réfugiai à l'intérieur de l'abri de jardin et rallumai mon téléphone afin de contacter la police. L'attente pour joindre le standard fut longue, ces quelques minutes, une éternité. En chuchotant, je les implorai de venir au plus vite à mon domicile en leur disant que mon père avait tenté de me tuer à l'instant. On me demanda de rester caché le temps qu'ils arrivent et de ne prendre aucun risque. À peine raccroché avec les forces de l'ordre que mon père tenta de me téléphoner à nouveau. La sonnerie retentit dans le jardin, par peur d'avoir été découvert, je sortis de ma cachette en abandonnant mon téléphone. Péniblement, j'atteignis le portail afin d'accueillir la police en prenant soin de me cacher derrière un arbre en attendant. À cet instant, je savais que tout était fini, que je n'aurai plus aucun espoir d'embrasser ma mère à nouveau, ma famille venait d'être décimée. J'entendis au loin les sirènes s'approcher, plusieurs véhicules de secours arrivaient en se garant devant mon portail. En pleurs, je me présentai à eux en leur disant que mon père était armé d'un couteau. En voyant mon état, ils appelèrent une ambulance pour que je sois transporté aux urgences. Ils étaient tous armés, prêts à affronter ce forcené, j'espérais à ce moment-là qu'ils allaient l'abattre d'une balle en pleine tête. Agonisant à l'intérieur d'un véhicule de police, l'attente du verdict fut interminable. Quelques minutes plus tard, l'ambulance arriva pour me prendre en charge, j'insistai pour ne pas partir tant que je n'aurai pas des nouvelles de ma famille. Des voisins interloqués par l'agitation venaient tour à tour demander aux policiers ce qu'il était en train de se passer. Le mirage de la bonne famille que j'avais érigé depuis seize ans était en train de se fissurer de partout. L'un d'eux me remarqua allongé dans l'ambulance et s'approcha derrière la vitre afin de me demander ce qu'il m'arrivait. À ce moment-là, je n'ai pas pu m'empêcher de fondre en larmes, les digues avaient cédé et je ne pouvais plus rien faire pour éviter cela. Un policier passant devant la porte ouverte de mon véhicule tenta de fuir mon regard, il avait l'air gêné et attristé, je venais d'avoir la confirmation de ce que je redoutais le plus. Il y avait beaucoup d'agitations, d'autres ambulances arrivèrent et les policiers revinrent en ouvrant le portail de la propriété afin de laisser passer les véhicules d'urgence. En plus de m'apprendre le décès de ma mère et de ma sœur, l'un d'eux m'informa que mon père était entre la vie et la mort après avoir tenté de se suicider. Il s'était porté plusieurs coups de couteau sans avoir été capable de mourir une bonne fois pour toutes. Dans un état second, je fus emmené à l'hôpital de Cavaillon en ayant encore beaucoup de mal à prendre conscience de ce qu'il venait de se passer. Drogué avec de la morphine, l'équipe médicale me soulagea et m'endormit afin de soigner la plaie béante que j'avais dans mon dos.

À mon réveil, deux inspecteurs de police se trouvaient dans ma chambre afin de me demander maladroitement si je me sentais mieux. Ne trouvant pas les mots à cet instant précis, ils m'annoncèrent avec autant de finesse que mon chien avait été également retrouvé mort. Quant à mon père, il était à l'hôpital d'Avignon toujours dans un état jugé préoccupant. Je n'arrivai pas à maîtriser ma colère en les insultant de tous les noms, en exprimant ce regret qu'ils ne l'aient pas tué. Ils me répondirent que ce n'était pas leur rôle, que nous ne sommes pas dans le Far West. Indirectement, il me remettait cette responsabilité-là, c'était à moi de l'exécuter. Ils me souhaitèrent bon courage dans cette épreuve difficile en me disant qu'ils allaient repasser dans quelques jours, quand je me sentirai mieux pour que je puisse faire ma déposition. Seul pendant quatre jours, je restai hospitalisé à Cavaillon, isolé dans ma chambre. Le chirurgien m'indiqua que je ne souffrais d'aucune séquelle physique, outre le fait de devoir vivre dorénavant avec une énorme cicatrice dans le dos. Lors de mon séjour médical, je reçus de nombreux coups de téléphone de mes grands-parents, inquiets de me savoir dans cette terrible situation. Ils étaient en train d'aménager une chambre pour m'accueillir dans leur appartement. Endeuillés par la disparition de leur fille, ils se devaient de venir en aide à leur petit-fils. Moi je n'avais ni envie de partir ni envie de rester, je voulais disparaître.

C'est ainsi que j'ai débuté une seconde vie à Bordeaux, en essayant d'effacer mes blessures, une épreuve qui aurait été plus facile si mon père n'avait pas survécu à sa tentative de suicide. Ce minable était encore en vie. La dernière fois que je l'ai vu, c'était pendant son procès durant lequel je n'avais eu de cesse de le fixer en lui faisant comprendre qu'on se retrouvera tôt ou tard. Il ne montra aucun regret, n'essayant même pas de demander pardon. Seul son avocat essaya de le défendre péniblement, lui resta dans un mutisme complet, sans se soucier un seul instant de la peine encourue. Il fut condamné à la réclusion criminelle à perpétuité avec vingt-deux ans de sûreté. Un jugement bien trop clément, car de mon côté, je l'avais déjà condamné à la peine de mort. En repartant de zéro, il fallait beaucoup de persévérance pour débuter cette nouvelle vie. Sous antidépresseurs et anxiolytiques, je devais me reconstruire en ayant plus aucun repère. C'était évidemment une période très difficile à vivre. Mes grands-parents avaient peur que je décide de mettre fin à mes jours, je l'aurais surement fait si mon père n'avait pas raté son suicide. Pour l'honneur de ma mère et de ma sœur, je ne pouvais pas faire preuve de lâcheté.

Il est déjà presque dix-neuf heures, j'ai passé ma journée au lit à remuer ce passé douloureux que je m'efforce constamment d'oublier, sale temps pour l'optimisme. Cela aura comme effet de faire resurgir cette haine que j'ai en moi. Demain, je vais me rendre à la prison de Nice pour affronter mon père, j'ai besoin qu'il sache que je ne l'ai pas oublié et que je l'attendrai à sa sortie. Mon appétit me motive à sortir de ma chambre, cette inactivité m'a donné faim, je descends pour rejoindre le restaurant de l'hôtel en espérant qu'ils commencent le service à cette heure-ci. La réceptionniste m'indique qu'à cette saison le restaurant est fermé, mais me propose d'appeler une pizzeria afin d'être livré dans ma chambre. J'accepte avec plaisir en indiquant vouloir une reine, c'est ma pizza préférée. Elle passe commande en m'informant que le livreur arrivera dans une quinzaine de minutes. Je lui indique que je vais patienter à l'accueil, l'occasion pour moi de l'interroger sur le passé de l'hôtel.

— Vous avez des nouvelles de l'ancien propriétaire ?

— Comment ça l'ancien propriétaire ?

— Ben de l'hôtel, celui qui avait dans les années quatre-vingt séquestré une jeune femme dans le grenier !

— Je ne suis pas au courant.

— Mais vous connaissez quand même l'histoire de cet hôtel ?

— Écoutez, ça ne m'intéresse pas, j'ai d'autres choses à faire, je vous souhaite un bon appétit.

Agacée par ma question, elle me laisse seul devant le comptoir de l'accueil. Le malaise est palpable, je ne comprends pas sa réaction, de l'eau est passée sous les ponts et pourtant le sujet reste apparemment sensible. Arrivant avec son scooter rouge, le livreur m'amène ma pizza et s'échappe aussitôt pour honorer ses autres commandes. Je remonte dans ma chambre et déguste mon repas en regardant une émission de télévision sans intérêt. Toujours les mêmes stars qui donnent des leçons au prolétaire que je suis pour me dire comment je dois raisonner et voter. Ça veut éduquer le bas peuple qui aurait quelques carences en bien-pensance. Ils ont la grosse tête parce qu'il y a quelques torche-culs qui leurs courent après pour des autographes, allez vous faire foutre, je préfère éteindre la télé pour protéger mon appétit. Quand je pense à la réaction de la réceptionniste lorsque j'ai évoqué l'ancien propriétaire, je n'arrive décidément pas à comprendre pourquoi je l'ai mis autant mal à l'aise. Elle donnait l'impression de vivre toujours avec la peur. Ce comportement est vraiment troublant, il faudra que je pose la question à un autre employé pour voir comment il réagit.

Après avoir mangé la dernière part de ma pizza, je décide de visiter l'hôtel en essayant d'accéder au grenier, la pièce maîtresse de l'histoire. En déambulant à travers les couloirs, j'ai comme l'impression d'être le seul client, je ne croise personne et les chambres sont toutes muettes. Il n'y a strictement aucun bruit, l'ambiance est réellement pesante. Je monte jusqu'au dernier étage et aperçois au loin l'échelle qui permet d'accéder au grenier. Muni de mon téléphone en guise de lampe torche, j'ignore la pancarte indiquant que l'accès est strictement interdit. Je jette juste un coup d'œil rapide pour vérifier qu'il n'y a aucune caméra de surveillance et décide de grimper en haut furtivement. Je pousse cette planche en bois se confondant avec le reste du plafond et pénètre à l'intérieur en refermant aussitôt l'entrée pour ne pas me faire remarquer. Avec stupeur, je découvre qu'il y a une cage métallique encore présente, j'ignore si c'est celle qui avait servi à séquestrer Élise mais c'est tout de même bizarre. Posé juste à côté, il y a une caisse à outils comprenant un marteau, des tournevis, une scie, tous les ingrédients sont réunis pour me rappeler les atrocités qui se sont déroulées ici. J'ai comme la sensation d'être dans un sanctuaire de l'horreur. En fouillant l'intérieur d'un coffre en bois, j'entends quelqu'un en train de monter à l'échelle. Je me cache immédiatement derrière un dédale de cartons en essayant de faire le moins de bruit possible. D'un seul coup, un lampadaire illumine tout le grenier, j'aperçois un vieil homme aux cheveux longs bien baraqué en train d'observer attentivement la pièce, je ne l'avais encore jamais aperçu dans l'hôtel. Son regard se dirige vers moi, je me placarde contre mes cartons en restant immobile. Je l'entends marcher lentement, je suis dans un stress insoutenable, mes jambes tremblent, je ferme les yeux pour oublier ma présence ici. La lumière s'éteint, j'entends la planche en bois se refermer et les pas de l'homme en train de descendre l'échelle. Pendant quelques instants, j'attends toujours en restant à ma place pour ne pas faire de bruit. Après quelques minutes, je me dirige vers la sortie avec prudence. Je passe ma tête à travers l'accès pour voir s'il n'y a personne dans le couloir. Dans une grande précipitation, je m'échappe d'ici sans prendre le temps de refermer le grenier. J'arrive à mon étage et retrouve ce même homme se diriger vers moi, je pousse la porte de ma chambre et m'enferme à clé. Je l'entends, il arrive et s'arrête un long moment devant ma porte, je l'entends respirer, mon cœur s'emballe, ces secondes durent des heures. Sans rien dire, il décide de quitter le pas de ma porte. Avec une telle frayeur nocturne, j'aurai beaucoup de mal à trouver le sommeil. Assis contre la porte, je passerai ma dernière soirée à attendre impatiemment le levé du jour pour partir. En ayant passé ma journée au lit, j'arriverai sans difficulté à rester éveillé le restant de la nuit. Aux aurores, je me rends à la réception pour m'acquitter de mon séjour. Cette femme que j'avais fait fuir la veille avec mes questions est encore présente derrière le comptoir et m'accueille avec le sourire.

— Bonjour, vous allez bien ?
— Très bien merci.
— Vous avez apprécié notre belle région ?
— Oh je n'étais pas venu pour faire du tourisme.
— Ah bon d'accord.
— Dites-moi, est-ce qu'il y a un homme aux cheveux longs qui travaille ici ?
— Pourquoi ça ?
— Pour savoir !
— Elles sont bizarres vos questions !

— Vous ne voulez pas répondre ?

— Non il n'y a pas de personne à cheveux longs qui travaille dans cet hôtel.

À travers son regard désabusé, je comprends qu'elle ne me supporte plus avec mes interrogations. Je ne saurai donc jamais qui a failli me surprendre dans le grenier. Maintenant, je dois aller jusqu'au boulevard Léon Sauvan afin de rejoindre l'arrêt de bus.

Un trajet vers Nice angoissant et éprouvant, l'idée de revoir mon père me tétanise, j'ai peur de perdre mes moyens et de ne pas réussir à lui faire face, mon esprit revanchard d'hier avait soudainement disparu. Je doute même d'avoir les capacités de lui parler sans bégaiement, la peur de ne pas trouver les mots et de baisser les yeux. De toute évidence, cet homme m'effraie toujours. Arrivé vers huit heures, je marche vers la prison pour cette confrontation tant redoutée. À l'accueil de la maison d'arrêt, on m'indique que je ne peux pas accéder aux parloirs, car je n'ai pas de permis de visite et que je n'en ai pas fait la demande. Une démarche nécessitant plusieurs justificatifs que je n'ai évidemment pas en ma possession. J'insiste en disant que je suis venu voir mon père, mais cette filiation orale ne suffit pas, ce document est obligatoire et il n'y a pas d'exception. Comme quoi, il ne faut pas que je brusque le destin, comme convenu, je l'attendrai à sa sortie en continuant à faire preuve de patience.

Pour la suite de mon voyage, je dois me rendre à Saint-Sauveur-sur-Tinée, une destination se trouvant également isolée dans la montagne, m'y rendre ne va pas être une partie de plaisir. À la gare routière, on m'indique que le prochain bus est à seize heures, le problème c'est qu'il n'est même pas huit heures trente, je n'ai pas envie de perdre mon temps ici. La guichetière me conseille de m'approcher d'une gare SNCF pour voir s'il y a un train en partance pour mon village. Je l'écoute et me dirige en direction de la gare de Nice Riquier qui se trouve juste à cinq minutes d'ici en espérant pouvoir avancer dans mon périple. Directement au guichet d'information, je demande les horaires de train pour ma destination. On m'explique que le train ne dessert pas Saint-Sauveur-sur-Tinée mais que je peux au moins me rendre jusqu'à la gare de Malaussène/Massoins et emprunter ensuite un bus pour terminer mon trajet. Le prochain départ est dans vingt minutes, je décide sans réfléchir de m'embarquer dans cette nouvelle aventure. Colomars, Castagniers, Saint-Martin-du-Var, La Roquette-sur-Var, Levens, Utelle, pendant une bonne heure, je vais traverser des petites gares désertes jusqu'à mon arrivée. Un abri tagué fait office de gare, il n'y a personne pour m'accueillir et m'informer. L'endroit est une véritable carte postale, mais le problème c'est qu'il n'y a aucun commerce et que le seul arrêt de bus que j'ai croisé n'affiche aucune heure de passage. Je marche au bord de la route en longeant un fleuve sans savoir où aller, je n'ai pas le choix, je vais devoir faire du stop. À peine le pouce levé qu'une voiture s'arrête, quelle efficacité, je m'avance et indique vouloir aller à Saint-Sauveur-sur-Tinée, le conducteur me dit que ce n'est pas du tout son chemin. J'aurai cette même réponse quatre fois en l'espace de quinze minutes. Le cinquième véhicule sera le bon et me propose de m'avancer jusqu'à Pont de Clans, ce qui me permet déjà de faire une bonne partie de la route. À bord de sa Peugeot 205, le vieil homme me questionne.

— Vous êtes ici pour faire de la randonnée ?
— Non pas du tout, je dois me rendre à Saint-Sauveur-sur-Tinée pour voir le centre de vacances désaffecté.
— Ah bon, pour quoi faire ?
— J'enquête sur les enfants disparus dans les années quatre-vingt.
— Oula ça remonte ça, c'est terrible ce qui s'est passé là-bas.
— C'est une histoire hors du commun !

— Je ne sais pas si vous êtes au courant, mais
depuis quelques mois le lieu a été
réquisitionné par une association
humanitaire pour accueillir les migrants qui
traversent la frontière italienne.
— Ah merde !
— Non mais je pense que vous pouvez y aller,
ils ne vont rien vous dire.

Cette colonie de vacances reste encore l'une des
plus grandes affaires mystérieuses aux multiples
thèses et conspirations. C'est ce que me confirme le
vieil homme qui espère qu'un jour, il y aura un
dénouement à cette tragédie.

LA COLONIE DES ENFANTS DISPARUS

Dans la nuit du dix juillet mille neuf cent quatre-vingts, le centre de vacances situé sur la crête du Coularet fut victime d'un rapt d'enfants sans précédent. Il était deux heures du matin, cela faisait bien longtemps que les jeunes pensionnaires et les animateurs dormaient. Seul le directeur de l'établissement était encore réveillé. Sur la terrasse du dernier étage, il fumait sa cigarette pour décompresser de sa journée. Il fut surpris de voir au loin des véhicules s'approchant du centre, il n'attendait personne à cette heure-ci. Trois camionnettes arrivèrent et se positionnèrent devant la porte principale du bâtiment. Les phares des véhicules s'éteignirent et le directeur leur demanda du haut de la terrasse ce qu'ils venaient faire ici mais il n'eut aucune réponse. Quelques secondes plus tard, le courant fut coupé, il n'y avait plus de lumière, la colonie fut plongée dans l'obscurité totale. Les personnes en profitèrent pour casser la porte à coups de hache afin d'entrer. Le directeur se précipita dans son bureau pour appeler la gendarmerie, mais sa ligne téléphonique ne fonctionnait plus. À l'aide d'une lampe torche, il se dirigea vers le dortoir pour réveiller les enfants et les mettre à l'abri. Malheureusement, il était déjà trop tard, les intrus étaient en train de monter les escaliers en courant. Les animateurs et le directeur essayèrent de s'interposer, mais ils furent frappés et asphyxiés avec des bombes lacrymogènes. La nuit fut déchirée par les pleurs et les hurlements des enfants, ils se cachèrent de partout, sous les lits, dans les armoires ou dans les toilettes. Ils furent traînés par ces personnes cagoulées puis emmenés dans les camionnettes. En moins de dix minutes, les vingt-deux enfants furent kidnappés. Le directeur et les trois animateurs n'avaient malheureusement pas pu sauver un seul enfant. En pleine nuit, ils se mirent à courir sur le chemin montagneux afin d'atteindre l'habitation la plus proche pour donner l'alerte, les malfaiteurs ayant pris soin de crever les roues de leur minibus. Des barrages routiers furent mis en place à travers toute la région jusqu'à la frontière italienne afin d'éviter qu'ils prennent la fuite hors de France. Un hélicoptère survola également toute la zone à la recherche des trois véhicules incriminés. Des heures de patrouille sans résultat, ils s'étaient évaporés, impossible de les retrouver. Les parents des enfants enlevés furent alertés et vinrent immédiatement à Saint-Sauveur-sur-Tinée pour participer aux recherches. Au fil des jours, l'idée de retrouver les enfants s'estompa, occasionnant diverses thèses comme celle d'un réseau mafieux revendant les enfants en Europe de l'Est, ou même celle d'un réseau pédophile. Certains journaux allèrent jusqu'à accuser à demi-mot le directeur de la colonie d'être complice de ce rapt, des accusations sans fondement et aux conséquences terribles. Sans aucune preuve, il fut jeté à la vindicte populaire et devait vivre sous une menace permanente. L'homme avait beau clamer son innocence, la presse l'avait déjà condamné à une mise à mort. L'opinion publique avait besoin d'un bouc émissaire, il devait donc endosser ce rôle sans qu'il ne puisse se défendre. Afin de se protéger de ce déchaînement, il déménagea avec sa femme, mais cette mesure fut bien insuffisante vis-à-vis du degré de haine qu'il pouvait engendrer. Le quatre octobre mille neuf cent quatre-vingts, Christian Lhormes fut assassiné de plusieurs coups de couteau à son domicile par l'un des pères des enfants disparus. Sa mort fut célébrée et l'assassin fut considéré comme un justicier. L'horreur n'était qu'à ses débuts, le pire était à venir.

Le dix juillet mille neuf cent quatre-vingt-un, tout juste un an après le kidnapping des enfants, la colonie de vacances, qui était toujours fermée depuis cet événement, reçut un courrier qui défraya la chronique. À l'intérieur de celui-ci, on pouvait découvrir plusieurs photos immondes. On y voyait les enfants nus en train d'être violés par des personnes masquées. Des mises en scène insoutenables dans ce qui semblait être un entrepôt désaffecté. La piste du réseau pédophile ne faisait plus aucun doute. Les clichés ainsi que l'enveloppe furent examinés afin de relever d'éventuels indices. Les investigations ont permis de savoir que la lettre avait été postée du village voisin, à Roure. Toute la zone fut fouillée pendant des jours dans le but de retrouver les enfants, mais l'espoir fut de courte durée. Vraisemblablement, le courrier avait été posté ici dans l'unique but de brouiller les pistes. Une situation invivable pour les parents des victimes, savoir que leurs progénitures étaient en train d'être violées sans pouvoir agir était quelque chose d'épouvantable. Ils passaient leur temps à mener leurs propres enquêtes. Comment vivre avec ces images d'abus sexuels sans rien faire, c'était évidemment impossible. Un an plus tard, le dix juillet mille neuf cent quatre-vingt-deux, à cette date anniversaire traumatisante, un deuxième courrier arriva à la colonie de vacances. C'était des nouvelles photos des enfants, toujours déshabillés mais allongés et inertes sur le sol, comme s'ils étaient décédés. En analysant les clichés attentivement, il n'y avait aucune trace de coups apparents sur les corps, on ne pouvait pas savoir s'ils étaient réellement morts ou simplement endormis. Les photos avaient l'air d'avoir été prises à l'identique, toujours dans ce même entrepôt. Une affaire aux multiples zones d'ombre comme par exemple ces deux enquêteurs qui s'étaient donnés la mort en se tirant une balle en pleine tête à quelques mois d'intervalle. Des actes impensables, rien ne pouvait laisser présager que ces hommes très investis dans cette enquête hors norme allaient décider de se suicider du jour au lendemain. La presse déploya la thèse de l'assassinat, ils savaient peut-être des choses un peu trop compromettantes. On ne saura jamais la raison de leur disparition, ils n'avaient laissé aucune lettre, aucune explication, de quoi imaginer plusieurs hypothèses. Ce ne fut malheureusement pas la seule incohérence de l'enquête, car l'année suivante, en mille neuf cent quatre-vingt-trois, à la date anniversaire de la disparition des enfants, la boite aux lettres de la colonie de vacances fut fracturée. L'un des facteurs du village témoigna avoir déposé le matin même un courrier à l'intérieur qui avait donc disparu. La stupéfaction était de mise. Comment, depuis tout ce temps, le courrier envoyé à cette adresse n'avait-il pas été réacheminé directement à la gendarmerie, en sachant son importance et ce qu'il pouvait contenir. Ce qui faisait figure de liens entre les parents et les enfants kidnappés n'avait jamais été sécurisé, laissant cette boite aux lettres aux mains des personnes malveillantes. La police lança un appel à la raison dans le journal local afin que le courrier soit rendu au plus vite. Ce ne fut pas la seule initiative dans ce sens, le procureur chargé de l'enquête témoigna à la télévision pour exprimer sa colère et la gravité que représentait un tel vol. Des démarches qui furent efficaces, quelques jours plus tard, l'enveloppe ouverte fut déposée dans la boite aux lettres de la mairie de Saint-Sauveur-sur-Tinée. La personne incriminée, prise de scrupules, ne fut jamais identifiée, les autorités pensant simplement à quelqu'un ayant fait preuve de curiosité morbide.

Ces derniers clichés envoyés mirent fin à toute espérance de retrouver les enfants vivants. Les photos montraient ces corps nus, toujours allongés sur ce même sol, n'ayant pas bougé depuis l'année dernière. Ils étaient dans un état de putréfaction avancée, les images étaient insoutenables à regarder. L'auteur des photographies prenait un certain plaisir à immortaliser l'horreur, il n'hésitait pas à faire des gros plans sur les larves et autres asticots se nourrissant de ces corps juvéniles. Dès le lendemain, une marche blanche réunissant environ trois cents personnes s'organisa dans le village en direction de la colonie de vacances afin de rendre un hommage déchirant aux jeunes victimes. Malgré le décès constaté des enfants, chaque année, le rituel malsain continua avec ce courrier envoyé systématiquement à la date anniversaire des rapts. Les images reçues montraient les corps des victimes se décomposer au fil du temps. C'est à partir de deux mille huit que ces photographies ne furent plus envoyées. Les courriers n'étaient jamais accompagnés d'écrits ni de revendications, il n'y avait que ces clichés morbides à l'intérieur. Cette affaire est à ce jour loin d'être résolue, l'enquête n'a pas avancé et les interrogations demeurent toujours aussi nombreuses. Quant aux parents, ils ne peuvent toujours pas accomplir leur deuil en l'absence du corps de leurs enfants.

Comme convenu, la Peugeot 205 s'arrête à Pont de Clans, un hameau perdu dans la montagne. Le vieil homme m'indique que Saint-Sauveur-sur-Tinée se trouve à dix kilomètres d'ici. L'air abattu, je réponds que je n'ai plus qu'à marcher pour continuer mon chemin. Sans aucun scrupule, ce connard de retraité me regarde partir en me souhaitant bon courage. Il n'y a pas une seule voiture qui passe et les nuages commencent à être menaçant, d'un moment à un autre, il peut se mettre à pleuvoir et je n'ai aucun abri sous lequel me réfugier. Ça grimpe, il y a un bon dénivelé, je n'étais pas prêt à pratiquer une telle activité sportive aujourd'hui. Au loin, j'entends un véhicule s'approcher, il ne faut absolument pas que je loupe cette occasion. J'exhibe mon pouce et mon plus beau sourire. Joie et espérance, la Ford Fiesta rouge se gare sur le bord de la route. Je me précipite vers elle pour demander à la conductrice si elle peut m'emmener jusqu'à Saint-Sauveur-sur-Tinée. La quinquagénaire à la chevelure décolorée me répond que c'est sa destination, la chance est enfin avec moi, je monte dans sa voiture avec soulagement.

> — Ça fait longtemps que vous étiez en train de faire du stop ?
> — Non pas du tout, je viens à peine d'arriver !
> — Vous venez faire quoi ici ?
> — Je dois me rendre à la colonie de vacances pour…

Ne prenant pas la peine d'écouter la fin de ma phrase, elle m'interrompt aussi sec.

> — Moi aussi, ça tombe bien, c'est important d'aller aider ces pauvres personnes !

Les migrants, c'est vrai que je les avais oubliés ceux-là. Bon gré mal gré, je vais devoir endosser le rôle du bon samaritain, quelle prouesse. Si je veux accéder à la colonie, je vais devoir faire preuve de bons sentiments ou du moins en donner l'illusion. La ménopausée me raconte se rendre tous les jours dans ce camp afin de donner des cours de français à ces sans-papiers et qu'il est important que chaque citoyen sorte de son petit confort personnel pour contribuer à cette démarche humanitaire. Par courtoisie, je la laisse déblatérer son discours moraliste à deux balles, ça me dispense au moins de marcher sous la pluie. On arpente un chemin étroit menant à notre destination finale, la place du mort n'a jamais aussi bien porté son nom lorsque j'observe ce ravin caressant ma portière, une vue vertigineuse me procurant une certaine angoisse. J'aperçois au loin le bâtiment vétuste, j'appréhende un peu de me retrouver là-bas en espérant juste que mon manque d'altruisme ne va pas trop se faire remarquer. On se gare à côté de plusieurs voitures et caravanes, c'est un pauvre camp de fortune, une terre promise de la misère humaine. À l'extérieur, il doit y avoir facilement une cinquantaine de réfugiés, ils me saluent tous et me sourient pensant naïvement que je suis ici pour eux. La quinquagénaire me présente à Cédric, le responsable du centre humanitaire.

> — Regarde qui je te ramène Cédric, un nouveau venu qui vient apporter son aide !
> — C'est génial ça, toute aide est la bienvenue !

J'usurpe sans gêne le rôle du bénévole sensible à la cause.

> — Bonjour Cédric, content de venir vous aider !
> — Tu viens pour donner des cours ?

— Des cours ?

— Oui des cours de français aux migrants !

— Euh… Non en fait je suis venu ici faire un reportage photo sur leurs conditions de vie.

— Ah super ! On a besoin d'avoir ce genre de relais, les médias et les journalistes ne sont jamais venus ici, ça ne les intéresse pas.

Une poignée de main franche en guise de remerciement pour mon implication. Je rentre dans la colonie et remarque la présence de plusieurs bénévoles, la majorité sont des femmes âgées qui font la cuisine, donnent des cours de français ou bien informent des droits auxquels les réfugiés peuvent prétendre. Que de prétextes pour ces bonnes femmes qui ont saisi l'opportunité de faire leur sélection dans ce large choix de pénis subsahariens. Elles transpirent le vice, n'arrivant plus à gérer leur libido. Deux détresses cohabitent ici, l'une humanitaire et l'autre sexuelle. Un mélange de genres puant et dégueulasse. Des vieilles aux fantasmes exotiques attendant avec impatience de se faire pénétrer, l'enrichissement culturel qu'elles disent. Ça ne doit pas être facile tous les jours de devoir supporter un mari à la sexualité inexistante, aux grands maux les grands remèdes. Cette façon qu'elles ont de toucher et caresser ces hommes en rigolant exagérément ne laisse que peu de doute sur leurs intentions finales, elles palpent la marchandise avant consommation. J'en vois certaines s'en aller en voiture avec ces égarés, désirant probablement se retrouver dans un coin plus discret en prétextant partir faire des démarches administratives, elles me foutent la gerbe. Traverser la méditerranée pour se faire baiser par des vieilles salopes, une épreuve fatale qui pourrait leur faire regretter amèrement l'envie de fuir leur pays. Je croise quelques-unes de ces âmes perdues à travers les couloirs du bâtiment en ayant un regard compatissant à leur égard, fuir la misère pour être face à ces nymphomanes d'un autre âge est un acharnement abominable. Il n'y a plus aucune trace de ce que fut la colonie de vacances, l'intérieur ne ressemble à rien, tout a été pillé et vandalisé, il n'y a rien d'intéressant à prendre en photo. Le seul vestige qui subsiste encore reste la boite aux lettres qui avait eu un rôle central dans cette histoire. Je l'immortalise sous le regard circonspect du responsable du centre, se demandant l'intérêt d'un tel cliché pour mon reportage. Afin de rester crédible dans mon rôle, je fais semblant de prendre en photo ces réfugiés qui posent pour moi avec leurs plus beaux sourires. Ils me feraient presque culpabiliser de ne pas actionner réellement mon téléphone pour les photographier. Le soleil se couche et me voilà prisonnier ici avec mes nouveaux compagnons d'infortune. Je vais devoir de toute évidence passer la nuit ici, quelle misère, je m'en serai bien passé. La femme qui m'avait pris en stop est encore là. Probablement qu'elle n'a toujours pas réussi à choisir l'heureux élu. C'est l'inconvénient quand il y a trop de choix, cela serait si simple qu'ils inscrivent directement la taille de leur bite sur leur front, elle gagnerait sans doute du temps. La préparation du repas s'organise grâce aux divers dons alimentaires qu'ils ont réussi à obtenir à travers quelques collectes. Ce soir, ça sera lentilles et fromage avec en dessert un yaourt. Le bonheur à travers des choses simples. Cédric me demande mon téléphone afin de regarder mon reportage photo, panique, je n'ai même pas fait l'effort d'immortaliser au moins un sans-papier. Je réponds que je n'ai plus de batterie et que j'irai le charger après avoir fini de manger.

La quinquagénaire semble avoir choisi sa proie en posant sa main gauche sur la jambe de cet éphèbe à la peau noire. Elle rigole à gorge déployée et mouille d'avance à l'idée d'écarter ses jambes pour accueillir ce malheureux. J'ai même l'impression que Cédric a aussi porté son dévolu sur un migrant en le dévorant des yeux. Je commence à comprendre que je suis dans un club échangiste multiethnique. Pendant toute cette soirée, chacun ira de sa rhétorique utopique en acclamant l'ouverture des frontières et vouant un culte au métissage comme étant l'alpha et l'oméga d'un monde en paix. Le tenancier du bordel alla même jusqu'à demander pardon aux migrants d'avoir eu des ancêtres qui ont colonisé leur pays. Je reste bouche bée en entendant ce genre de soumis décérébré. Après un concert improvisé de djembé, chacun part en direction de son matelas de fortune pour aller dormir. Le responsable m'accompagne au premier étage où se trouvent par terre plusieurs coussins et couvertures faisant office de lit, cette nuit va être terrible. Il fait froid, recroquevillé tel un fœtus, je me demande vraiment comment je peux arriver à me mettre dans de telles situations. Passant le temps à consulter mon téléphone, je regarde la prochaine étape de mon voyage qui m'emmène dans les environs de Grenoble. Je désespère déjà à l'idée d'effectuer ce trajet car ici il n'y a ni bus ni train pour quitter ce trou perdu. Il va falloir que je me débrouille en repartant en stop pour Nice et ensuite prendre le train pour Grenoble. Franchement, j'en ai vraiment marre de voyager comme un punk à chiens. Ce qui est certain c'est que je ne vais jamais réussir à m'endormir ici à cause des cinq migrants se trouvant dans la même pièce que moi. Ils sont en train de chanter et rigoler sans se soucier de ma personne. Il faut absolument que je m'échappe coûte que coûte avant de craquer. Je pourrais voler la voiture rouge de la nympho décolorée, elle ne m'en voudra pas de l'abandonner dans cette réserve naturelle de bites. De toute façon, je ne vois que ça comme solution pour fuir cet endroit. Discrètement, je quitte ma couverture orange pour essayer de récupérer son sac à main afin de lui piquer ses clés. Je fouille dans le salon mais je ne trouve rien. J'arpente la colonie en ouvrant les portes au hasard jusqu'à découvrir, sans trop de surprise, le responsable du centre en train de faire une fellation à l'un des sans-papiers. Le pauvre africain est assis sur une chaise en train de me regarder avec honte. Je le laisse dans son apprentissage du français pour continuer mes investigations. Après avoir recherché pendant un moment les clés de la voiture, force est de constater que je ne trouve pas, elle a dû surement déguerpir, je vais aller vérifier dehors. Par chance, son véhicule est toujours présent, de loin j'ai même l'impression qu'il y a des personnes à l'intérieur. Je m'approche discrètement pour voir ce qu'il se passe, la vieille bénévole est en train de se faire baiser par deux hommes. Elle a le don d'ubiquité, démontrant qu'il est possible de venir en aide au plus grand nombre si l'on en a la volonté. Malheureusement pour elle, sa capacité d'accueil reste assez limitée à cause de la dimension de sa Ford Fiesta. Face à cette belle performance humanitaire, me voici à attendre dans le froid que cela se termine pour quitter ce camp du vice. Je patiente, assis au pied d'un arbre illuminé par une pluie d'étoiles en écoutant ses amortisseurs souffrant de cette agitation. J'aperçois d'autres hommes en train de s'approcher de la voiture pour assister à cette exhibition, ils sont là, derrière les vitres à observer la scène en se masturbant. C'est donc à ça que ressemble le vivre ensemble. Je meurs de froid et je n'ai aucune envie de me réchauffer en décalottant mon gland avec les autres, je vais retourner dans le bâtiment le temps que tout cela se termine. Il est presque deux heures du matin et me voilà assis sur ce canapé usé se trouvant à l'entrée en train d'observer de loin cette masse humaine en pleine ébullition. Un migrant vient à ma rencontre pour discuter. Il me demande si je vais bien en parlant un français difficilement compréhensible, je réponds que oui en lui retournant la même question. N'ayant aucune règle de savoir-vivre, lui me répondra qu'il ne va pas bien, se refusant à se limiter à un simple oui. Il me raconte son souhait de rejoindre l'Angleterre et me demande si je peux l'aider à avancer dans son périple. Pris à dépourvu, je lui signale que je ne pars pas dans cette direction. Il insiste tout de même en m'implorant de faire quelque chose pour lui. Les larmes aux yeux, il me raconte sa vie de douleurs et la fuite de son pays, le Soudan du Sud, là où il a abandonné toute sa famille pour aller vivre ailleurs, loin de ces souffrances quotidiennes qui lui sont infligées. Touché par son vécu, je propose de l'emmener avec moi jusqu'à Grenoble, afin de l'avancer dans son long trajet. Sa joie transparaît sur son visage, l'homme se prénommant Kilani me serre dans ses bras pour me témoigner de son éternelle reconnaissance. Nous entendons les portières de la voiture claquer, l'échange culturel est en train de se terminer, je les vois rentrer dans le bâtiment les uns après les autres. J'intercepte la bénévole encore toute décoiffée pour demander les clés de sa voiture en prétextant avoir oublié quelque chose. Elle me répond que son véhicule n'est pas verrouillé et que les clés sont posées sur le tableau de bord. J'invite Kilani à me suivre en direction de la Ford Fiesta. En agrippant la poignée, je me retrouve avec de la semence plein la main, c'est dégueulasse. Les sièges sont encore rabaissés, l'odeur dans l'habitacle est insoutenable, je dois faire abstraction de cette porcherie sexuelle afin de ne pas vomir. Je démarre le véhicule et disparais avec ma caution morale. Kilani rigole et hurle de joie à l'idée de continuer son chemin vers la destination de ses rêves, c'est un homme heureux. Il me raconte ses projets, celui de devenir informaticien et d'économiser assez d'argent pour pouvoir faire venir le reste de sa famille qui vit toujours au Soudan du Sud. Il se dit prêt à se battre pour gagner le droit de vivre dignement. Légèrement égocentrique, l'homme ne fait que parler de lui sans s'intéresser un seul moment à moi, comme si mon conditionnement d'homme blanc ne pouvait justifier la moindre souffrance, un brin raciste le soudanais. Vexé par ce manque d'attention, j'écoute d'une oreille peu attentive ses désirs d'épanouissement et de revanche sur la vie. Il a le mérite d'avoir encore la capacité de rêver, sur ce point-là, je ne pourrais que l'envier. Il me raconte avoir travaillé toute son enfance dans la capitale de son pays, Djouba, là-bas, il passait ses journées à ramasser de la ferraille avec sa brouette pour la revendre. Il devait, dès son plus jeune âge, subvenir aux besoins de toute sa famille dans un climat de guerre permanent. Ses deux phalanges qui manquent à sa main gauche attestent des sévices et tortures qu'il subissait régulièrement. L'euphorie fait place à la fatigue, Kilani s'endort le sourire aux lèvres en rêvant certainement d'un autre destin. Tant de motivations dans l'unique but de vouloir vivre me laissent pantois. Comment peut-il être attaché à la vie après avoir traversé autant d'épreuves traumatisantes, c'est incompréhensible. Tôt ou tard, il va finir par se rendre compte que notre monde occidental n'est pas cet eldorado fantasmé, le pauvre homme sera prédestiné à faire des boulots que tout le monde refuse. Survivre péniblement avec un salaire médiocre tout en étant loin de sa famille, quelle tristesse. Je me retrouve, sans le vouloir, complice de ce système en emmenant cet homme dans ce monde infâme. Pauvre Kilani, ton projet te mènera dans la haine que tu le veuilles ou non. Tu seras humilié, rejeté d'une société qui voudra te cacher tout en t'exploitant, ton optimisme n'est pas prêt à affronter une telle réalité. J'arrive bientôt à la prochaine étape de mon voyage, dans la ville de Saint-Ismier, je dois aller voir ce qui est surnommé la villa aux chats. Mon clandestin dort toujours aussi profondément, en confiance auprès de moi, loin de ces rapaces qui n'en veulent qu'à sa bite. J'ai des scrupules à le laisser seul dans son périple dangereux, démuni et sans un sou, je me dois d'agir en conséquence.

Il est à peu près sept heures trente du matin, nous venons d'arriver dans cette petite commune d'Isère. Le soleil n'est pas encore levé et j'aperçois à ma gauche ce qui va pouvoir sauver le soudanais de cet enfer. Je gare la voiture devant le portail de la gendarmerie afin de le bloquer, cela leur permettra de découvrir le migrant pour qu'ils le ramènent au pays. Brisons ses illusions avant qu'il ne soit trop tard. Je me dépêche avant d'être intercepté avec lui en refermant délicatement la portière pour ne pas le réveiller. J'espère qu'il comprendra mon geste empli d'humanité, je n'en doute pas, avec recul, il se rendra compte que cette situation instable allait l'emmener nulle part. J'aurais dû laisser mon adresse, il m'aurait certainement fait parvenir une belle carte postale de Djouba pour me remercier. Trop tard, je me passerai des honneurs et me dirige en direction du chemin des Civets pour découvrir cette fameuse villa. Guidé par le GPS de mon téléphone, je traverse Saint-Ismier encore épuisé par tous les kilomètres que je viens de parcourir.

COHABITATION SUBIE

Après dix minutes de marche, j'arrive devant un grand portail rouillé cadenassé, les chiens du quartier aboient ma présence et m'empêchent de l'escalader. Des voisins curieux sortent de chez eux pour voir ce qu'il se passe, je fais mine de sourire en continuant mon chemin comme si de rien n'était. Si je suis pris en flagrant délit en train de grimper, ils vont me prendre pour un cambrioleur et appeler les flics dans la minute. Je n'ai même pas assez de visibilité afin de constater si la villa est toujours abandonnée, je présume que oui vu l'état du jardin mais bon, on ne sait jamais. Je tourne en rond dans le quartier en essayant de trouver une solution. Pourquoi pas tenter la prouesse sportive en courant vers l'obstacle et l'escalader à toute vitesse. Je m'échauffe en vérifiant que mes lacets sont correctement noués, confiant et prêt à défier les clébards. J'attends que la rue se vide en laissant passer une dernière voiture. C'est le moment, j'y vais, je me mets à courir sous les nombreux aboiements et me précipite en stress sur les barreaux rouillés pour atteindre le haut du portail. Malheureusement, en tentant de sauter, mon jogging s'agrippe dans une tige en ferraille et je me retrouve coincé. Les chiens n'arrêtent pas d'aboyer. J'aperçois une femme sortir dans son jardin, je n'ai plus le choix, avec mes mains, j'arrache mon jogging pour me libérer et m'écroule par terre sans avoir pu me réceptionner. Une fois au sol, je me cache immédiatement derrière un buisson pour ne pas être vu. Je remarque que je me suis légèrement entaillé la jambe gauche. À l'abri des regards, j'attends un petit moment le temps que les chiens se calment et que la voisine arrête de regarder dans ma direction. Après avoir traîné ma jambe ensanglantée dans les orties, je me retrouve avec joie devant cette magnifique villa illuminée par le soleil, elle est vraiment splendide. Son architecture est atypique, j'ai comme l'impression d'être transporté dans un film de Tim Burton, il y a réellement ici une atmosphère féerique et dépaysante. Cela fait bien longtemps que le lieu est abandonné, enfin presque, car il y a énormément de chats qui rôdent ici. À l'intérieur de la villa, ils m'observent toujours, intrigués par ma présence. Il reste peu de choses à immortaliser à part ce bel escalier en marbre, le reste n'a aucun intérêt, c'est entièrement saccagé. Lorsque j'atteins le dernier étage, j'entends un sifflement venant de l'extérieur, je me précipite à la fenêtre et remarque un homme traverser le jardin avec de gros sacs plastiques. La meute de chats se précipitent vers lui, il doit surement venir pour les nourrir. Dans le doute, je reste caché à l'étage jusqu'à ce qu'il reparte. Après une dizaine de minutes, je descends l'escalier prudemment pour arriver devant une trentaine de chats en train de manger des croquettes. Une voix s'élève, l'homme est toujours là.

— Qu'est-ce que vous faites là ?
— Excusez-moi je pensais que la maison était abandonnée, j'étais venu faire quelques photos.
— Elle est bien à l'abandon
— Ah bon ça va alors !
— J'habite juste à côté, je viens ici pour nourrir les chats et surveiller que personne ne squatte ici.
— C'est vraiment une belle demeure.
— Oui, ça doit faire une trentaine d'années qu'elle n'est plus habitée.
— Depuis que l'ancienne propriétaire a été tuée c'est ça ?
— Ah vous connaissez l'histoire du lieu ?
— J'avais lu quelques articles de presse sur internet.
— Vous savez j'ai bien connu la vieille dame qui habitait ici !
— Ah bon ?

C'est ainsi qu'il me raconte, avec une certaine émotion, la fin tragique d'Huguette, morte à l'âge de quatre-vingt-quatorze ans.

Elle était veuve depuis un moment, condamnée à vivre seule dans cette grande villa, de longues années de solitude de plus en plus éprouvantes à endurer. Son état de santé se dégradant au fil du temps, elle était devenue dépendante et ne pouvait compter sur personne, n'ayant pas d'enfant ni de famille, sa situation était devenue critique. L'idée même d'être transférée dans une maison de retraite était une solution inenvisageable, elle ne voulait absolument pas quitter sa villa. Attachée aussi bien à son habitation qu'à son passé, elle n'avait pas non plus envie d'abandonner les nombreux chats errants qui venaient chaque soir réclamer à manger. Ils avaient pris cette habitude depuis si longtemps qu'elle se devait de continuer. À cette époque, le gouvernement avait mis en place un système de cohabitation entre des personnes âgées isolées et des gens n'arrivant pas à se loger, mais qui étaient habilités à pouvoir s'occuper d'eux en échange d'être hébergés gracieusement. Les candidats n'étaient pas sélectionnés au hasard, ils devaient passer des tests d'aptitude afin de juger de leur capacité à effectuer ce travail. C'est par ce moyen qu'Huguette fut convaincue par la mairie d'accueillir un jeune couple chez elle pour éviter d'être contrainte un jour de quitter sa maison. Pascal et Stéphanie débarquèrent en mai mille neuf cent quatre-vingt-cinq avec leur bébé âgé de onze mois. La première rencontre se déroula à merveille en présence d'une assistante sociale. La vieille dame fut enthousiasmée d'avoir dans son foyer un nouveau-né qu'elle allait pouvoir dorloter. Sans famille, devenir grand-mère par ce moyen était un véritable cadeau venu du ciel. Avant de partir, l'assistante sociale donna toutes les recommandations au couple pour s'occuper d'Huguette en leur indiquant une nouvelle fois qu'il fallait faire ses courses, la laver, faire la cuisine et essayer de la promener de temps en temps. De nombreuses tâches auxquelles devaient s'ajouter l'entretien de la villa et du jardin. Dès que les nouveaux habitants se retrouvèrent seuls avec la propriétaire, leur bienveillance apparut soudainement comme une tromperie. Pascal expliqua avec agressivité à la veuve apeurée qu'elle ne devrait pas les déranger ni contester la moindre décision, car il ne s'empêcherait pas de la corriger en lui montrant son poing fermé. La menace était claire. Le premier chamboulement pour la vieille dame fut le déménagement de sa chambre. Stéphanie souhaitait récupérer celle d'Huguette, bien plus grande. Elle fut donc installée dans une autre pièce au deuxième étage. Un calvaire pour cette nonagénaire qui avait déjà beaucoup de mal à se déplacer, une condition physique qui n'émut pas un seul instant le couple.

Incapable de réagir, la vieille dame se retrouvait prise au piège dans sa propre villa.

Stéphanie ne travaillait pas afin de se consacrer à son bébé tandis que Pascal était vendeur à domicile et se déplaçait souvent assez loin, ce qui pouvait occasionner des absences relativement longues. Il n'y avait pas qu'Huguette qui était devenue une victime, les chats aussi furent maltraités et privés de nourriture. Le couple maléfique ne supportait pas de les voir venir réclamer à manger et de les entendre miauler. Un soir, la vieille femme avait nourri en cachette les félins et fut dénoncée par Stéphanie qui l'avait prise en flagrant délit. Ce fut la première fois que Pascal la frappa violemment. Il était complètement déchaîné. Jetée au sol, elle reçut plusieurs coups de pied et fut laissée par terre en train de souffrir. Sans un cri ni appel au secours, il n'y eut seulement que quelques larmes de douleur qui témoignèrent de sa détresse. Loin d'être calmé par cet excès de violence inouïe, l'homme s'en prit également aux chats afin qu'ils partent à tout jamais. Un quotidien devenu lourd et malsain durant lequel Huguette était considérée comme une charge handicapante, ils n'avaient aucun état d'âme à ne jamais la laver. Pour couvrir ses odeurs, ils l'aspergeaient régulièrement de désodorisant pour toilettes en la faisant s'étouffer systématiquement, cette senteur lavande était irrespirable. Son état de santé se dégradait dangereusement, la maltraitance et la malnutrition la condamnaient peu à peu à une mort certaine. Ses uniques promenades se limitaient à se faire emmener au distributeur automatique de la banque la plus proche pour se faire soustraire de l'argent. Toutes ses économies disparaissaient à une vitesse folle. Comme chaque soir, les chats avaient tellement pris l'habitude de venir manger ici qu'ils revenaient systématiquement. Face à cette insistance, Pascal eut l'idée de les empoisonner pour s'en débarrasser définitivement. Il mit en place un stratagème terrible en mélangeant du thon avec de la mort-aux-rats et des morceaux de lames de rasoir. La vingtaine de félins ne se doutant pas du piège mangèrent la pâtée jusqu'à ce qu'ils vomissent et agonisent dans de terribles souffrances. Stéphanie réveilla Huguette en pleine nuit pour qu'elle vienne dans le jardin. Au fond, elle aperçut son bourreau en train de faire un feu, elle avança avec une certaine crainte et découvrit dans le brasier quelques chats en train de brûler. En pleurs, la vieille dame était épouvantée tandis que l'autre la regardait en rigolant. Elle prit conscience que rien ne pouvait revenir comme avant et que sa vie était terminée.

Pour des raisons professionnelles, Pascal dut s'absenter pendant trois jours dans le sud de la France pour assister à une foire-exposition, ce qui était une bonne nouvelle pour Huguette qui allait pouvoir souffler un peu. Devant la fenêtre du salon, la vieille dame regardait continuellement ce tas de cendres au fond du jardin. L'idée de se venger était devenue obsessionnelle. Elle n'avait jamais pu s'approcher du bébé avec qui elle vivait depuis maintenant plusieurs mois, on lui avait strictement interdit de lui faire ne serait-ce qu'un bisou. Ce qui semblait être un petit ange était devenu l'enfant du diable. Elle avait appris à le détester autant que ses parents. C'était même envers lui qu'elle comptait se venger, elle avait le scénario en tête depuis déjà un moment. Ce soir-là, elle allait commettre l'irréparable. Pendant que Stéphanie dormait, elle s'avança discrètement vers la chambre du bébé pour l'étouffer avec un coussin. Sans aucune résistance, le petit décéda rapidement. Vers six heures du matin, la maman alla directement dans la chambre donner le biberon au nourrisson, mais le berceau était vide. Prise de panique, elle le chercha partout. Elle descendit les marches en hurlant et découvrit Huguette, assise devant la fenêtre en train de regarder les chats manger. De rage de la voir impassible, elle la remua en demandant où se trouvait son enfant. La vieille dame la regardait en souriant et montra les chats du doigt. La mère s'approcha et découvrit que son enfant éventré était en train d'être malmené par les félins, certains étaient même en train de le dévorer. Avec horreur, elle fit fuir les animaux et remua son bébé qui était déjà mort depuis longtemps. En se retournant, elle reçut un coup de couteau dans le crâne, elle s'effondra avec son enfant mutilé dans les bras au milieu d'une mare de sang. C'était ce même jour que Pascal devait revenir en fin d'après-midi de son séjour professionnel. Il était loin d'imaginer le carnage qu'il allait découvrir. Une fois arrivé à la villa, il y avait une odeur terrible, l'homme ne trouva personne à part la vieille dame assise devant la fenêtre du salon. Il lui demanda où se trouvaient sa femme et son enfant, ce à quoi elle répondit d'aller voir au fond du jardin. Dehors, il y avait un feu qui se consumait doucement, il s'en approcha et découvrit à travers les flammes le corps carbonisé de sa femme. Il se précipita pour voir Huguette, mais il ne la trouvait plus, la chaise devant la vitre était vide. En haut de l'escalier en marbre, elle le regarda monter les marches à toute vitesse sans qu'elle prenne la peine de s'échapper. Hystérique, il étrangla la vieille dame de toutes ses forces. C'est à ce moment-là qu'elle lui planta un couteau dans le cœur. Sous le choc, il la poussa dans l'escalier et la fit tomber du deuxième étage. À plusieurs reprises, elle se fracassa la tête contre les marches. Le corps inerte au sol, la retraitée décéda sur le coup. Pascal essaya de rejoindre le salon pour contacter les secours, mais son état ne lui permettait pas d'aller bien loin. Il succomba également en s'écroulant par terre.

Après plusieurs jours d'absence, le patron de Pascal étant inquiet de n'avoir aucune nouvelle avait lancé l'alerte. L'horrible massacre fut découvert par la gendarmerie. L'enquête détermina que Pascal était l'unique coupable de ces meurtres. Une conclusion hâtive qui fut influencée par le casier judiciaire du protagoniste, plusieurs fois jugé pour des faits de violence. Une hypothèse qui fut, quelques années plus tard, contestée par un journaliste ayant fait une découverte surprenante. Par hasard, en allant voir la villa abandonnée, il trouva un petit cahier qui changea toute la trame de l'histoire. À l'occasion de l'écriture d'un article pour faire le point sur ce fait divers dix ans plus tard, il avait pris l'initiative de retourner sur les lieux du drame. La demeure était encore toute meublée, il y avait même les scellés de l'époque apposés sur la porte principale. En fouillant, il trouva ce cahier qui faisait office pour Huguette de journal intime. Au fil de sa lecture, cela s'avérait être son journal de la souffrance. Chaque jour, elle écrivait son mal-être, son envie de mourir et de ne plus exister. Elle était anéantie par la méchanceté du couple et vivait mal le fait d'avoir l'interdiction de s'approcher du bébé. Au fil des pages, sa tristesse se transformait en haine. Quelques jours avant le massacre, elle écrivit son souhait d'assassiner cet enfant dans le but d'en faire une offrande pour ses chats. La perspective de se venger durant l'absence du père était une aubaine. La dernière page de son cahier intime se termina par ces quelques mots :

« C'est enfin terminé. Nicolas est parti avec sa maman et son père ne devrait pas tarder à les rejoindre. Je vais peut-être enfin réapprendre à vivre, à exister. Que Dieu me pardonne... ».

Il était évident qu'après lecture, sa culpabilité ne faisait plus aucun doute. Sans cette découverte tardive, elle n'aurait probablement jamais été suspectée de cette tuerie. Depuis, la villa n'a jamais été de nouveau habitée, la laissant ainsi figée dans cet horrible passé.

Le voisin me raconte avoir voulu racheter la propriété, mais qu'il y a un tel imbroglio juridique qu'aucune démarche n'est possible. Avec beaucoup de regrets, il ne peut que constater chaque jour la détérioration progressive de cette merveille architecturale. Nous repartons par un petit chemin secondaire menant vers une partie du grillage se trouvant détérioré, si j'avais su, j'aurais pu éviter de grimper le portail et de m'écorcher la jambe. D'ailleurs, il me propose qu'on aille à son domicile pour que je puisse me désinfecter la plaie.

Il habite un pavillon quelconque agrémenté de trois nains de jardin en guise de touche folklorique. Cet homme, se prénommant Patrick, m'accueille avec un enthousiasme non dissimulé, j'ai l'impression qu'il n'a que ces chats errants comme compagnie. Sa solitude transparaît dans ce bordel qui compose l'intérieur de son domicile. C'est sale, la vaisselle n'est pas faite depuis un moment et le ménage aussi d'ailleurs, en témoigne ce carrelage collant et crasseux. Il m'emmène dans la salle de bain pour me passer de l'alcool afin de me désinfecter. Âme charitable, il proposa également de me donner un pantalon car le mien est en lambeaux. J'accepte volontiers et le vois revenir avec un pantalon en velours couleur moutarde, un habit du plus bel effet. Avec le haut de mon jogging gris, mon look est indescriptible, je suis tellement mal habillé qu'on pourrait croire que cela est volontaire. Il me propose un café, Patrick est en train de me séquestrer passivement, j'accepte pour le remercier de m'être venu en aide en m'assoyant sur une chaise en bois inconfortable.

— Vous voulez un sucre avec votre café ?

— Non ça ira merci.

— Donc comme ça vous faites une sorte de tour de France de l'horreur ?

— C'est tout à fait ça, j'explore des lieux de faits divers.

— J'aime bien l'idée, c'est intéressant.

— Oui c'est passionnant !

— Et vous allez faire un livre pour raconter ce que vous avez vu ?

— Non ce n'est pas le but et je ne pense pas que ça pourrait intéresser grand monde.

Il souhaite savoir si je compte me rendre à Saint-Hilaire-Du-Touvet pour aller voir le sanatorium abandonné. C'est justement ma prochaine étape, mais je ne sais pas comment m'y rendre, c'est perdu à côté d'une station de ski. Dans son élan de générosité, il me propose qu'on s'y rende ensemble avec sa voiture car cela se trouve juste à une vingtaine de minutes d'ici. Avant de partir, il me dit avoir conservé des coupures de journaux de l'époque traitant de cette histoire et souhaite me les montrer, mais vu le bordel entassé dans son domicile, je réponds que cela n'est pas nécessaire.

Nous partons alors ensemble à bord de sa vieille Renault Megane. Patrick se confie sur sa vie et me raconte être en arrêt maladie depuis bientôt six ans à cause d'une grave dépression. Ne souhaitant en aucun cas endosser le rôle de psychologue, je change sans transition de discussion pour parler de ce sanatorium qui a basculé dans l'horreur en deux mille quatre. C'est là-bas que René Favre fut victime d'une terrible chasse à l'homme.

LA LOI DU TALION

René Favre a fait la une d'un journal local de l'Isère le quatorze mars deux mille quatre pour avoir odieusement tué son berger allemand en le traînant attaché à sa voiture pendant des kilomètres. Au beau milieu de l'après-midi, sous le regard horrifié des passants, il roula à toute allure avec son chien accroché à l'arrière en traversant la ville de Villard-Bonnot. Les personnes ayant vu la scène témoignèrent du traumatisme qu'ils avaient subi à entendre cette malheureuse bête hurler à la mort en train de répandre de grosses traînées de sang sur la route. La police mit fin à cet horrible spectacle en interpellant ce quinquagénaire violent et alcoolisé. Le chien était à l'agonie, il saignait abondamment, tout son côté droit était entièrement à vif. Un vétérinaire intervint en urgence pour euthanasier le pauvre animal, il n'y avait aucune autre issue possible à ce drame. Au poste de police, le maître du berger allemand assuma son geste sans être ému un seul instant. Il se justifia par le fait que son chien n'était pas assez obéissant et qu'il voulait le punir une bonne fois pour toutes. L'homme était dans une misère sociale déplorable, au chômage, divorcé et alcoolique, le triptyque de l'abîme. Après cet interrogatoire, il fut relâché avec une convocation au tribunal pour répondre de son acte de cruauté. Une association de protection animale se porta partie civile dans cette affaire et monsieur Favre fut condamné, quelques mois plus tard, à verser la somme de deux mille quatre cents euros accompagnée d'une interdiction définitive de posséder un animal de compagnie. Un jugement qui n'avait pas satisfait l'association venue accompagnée de plusieurs personnes exigeant que cet assassin aille derrière les barreaux. Une affaire et un verdict clément qui remirent en lumière un groupuscule violent, un collectif de plusieurs personnes anonymes qui avaient pour mission de venger le monde animal. Le VRA, acronyme voulant dire Violence Radicale Animale. Ils avaient déjà fait parler d'eux à travers plusieurs opérations coups de poing comme l'évacuation de cochons dans des abattoirs ou en détériorant des boucheries. Des actions extrêmes qui avaient comme point d'orgue le respect de la vie animale et la promotion du végétarisme. Ils n'hésitaient pas à s'attaquer également à des particuliers qui faisaient preuve de maltraitance envers leurs animaux. Ces personnes incriminées recevaient des lettres anonymes d'avertissements et de menaces de mort. Des intimidations souvent mises à exécution en vandalisant par exemple des voitures voire même des maisons. Malgré de multiples plaintes, la police n'avait jamais réussi à les interpeller ni à les identifier.

En tuant son chien, René Favre n'avait pas idée de ce qu'il allait subir, la peine du tribunal allait paraître bien légère en rapport à ce que le groupuscule envisageait de lui faire. Un rituel se mit en place chaque soir. Toujours tard dans la nuit, il fut réveillé par la sonnerie de son téléphone avec cette voix murmurant le même message « On ne t'oublie pas » et la personne raccrochait sans qu'il ne puisse avoir le temps de parler. Malgré ces désagréments, René ne considérait pas ces menaces comme sérieuses et continuait à vivre comme si de rien n'était. Un jour en rentrant à son domicile, il découvrit sa maison maculée de sang avec un mot accroché sur sa porte « On ne t'oublie pas ». Cette fois, la menace était assez concrète pour qu'il aille immédiatement porter plainte. Cette ultime intimidation était celle de trop. Après sa déposition, les menaces disparurent et il ne reçut plus aucun coup de fil, ses nuits n'étaient plus tourmentées. Un répit de courte durée. Le vingt-deux juillet deux mille quatre à deux heures du matin, René fut réveillé une nouvelle fois par son téléphone, en décrochant une voix lui annonça « Nous sommes en bas, nous t'attendons ». L'homme regarda par la fenêtre de sa chambre située au premier étage et aperçut quatre personnes affublées de masques d'animaux le saluant. Il raccrocha pour contacter la police. C'est à ce moment-là qu'une main se posa sur son épaule, il se retourna pour se retrouver face à une personne portant un masque de lapin. Trois autres personnes arrivèrent également dans la pièce et se déchaînèrent sur lui avec des battes de baseball. Il perdit connaissance après ce déferlement de violence. Plus tard, il fut réveillé par des jets d'eau versés sur sa tête. Il se rendit compte qu'il était entièrement nu, allongé sur une route. Son cou était accroché à l'arrière d'une voiture à l'aide d'une corde. René cria à l'aide, mais l'endroit était désertique, personne ne pouvait venir à son secours. L'homme fut traîné sur plusieurs kilomètres. Sa peau brûlant au contact du bitume, la voiture laissait derrière elle une longue trace de sang composée de lambeaux de chair. Le véhicule s'arrêta un peu plus loin et le laissa pour mort au bord de la chaussée. Son corps était dans un état effroyable, de la tête aux pieds, sa peau était déchirée, des cailloux et des branchages étaient enfoncés dans sa chair et son dos présentait plusieurs plaies profondes. Il fut retrouvé une heure plus tard par un automobiliste qui donna l'alerte en appelant les secours. Transporté en état d'extrême urgence à l'hôpital de Grenoble, la gravité de ses blessures obligea le personnel médical à le plonger dans un coma artificiel. Son pronostic vital était engagé, il y avait peu de probabilités qu'il survive à cette attaque. Pourtant, grâce à la persévérance des médecins, il se réveilla deux mois plus tard avec malgré tout un bon nombre de séquelles physiques importantes. Devenu tétraplégique et souffrant d'un stress post-traumatique, l'homme fut recueilli dans un centre de réadaptation et de repos à Saint-Hilaire-Du-Touvet. Il devait y rester pendant une durée indéfinie, c'était à lui de décider quand il se sentirait capable de retrouver son domicile avec sa mobilité réduite. Drogué par des anxiolytiques, sa nouvelle vie était constituée de plusieurs soins médicaux quotidiens avec comme seul loisir la télévision de sa chambre. Pendant la nuit du douze décembre deux mille quatre, l'homme entendit des cailloux être projetés à sa fenêtre. René se dirigea avec son fauteuil roulant derrière la vitre pour regarder ce qu'il se passait. Avec stupeur, il aperçut six personnes portant des masques d'animaux lui faisant coucou. Ils étaient venus finir leur travail inachevé. Paniqué, il se dirigea vers le bouton d'appel pour que l'infirmière de garde vienne à son secours. Une coupure de courant l'en empêcha. Quelqu'un toqua à sa porte, il était pétrifié et cria qu'on le laisse tranquille. Les coups contre la porte continuèrent. En tremblant, il se dirigea vers celle-ci pour la bloquer. Brusquement, le groupe masqué entra dans sa chambre avec une lampe torche pour l'extirper de son fauteuil roulant. L'homme fut évacué de la maison de repos pour être attaché une nouvelle fois à l'arrière d'une voiture. Un médecin, arrivant au même moment, illumina cette mise à mort à l'aide des phares de son véhicule. Effaré, il vit René couché au sol avec ses jambes accrochées à une boule d'attelage. Le convoi démarra en faisant traîner le tétraplégique sur ce chemin sinueux. Sans avoir eu le temps de bien comprendre la situation, le témoin décida de se mettre à leur poursuite. Il essaya de les arrêter en klaxonnant à plusieurs reprises et en faisant des appels de phares. Impuissant, il était en train d'assister à ce corps se désintégrant sur la route. Le crâne de la victime était en train de se fendre à cause des nombreux rochers qu'il percutait, c'était une scène insoutenable à regarder. Constatant que le médecin ne se démotivait pas à les laisser partir, le conducteur décida de freiner pour lui causer un accident. N'ayant pas le temps de s'arrêter, il écrasa le corps de René Favre en emboutissant la voiture du groupuscule. La bande en profita pour s'échapper à travers la forêt. Encore sous le choc de la collision, le médecin eut du mal à reprendre ses esprits. Avec difficulté, il appela la police pour leur demander d'intervenir rapidement. La tête complètement écrasée et le corps déchiqueté, la vengeance était arrivée à son terme. Depuis cette mort terrible, le groupuscule VRA s'est autodissous afin que ses membres disparaissent dans la nature. Ils ne furent jamais retrouvés.

Nous arrivons au sanatorium, un gardien se trouve à l'entrée pour le surveiller. Il refuse de nous laisser passer, aucune négociation n'est possible, cette personne est bornée, il ne veut rien savoir. Par dépit, nous nous contentons d'observer ce géant de béton qui est en train d'être désamianté. Un panneau indique qu'un permis de démolir a été déposé, c'est dommage, je n'aurai pas eu l'occasion de le visiter. Il est presque midi et je meurs de faim.

> — J'ai faim ! Tu connais un endroit sympa par ici ?
> — Il y a la Fourchette Dorée qui est à cinq minutes.
> — Super, on y va ?
> — Non je n'ai pas les moyens de manger là-bas, c'est bien trop cher.
> — Tant que ça ?
> — Oui, c'est hors de prix !
> — Je t'invite !
> — C'est vrai ?
> — Bien sûr, ça me fait plaisir, c'est pour te remercier de m'avoir accompagné au sanatorium.
> — Merci, c'est très gentil de ta part !

Situé au bord de la nationale, nous arrivons devant ce restaurant gastronomique. Dans ce cadre raffiné, je fais contraste avec mon style vestimentaire et ce n'est pas l'autre qui va relever le niveau. Les gens nous regardent comme des ploucs qui auraient fait erreur sur leur destination. Notre allure est en adéquation avec une cafétéria bas de gamme mais pas avec un tel décor. Le serveur ne nous met pas plus à l'aise en nous donnant les cartes sans décrocher un mot. Mon invité a les yeux qui brillent en regardant le menu.

> — Tu prends quoi Patrick ?
> — Je ne sais pas quoi choisir, tu as vu les prix des plats ?
> — Mais je t'ai dit que je t'invitais, pourquoi tu te bloques comme ça ?
> — Je n'ai jamais mangé dans un restaurant aussi cher, je ne suis pas à l'aise.
> — L'argent n'est pas un problème pour moi, prends ce que tu veux, ça me fait plaisir.

Tout sourire, il prit du foie gras et un rouget et moi un magret de canard puis un tournedos de veau sauce aux morilles. Il n'en revient toujours pas de se retrouver ici en me remerciant une nouvelle fois de l'avoir invité. L'émotion le submerge et il me confie les larmes aux yeux qu'il est dans une situation très précaire.

— Je suis dans la merde, ça va faire trois mois que j'ai des retards de loyer, je suis à l'agonie financièrement.

— Pourquoi tu ne fais pas un crédit ?

— J'ai déjà deux crédits à la consommation que je n'arrive plus à rembourser.

— Personne ne peut t'aider ?

— Tu sais quand tu as des problèmes d'argent, les gens disparaissent par magie, ils s'en foutent que je puisse finir à la rue !

Notre rencontre impromptue lui permit au moins de se changer un peu les idées. Croyant être en face de quelqu'un d'empathique, le bon bougre souhaite qu'on reste en contact en me donnant son numéro de téléphone. Me lier d'amitié avec un fauché ? Et puis quoi encore ? Le dessert arrive, de la crème glacée à la vanille accompagnée de pépites de caramel, un régal. Avec la bouteille de vin, l'addition doit atteindre facilement les deux cents euros. Je demande à Patrick s'il souhaite boire un café et me répond par l'affirmative, je me lève pour passer la commande au comptoir. De loin, je l'observe lécher sa cuillère imbibée de caramel, discrètement, je m'avance vers la sortie. Une fois à l'extérieur, je m'éloigne en courant pour le laisser en tête à tête avec sa détresse et l'addition. Je croise un passant à qui je demande la direction de la gare, il m'indique qu'elle se trouve juste derrière la pharmacie en me la montrant de loin avec son doigt. Tout essoufflé, je me retrouve devant la gare en découvrant que c'est celle du funiculaire, il n'y a pas de train ici. Cela me permet juste de descendre le col pour atteindre un autre village. Dans l'immédiat, je n'ai pas d'autres opportunités pour m'enfuir, surtout avec ces fortes averses de pluie qui ne me permettent pas de faire du stop. Un nouveau périple débute ici en direction d'Ambérieu-en-Bugey, une ville située entre Lyon et Bourg-en-Bresse. Je dois prendre le bus jusqu'à Grenoble et ensuite le train pour arriver à destination, un itinéraire de trois heures trente d'après ce qu'annonce mon téléphone. J'ai bien peur d'arriver trop tard et de ne pas être en état de rentrer dans le club échangiste que je dois explorer. Ce qui est certain c'est que je ne vais pas pouvoir me présenter comme ça outre déjà la difficulté d'y accéder sans être accompagné. Une fois arrivé à la gare ferroviaire, je monte dans mon train épuisé et m'endors précipitamment après cette folle virée en montagne. Un sommeil de courte durée à cause du boucan généré par un groupe scolaire se trouvant dans mon compartiment, c'est infernal, les gosses n'arrêtent pas de crier sous les yeux de leurs accompagnants passifs et soumis. De mauvaise humeur, je me retrouve à observer les paysages défilant sous la pluie.

Il n'est pas loin de dix-huit heures trente, j'arrive à la gare d'Ambérieu-en-Bugey, je m'empresse de me diriger à l'Intermarché. Mon téléphone m'indique qu'il ferme dans trente minutes, ça ne me laisse pas beaucoup de temps pour m'acheter des nouveaux habits. Il est impératif que j'y parvienne sinon je ne pourrais pas m'immiscer ce soir dans le club échangiste. À peine arrivé en sueur au supermarché, le micro annonce la fermeture du magasin dans quinze minutes. En courant à travers les rayons, j'arrive enfin devant les vêtements. Le choix est extrêmement difficile, ou je m'habille en plouc ou en expert-comptable de province, il n'y a rien de séduisant dans ce qu'on me propose. Le micro annonce que la clientèle doit se diriger impérativement en caisse en fermant progressivement les lumières des rayons. J'embarque avec moi un jean, une chemise noire et une veste, j'en profite également pour prendre une nouvelle paire de chaussures, mes baskets étant trouées et imbibées d'eau, il était temps que je m'en sépare. Un relooking rapide qui me permet de ne plus ressembler à un clochard habillé par Emmaüs. Maintenant mon objectif est de me trouver un hôtel, la tâche s'annonce difficile, il n'y a pas grand-chose dans cette ville. Après quelques recherches, je parviens à repérer une auberge située en plein centre, j'espère qu'il reste de la place sinon je suis bon pour dormir dehors. Me voici arrivé dans la rue Alexandre Bérard, la peur au ventre, je croise les doigts pour qu'une chambre soit encore libre. Victoire, cinquante-cinq euros plus tard, je me retrouve allongé sur un lit confortable, j'ai même le temps de me reposer un peu avant de me rendre au « Blockhaus Klub ».

TROU DE LA GLOIRE

C'est dans ce club échangiste qu'a commencé la cavale d'Audrey Foucher, c'était le dix-sept juillet deux mille huit. Rien ne pouvait laisser présager que cette jeune trentenaire aurait été capable de réaliser de telles atrocités. En couple depuis cinq ans avec Marc et bien insérée socialement en tant qu'infirmière au sein d'une maison de retraite, sa vie paisible aurait pu continuer ainsi si son mari n'avait pas fait preuve un jour d'infidélité. Excessivement jalouse, elle se devait sans cesse de fouiller les affaires personnelles de son compagnon, d'analyser son téléphone portable et son historique internet. Elle épiait le moindre de ses faits et gestes, une situation étouffante pour son concubin. Avec le temps, il n'arrivait plus du tout à supporter ce quotidien anxiogène. Il y a six mois, leur couple avait déjà failli basculer lorsqu'il avait découvert que sa femme avait installé une balise de géolocalisation dans sa voiture afin de le suivre en temps réel. Une violation de sa vie privée qui l'avait mis hors de lui. Cette tentative d'intrusion avait laissé des traces indélébiles au sein du couple. Une dérive amoureuse qui conduit Audrey à consulter un psychologue pendant des mois afin de faire une longue thérapie dans le but de reprendre confiance en elle. Un parcours initiatique qui leur avait permis de retrouver un certain apaisement. Audrey travaillait en maison de retraite en horaires de nuit, de vingt-deux heures à cinq heures du matin, des soirées difficiles car elle avait toujours peur, au fond d'elle, qu'une autre femme ne prenne sa place dans le lit conjugal. Ces derniers jours, elle avait l'impression qu'il se passait quelque chose d'anormal, son homme était de plus en plus distant. Les rapports sexuels étaient devenus anecdotiques et les disputes plus régulières. Autant de crispations qui la firent replonger dans sa psychose d'être une femme éconduite. Parfois, pendant ses heures de travail, elle s'échappait discrètement pour observer son domicile afin de vérifier si la voiture de son mari était bien présente. Une paranoïa qui causa des problèmes vis-à-vis de son employeur. Son comportement ne pouvait être toléré surtout avec la responsabilité qu'elle avait envers les personnes âgées. Ses abandons de poste à répétition lui avaient valu plusieurs avertissements avec la menace d'un licenciement pour faute lourde. C'était l'une des vieilles pensionnaires qui s'était plainte au directeur de la maison de retraite que l'aide-soignante n'était jamais là quand elle sonnait pour l'appeler. Se sachant dorénavant observée et sous la contrainte de perdre son emploi, Audrey n'avait plus le droit à l'erreur et devait résister à son anxiété. Finalement, ses pulsions furent plus fortes que sa volonté et elle décida un soir d'espionner une nouvelle fois son domicile. Pour ne pas avoir de problème, elle eut l'idée d'emmener l'octogénaire qui se plaignait de ses absences afin de ne pas la laisser seule. Elle pouvait continuer ainsi ses surveillances sans être inquiétée.

La nuit du quinze juillet deux mille huit fit basculer la jeune femme dans une terrible descente aux enfers. Accompagnée de sa complice incontinente, elle vadrouillait devant sa maison lorsqu'elle s'aperçut que la voiture de Marc n'était plus là. Sans hésiter, elle l'appela sur son téléphone portable mais il ne répondait pas. Avec rage, elle attendit avec impatience son retour qui eut lieu deux heures plus tard. Comme si de rien n'était, le lendemain matin, elle demanda ce qu'il avait fait de sa soirée.

— Qu'est-ce que t'as fait de beau hier soir ?
— Rien, je me suis endormi devant un film, j'étais crevé de ma journée.

Audrey trouva la force de ne pas sauter à son cou pour l'étrangler et ne laissa rien transparaître, l'épouse trahie avait le souhait de le surprendre en flagrant délit. Le soir même, toujours escortée dans sa voiture par Jacqueline, elle surveilla sa maison en se garant discrètement derrière une camionnette. Il était vingt-trois heures quand Marc sortit de son domicile, telle une espionne aguerrie, elle le suivit en filature. Ils traversèrent la ville et arrivèrent devant un club libertin, elle était effondrée, son homme la trompait impunément dans cet endroit sordide. En le voyant entrer à l'intérieur, elle devint folle en hurlant qu'il allait le regretter. Le lendemain soir, le même scénario se reproduisit, Marc prit sa voiture à peu près à la même heure que la veille et Audrey le suivit de nouveau. Cette fois-ci, elle avait préparé son coup pour le surprendre dans ce lieu de dépravation. Pour qu'il ne la reconnaisse pas, elle était affublée d'une perruque et d'une paire de lunettes de soleil pour dissimuler son visage. Entièrement nue sous sa serviette blanche, Audrey déambula dans les allées tamisées du club en ayant dissimulé un couteau sous son accoutrement. Toute l'attention se portait sur cette femme seule que personne ne connaissait, c'était un nouvel arrivage de viande fraîche. Dans l'un des jacuzzis, elle remarqua son homme en train de faire l'amour à deux femmes. Une scène insupportable qu'elle observa en serrant très fort son couteau caché sous sa serviette. Son charme opérant, des hommes venaient la voir pour faire connaissance en lui caressant les fesses, mais ils furent immédiatement rejetés avec véhémence. Marc se dirigea au glory hole, cette pièce obscure où les cloisons sont percées à différents endroits afin d'y insérer son pénis. Un dispositif permettant de se faire sucer sans voir la personne, l'adrénaline de la fellation anonyme. Audrey entra également avec une idée en tête. Profitant de la configuration de la pièce, elle allait pouvoir émasculer son mari en tranchant son sexe à travers la cloison. La problématique c'est qu'elle faisait face à quatre sexes dressés attendant la venue d'une bouche gourmande. Incapable de reconnaître celui de Marc, sans hésiter, elle décida de trancher ces pénis à l'aide de sa lame extrêmement coupante. Les hurlements résonnèrent dans tout le club au rythme de ces amputations sauvages. De justesse, deux hommes purent retirer leur verge des trous et s'enfuir en abandonnant leurs congénères atrophiés. Dans la panique générale, Audrey s'échappa toute ensanglantée du club. Une fois dans sa voiture, elle démarra sans savoir où aller. Elle conduisit toute la nuit en abandonnant la vieille dame au bord de la route afin de continuer sa fuite toute seule. Vers deux heures du matin, elle arriva à l'hôtel des Jardins, situé dans la ville de Roanne. Elle resta cloîtrée dans sa chambre des jours entiers sans jamais en sortir. Un comportement suspect qui interpella le directeur de l'établissement. L'enquête policière avança rapidement grâce au témoin direct de cette folie, Jacqueline raconta les tourments de son aide-soignante qui n'avait de cesse d'exprimer son désir de vengeance envers son mari. Le vingt juillet deux mille huit, ce soir-là, Audrey prit la décision de quitter sa chambre pour aller dîner au restaurant de l'hôtel. Elle semblait très fatiguée, comme si elle n'avait jamais dormi depuis son arrivée, probablement toujours agitée par son instant de folie. Profitant que la chambre soit momentanément libérée, l'hôtelier s'y rendit afin de voir ce qu'elle pouvait y cacher. Derrière la porte numéro quatorze, il ne découvrit pas grand-chose, juste un couteau posé sur la table de chevet. L'homme fut surpris par Audrey arrivant précipitamment.

> — Qu'est-ce que vous faites dans ma chambre ?
> — Je… Je passais voir s'il y avait besoin de faire le ménage !
> — J'ai dit que je ne voulais pas qu'on vienne dans ma chambre !
> — Excusez-moi madame.

Elle s'avança vers cet homme confus pour caresser son visage avec une certaine tendresse. Complètement décontenancé, il se laissa embrasser goulûment. La main droite de la jeune femme toucha son sexe durci à travers son pantalon puis l'emmena sur le lit. Sans un mot, il se laissa faire sans trop comprendre la situation. Elle lui enleva son pantalon et son slip pour prendre en bouche ce gland sensible à ses formes généreuses. Audrey continua à le lécher avec vigueur tout en le regardant fixement. L'homme prenait beaucoup de plaisir en caressant les cheveux de cette femme en guise d'approbation. Furtivement, elle attrapa le couteau posé sur la table de chevet pour trancher son pénis à plusieurs reprises. Après seulement quelques tentatives, elle réussit à extirper son sexe en l'arrachant violemment avec ses mains. Le mâle poussa d'énormes cris puis perdit connaissance dans la plus grande des souffrances. Son hémorragie imbiba entièrement le matelas de sang. Ce vacarme interpella les quelques clients présents dans l'hôtel. L'un d'eux s'approcha de la chambre quatorze et découvrit avec écœurement cette femme se badigeonnant du sang de sa victime en rigolant à gorge déployée. La police arriva pour interpeller Audrey qui n'avait pas pris la peine de fuir, préférant s'amuser avec ce pénis mutilé. Parmi ses victimes émasculées, son mari n'en faisait pas partie, il était l'un des rescapés du massacre ayant réussi à sauver sa verge. Condamnée à perpétuité, Audrey espère toujours du fond de sa cellule que Marc n'ait pas recommencé ses infidélités en attendant impatiemment qu'il vienne un jour lui rendre visite.

Il est l'heure de tenter ma première expérience libertine, prêt à affronter le « Blockhaus Klub », en espérant être assez dévergondé pour me mélanger sans retenue. Le club se trouve sur le chemin en Martel à une centaine de mètres, sacré Charles. Sur leur site internet, ils stipulent que l'entrée est à soixante euros pour les hommes seuls, à ce prix-là, ils devraient m'assurer une éjaculation de qualité. J'aperçois déjà au loin l'enseigne lumineuse de couleur rouge, on ne peut pas la rater, pour aller baiser discrètement, on repassera. Plusieurs véhicules sont garés sur le parking, c'est bon signe. Deux couples attendent devant l'entrée, je m'approche d'eux en les saluant timidement. Les femmes sont souriantes à mon égard, ça commence bien, même l'un des maris me regarde avec délectation, il n'y a pas de raisons que le videur me refuse l'accès. La porte s'ouvre, un grand black se présente et fait entrer les couples en refermant la porte aussitôt, il n'a même pas daigné me regarder. Me sentant humilié, je me retrouve seul comme un con à attendre dans le froid. Je ne sais pas si je dois appuyer sur la sonnette pour montrer ma motivation ou bien si je dois patienter sagement et bêtement. Déjà dix minutes que j'attends dehors, ce n'est pas un cul que je vais attraper mais un rhume, bon allez je sonne, je verrais bien. Le videur ouvre et me dévisage de haut en bas.

— Tu veux quoi ?

« Baiser ta mère connard ! », avec du courage et de l'inconscience, c'est que j'aurais répondu.

> — Faire des rencontres, passer un bon moment.
> — Tu es déjà venu ?
> — Non jamais !
> — Tu as fait un test de dépistage récemment ?
> — Euh oui…
> — Tu l'as fait quand exactement ?
> — Le mois dernier.
> — C'était négatif ?
> — De quoi ?
> — Les résultats ?
> — Ah oui, non je n'ai rien.

Rien de mieux en préambule que de causer sida et hépatite pour provoquer l'excitation.

> — Il n'y a pas de pédé ici, c'est réservé aux hétéros !
> — Oui je sais, pourquoi je fais homo ?

Son lourd silence laisse peu de doute sur son avis.

— C'est bon vous pouvez entrer, passez une bonne soirée.

Une fois la suspicion levée d'être vecteur de toutes les MST du monde, me voici devant le guichet pour m'acquitter du droit de jouir. La gérante me demande soixante euros, j'ose lui demander avec une ironie bien prononcée si les femmes à l'intérieur sont aussi séduisantes qu'elle. Sans me dire un mot, elle me donna les clés de mon vestiaire. Vêtu d'un peignoir et de mon bracelet bleu regorgeant de préservatifs, me voici sorti du vestiaire prêt à affronter avec courage les orgies géantes. Je pousse la porte principale prêt à me jeter dans la première partouze pour finalement atterrir dans un endroit tamisé à la décoration trop propre et soignée, loin de l'atmosphère salace que j'imaginais. Il y a quelques filles sur la piste de danse en train d'être observées par quatre mâles assis sur les tabourets du bar. Un soixantenaire bedonnant s'approche de moi.

— C'est la première fois que vous venez ici non ? Je ne vous ai jamais vu !
— Oui en effet, je découvre.
— Moi je suis un habitué, ça fait des années que je viens ici.
— Ah bon.

— Oui… Vous voulez que je vous fasse visiter
le club ?
— Pourquoi pas, je ne sais pas où aller.
— Suivez-moi !

Comme initiation, j'aurai préféré autre chose que de suivre un gros cul flasque, m'épanouir ainsi va être difficile. Avec une perversion non dissimulée, il me présente les différentes pièces permettant de s'adonner à diverses pratiques et mises en scène comme cette reconstitution de cabinet gynécologique. Un couple s'y trouve, la femme est assise avec ses jambes accrochées sur des étriers pendant que son compagnon asperge son vagin de salive. Gynécologue, quel beau métier ! Au bout de quelques minutes, je me rends compte qu'il y a beaucoup d'hommes seuls, des vieux en grande majorité, c'est terriblement glauque. Le peu de femmes que j'ai aperçues jusqu'à maintenant font office de présentoir pour attirer du nigaud au bar. Ma visite se poursuit en entrant dans cette grande chambre dans laquelle un couple est en train de faire l'amour. En levrette, cette libertine se fait percuter au cœur d'une masse d'hommes en train de se masturber. Mon guide me pousse pour que j'aille de ma contribution.

— Allez va te branler avec les autres, elle aime
ça la salope !

— Non en fait je voudrais aller voir le glory hole !

Heureux de l'apprendre, il m'attrape la main pour m'y emmener. Nous descendons au sous-sol pour pénétrer dans cette pièce sombre où sont incrustés plusieurs trous à travers la cloison. L'endroit est désertique, je ne cache pas ma déception.

— C'est dommage qu'il n'y ait personne !
— D'habitude il y a du monde, ce soir c'est calme, pourquoi tu veux te faire sucer ?
— La question ne se pose pas, il n'y a personne !
— Attends une minute ! Je vais te chercher des bouches qui vont s'occuper de ta queue, commence à mettre ton sexe dans un trou !
— Non mais c'est bon ce n'est pas grave !
— Vas-y je te dis, tu ne vas pas le regretter, fais-moi confiance !

Je me retrouve seul, le pénis dressé à travers une cloison en bois, il faut de la persévérance pour maintenir son érection dans un tel cadre. Mon corps collé contre la paroi, je commence à sentir une main caressant mon prépuce, une cochonne a mordu à l'hameçon. Une langue timide lèche le bout de mon gland pendant quelques secondes, c'est terriblement jouissif cet anonymat sexuel. D'une main de fer, je suis en train d'être masturbé et sucé avec une grande expertise. Sans retenue, je décharge mes spermatozoïdes dans ce trou plein de mystères en essayant d'imaginer à quoi pourrait ressembler la destinatrice. La curiosité étant trop forte, je sors de cette pièce afin d'accéder à l'autre partie du glory hole pour découvrir qui se cache derrière cette bouche affamée. Dans la pénombre, je reconnais mon guide, encore sur ses genoux en train de lécher mon sperme. Il me demande si j'ai pris du plaisir, écœuré comme jamais, je l'insulte en lui donnant des claques sur la gueule afin qu'il recrache ma semence. Le videur se précipite vers nous et m'expulse du club sans que je ne puisse me défendre. Viré manu militari, je me retrouve dehors en peignoir avec mes vêtements dans les mains.

Dans la douche de l'hôtel, je reste un long moment en train de laver mon sexe comme on nettoie une scène de crime. Du gland à mes testicules, il ne doit pas subsister le moindre ADN de cet infâme pervers. Durant la nuit, mon sommeil fut très agité, encore sous le choc d'avoir été trompé de cette façon, de quoi alimenter pendant des années mes cauchemars les plus angoissants. Il est évident qu'après ce tragique événement, ma libido n'en sortira que diminuée.

Trouvant péniblement le sommeil, je remarque qu'il est déjà six heures du matin, autant continuer mon périple au lieu de rester ici à torturer mon esprit. Je consulte mon itinéraire qui m'indique que ma prochaine étape se situe à Châtel-de-Joux, une petite commune perdue dans le Jura. Encore une direction qui va m'épuiser et me faire galérer, j'en ai vraiment marre de ces patelins paumés. Sans aucune motivation, je préfère passer à l'étape suivante se trouvant à Chalon-sur-Saône, au moins pas de problème de locomotion, il y a juste à monter dans un train.

C'est avec regret que je n'irai pas dans ce village jurassien pour voir l'ancienne maison d'Henry Merret, un retraité qui n'avait jamais accepté de ne plus exercer son travail. Son histoire est à la fois fascinante et effrayante. Durant toute son existence, cet homme a exercé le métier de porteur-chauffeur, un emploi qui consiste à conduire un corbillard jusqu'aux cimetières pour y déposer ensuite les cadavres dans leur dernière résidence. Un cadre professionnel funeste qu'Henry avait appris à apprécier. Il n'avait pas le cœur à fêter son soixantième anniversaire, un âge qui avait comme seule échéance son passage à la retraite. Il n'arrivait pas à supporter cette nouvelle vie en s'ennuyant profondément de ne plus pouvoir exercer son ancien travail. Une situation qui l'aurait certainement moins fait souffrir si l'homme n'était pas veuf. Perdre son métier, c'était le condamner encore un peu plus à souffrir de sa solitude. Une mise sur la touche qui eut comme conséquence principale d'aggraver sa dépression. Cinq mois plus tard, toujours dans l'amertume d'avoir dû quitter son emploi, l'homme avait comme distraction de promener dans les environs au volant de son corbillard. C'était son cadeau de départ. Son patron lui avait offert en guise de consolation cette Chevrolet Caprice. Le véhicule avait suivi Henry tout au long de sa carrière, ils finissaient ensemble, dans un départ synchronisé, l'image était belle. Cette rupture professionnelle n'était toujours pas digérée avec le temps, une obsession qui pouvait l'emmener à assister à des enterrements de parfaits inconnus, juste dans l'unique plaisir de se remémorer le bon vieux temps. C'est à la date du dix-sept juin deux mille sept que sa vie bascula dans l'horreur. Ce dimanche matin, au volant de son corbillard, il aperçut une jeune femme à vélo circuler sur une route de campagne désertique. Son véhicule à l'arrêt, il l'observa s'éloigner lentement dans ce paysage bucolique. Après un instant de réflexion, il démarra à vive allure pour écraser violemment la cycliste. Le choc fut terrible, elle fut éjectée de son vélo à une dizaine de mètres pour s'écraser la tête la première sur le goudron.

Miraculeusement en vie, elle se retrouva allongée au sol en étant dans l'incapacité de pouvoir se relever, elle avait perdu l'usage de ses jambes. Henry descendit de son corbillard pour l'achever. Résistante, il l'étrangla de longues minutes jusqu'à ce qu'elle décède. Le macchabée fut ensuite transporté à quelques kilomètres d'ici, dans une grande zone boisée. Une pelle à la main, il creusa un trou assez profond pour y déposer le cadavre encore chaud. Son engrenage criminel prit effet à partir de ce jour. Il venait de renouer avec les plus belles années de sa vie, à flirter avec la mort en la manipulant, il en avait repris le goût. C'est ainsi qu'il se retrouva à errer sur des petites routes du Jura à la recherche de nouvelles victimes. Quelques jours plus tard, le vingt-quatre juin, il croisa, en direction de Saint-Maurice-Crillat, un adolescent en train de faire son jogging. Avec le même mode opératoire, il écrasa le jeune sportif sans qu'il arrive à freiner à temps pour éviter de lui rouler dessus complètement. Une maladresse qui lui compliqua la tâche, car il dut transporter ce corps en très mauvais état, la tête de sa nouvelle victime avait éclaté sur la route, des morceaux de cerveau s'étaient répandus sur le bitume. Au loin, Henry aperçut avec affolement une voiture arrivant dans sa direction. Il prit à bras le corps le cadavre pour le déposer dans le corbillard en tachant ses vêtements de sang. Le conducteur s'arrêta pour demander ce qu'il lui arrivait, reprenant son souffle, il expliqua qu'il venait de percuter un chevreuil et que l'animal venait de s'enfuir. Ce mensonge ne lui valut aucune méfiance. Le retraité prit la route ensuite en direction de son cimetière personnel afin d'y déposer cette seconde dépouille. Perfectionniste dans son art, il alla jusqu'à confectionner de véritables sépultures en déposant des fleurs artificielles accompagnées de plaques funéraires. Avec cette deuxième disparition en moins de dix jours, la police quadrilla la zone en effectuant des battues avec l'aide de volontaires habitant les environs. Même Henry les accompagna dans leurs recherches, dans l'unique but de s'assurer que son charnier n'allait pas être découvert. C'était un grand comédien, simulant parfaitement l'émotion que pouvait engendrer la crainte qu'un tel événement se reproduise. Sans limite dans l'indécence, il alla même soutenir les parents éplorés en tentant de les rassurer sur le fait que leur enfant allait être retrouvé saint et sauf. Prudent, Henry laissa reposer son corbillard le temps que la surveillance des gendarmes soit moins importante, le risque d'être pris en flagrant délit n'était pas négligeable.

Une période d'inactivité qui dura jusqu'au onze novembre deux mille sept. Ce jour-là, il devait se rendre à une trentaine de kilomètres de son domicile pour assister à la commémoration de l'Armistice organisée dans la ville de Morez, un événement qu'il ne ratait jamais. Il était neuf heures du matin, il croisa sur la route deux enfants marchant main dans la main dans sa direction. Ne pouvant aller à l'encontre de ses pulsions criminelles, il accéléra à toute vitesse vers eux en ne leur laissant aucune chance. Ils furent tous deux morts écrasés. En sortant du corbillard, Henry fut surpris en entendant des cris stridents, les parents affolés étaient en train d'arriver en courant, le psychopathe ne pensait pas que les gamins étaient accompagnés. Au loin, les parents voyaient cet homme en train de balancer les corps inanimés dans son véhicule avant de s'enfuir. Sans avoir eu le temps de relever la plaque d'immatriculation, ils allèrent paniqués à la gendarmerie pour témoigner de ce rapt réalisé par une personne conduisant un corbillard. Un indice suffisant pour remonter la piste d'Henry, il ne passait pas inaperçu dans ce coin avec un tel moyen de locomotion. Dans les bois, les enfants disparurent sous la terre au rythme des nombreux coups de pelle, rejoignant ainsi les deux autres victimes. Les véhicules de la gendarmerie passèrent à proximité de son cimetière en faisant retentir leur sirène, le retraité ne se faisait aucune illusion, il savait que c'était lui qu'on recherchait. Il n'avait pas d'autres choix que de prendre la fuite pour ne jamais revenir. Il patienta jusqu'à la nuit tombée pour prendre la route afin de minimiser le risque d'être intercepté. Henry souhaitait passer la frontière pour se rendre en Suisse et improviser une nouvelle vie là-bas. Après avoir parcouru une dizaine de kilomètres, en s'approchant de la commune de Leschères, il découvrit que des barrages policiers s'étaient mis en place. Se retrouvant piégé face au dispositif, il tenta une manœuvre difficile en effectuant un demi-tour sous les injonctions des policiers l'ordonnant de se rendre. Son corbillard n'était pas assez rapide pour les semer, dans la panique, sur cette route vallonnée, Henry perdit le contrôle de son véhicule en percutant un arbre de plein fouet. Il décéda sur le coup. On doit l'épilogue de cette histoire à un randonneur qui découvrit par hasard les quatre sépultures creusées dans la terre, ornées de nombreuses décorations funéraires. Les cadavres furent exhumés afin d'être placés dans de véritables caveaux, ce qui permit aux familles de faire leur deuil dignement.

J'arrive à la gare afin de me rendre à Chalon-sur-Saône, les guichets automatiques sont pris d'assaut et mon train part dans à peine cinq minutes. Comme d'habitude, j'ai l'instinct de m'insérer dans la mauvaise file d'attente, celle qui avance le moins vite. Devant moi, une vieille dame essaye de comprendre le fonctionnement de la machine. La sénile a trouvé le bon moment pour apprendre à s'en servir. Son visage collé à l'écran, elle essaye avec difficulté de lire les informations affichées. Il ne reste que trois minutes avant que mon train s'en aille, je me résous à lui venir en aide.

— Vous voulez que je fasse la manipulation à votre place ?
— Non merci, je me débrouille toute seule !
— Je suis pressé en fait, j'ai mon train qui doit partir dans deux minutes.
— Fallait arriver plus tôt, ce n'est pas mon problème.
— Mais laissez-moi vous aider, vous devez partir où ?
— Monsieur ! Vous n'avez pas bien compris ? Je ne vous ai rien demandé !
— Mais putain, tu vas me faire louper mon train !
— Moi j'ai tout mon temps !
— Pas moi connasse !

Je pousse la grabataire afin de prendre mon billet, les gens présents dans la gare m'invectivent de l'avoir fait tomber par terre. Le micro annonce le départ imminent pour Chalon-sur-Saône, sans avoir eu le temps de procéder au paiement de mon voyage, je me précipite sur les quais en montant de justesse dans un wagon. À cause de la vieille, je vais stresser pendant deux heures à l'idée de croiser un contrôleur, pour la peine j'espère que je lui ai fracturé le col du fémur. Tel un fugitif, je n'arrête pas de faire des allées et venues dans les compartiments, prêt à me réfugier à tout moment dans les toilettes en cas de contrôle. D'ailleurs, la prochaine histoire que je vais vous raconter concerne le troisième âge, une affaire des plus scabreuses.

HÉPATITE PORNOGRAPHIQUE

En couple depuis quatre ans, Jeremy et Alicia vivaient ensemble dans une vieille cité HLM morose située rue des Gaillardons à Chalon-sur-Saône. C'était de véritables assistés sociaux, vivant exclusivement d'allocations et de diverses aides financières. Leur quotidien linéaire était nourri par les jeux vidéo et les réseaux sociaux. L'un comme l'autre n'envisageaient à aucun instant de se reprendre en main. Du jour au lendemain, leur quotidien changea lorsque la grand-mère d'Alicia vint s'installer chez eux. À l'âge de quatre-vingt-neuf ans, la vieille dame n'arrivait plus à faire preuve d'autonomie, elle était incapable de vivre seule. Sa pension mensuelle n'étant pas suffisante pour séjourner dans une maison de retraite, elle fut alors accueillie au domicile de sa petite fille. Très affectée par la situation de sa mamie, Alicia s'était tout de suite portée volontaire pour la prendre en charge, un enthousiasme qui ne fut pas partagé par son conjoint. Une initiative qui occasionna sans tarder de vives tensions au sein du couple. Un soir, assise devant sa télévision, Alicia fut sensibilisée au don du sang grâce à un spot publicitaire efficace expliquant l'urgence de participer à cette collecte nationale afin d'éviter que cette pénurie sanguine ne s'aggrave. Des images chocs montraient des personnes hospitalisées, allongées sur leur lit en attente d'être transfusées. Il fallut l'apparition de cet enfant au regard triste avec une larme coulant le long de son visage pour que la jeune femme décide, sans hésiter, de faire un don de ce type. Dès le lendemain matin, elle se rendit à un centre de prélèvement pour participer à cet élan de solidarité. La seringue plantée dans son bras gauche, elle pensa très fort à cet enfant malheureux qu'elle avait vu la veille à la télévision.

Trois jours plus tard, son émotivité à fleur de peau se retourna contre elle en recevant un appel téléphonique. Un médecin à la voix grave lui demanda de revenir à l'hôpital au plus vite afin de lui transmettre ses analyses de sang. Paniquée à l'idée qu'on lui annonce une nouvelle dramatique, elle se rendit immédiatement au centre. Assise devant le praticien, elle apprit sous réserve d'examens complémentaires qu'elle avait contracté l'hépatite B. Sa vie bascula à cet instant dans l'horreur. Elle perdit connaissance à plusieurs reprises obligeant l'équipe médicale à joindre Jeremy pour qu'il vienne la récupérer. Arrivé sur place, on lui expliqua la mauvaise nouvelle en lui demandant qu'il fasse une prise de sang afin de savoir si lui-même était porteur du virus. Avec une angoisse évidente, il fit cette analyse quelques minutes plus tard et patienta afin d'obtenir le verdict dans une tension permanente. Dans l'attente des résultats, la vie du couple fut composée de crispations et d'incompréhensions. Ils se rejetaient mutuellement la faute sur la transmission du virus en allant chacun de son hypothèse d'infidélité. Une fois réception et analyse des examens, ils prirent connaissance que seule Alicia avait contracté l'hépatite, ce qui permit à Jeremy de ne plus être accusé à tort. N'assumant pas ses relations extra-conjugales, elle prétexta avoir fait usage un jour d'une seringue pour se droguer. Leur quotidien était devenu extrêmement anxiogène, alternant traitements lourds, prises de sang régulières et une cohabitation avec le quatrième âge devenant au fil du temps une charge incommodante. Un climat pesant qui avait une incidence directe sur leur vie sexuelle réduite à néant. La menace d'attraper le virus était bien plus forte que la libido de Jérémy, même protégé par un préservatif, la pression de pouvoir être contaminé était insurmontable.

N'ayant pas d'autres choix, il devait faire usage de son ordinateur pour libérer sa frustration sexuelle en naviguant sur des sites pornographiques, ce qui lui permettait de se donner l'illusion d'entretenir un semblant de sexualité. C'est de cette manière qu'il tomba par hasard sur un site internet publiant des vidéos amateurs mettant en scène des couples en plein ébat. Conquis par cette exhibition décomplexée,

Jeremy eut l'idée de contribuer au site en publiant une ancienne vidéo intime qu'il avait réalisée. Caméra à la main, on pouvait le voir en train de sodomiser sa compagne accroupie sur la table de la cuisine. Il avait la curiosité de voir quelle note sa performance sexuelle pouvait obtenir en espérant également que sa contribution apparaisse dans le classement des vidéos les mieux notées. Une initiative impudique sans aucune concertation, il n'avait pas pris le soin de demander l'autorisation à Alicia pour pouvoir la diffuser. En l'espace de vingt-quatre heures, sa publication récolta un nombre de visionnages jamais atteint jusque-là sur le site pornographique. Un succès qui étonna le principal intéressé voyant son film décrocher la meilleure notation. Motivé par l'engouement des visiteurs, le responsable du site contacta l'acteur plébiscité pour lui demander de publier d'autres vidéos contre rémunération. Une proposition enthousiasmante, mais qu'il ne pouvait honorer, car il était incapable de faire l'amour à sa femme pour proposer de nouvelles vidéos. Au fil des semaines, confronté à la mauvaise situation de son foyer, accumulant les dettes et la difficulté de subvenir à leurs besoins, il décida d'affronter Alicia en avouant ce qu'il avait fait et l'opportunité qui s'en était suivie. Apprenant qu'elle avait été humiliée de la sorte, elle l'empoigna pour lui donner des claques en hurlant qu'il allait le regretter. Comment pouvait-elle réagir autrement en réalisant que son intimité avait été violée à travers des milliers de personnes. La rupture fut inévitable, elle prit la décision de se séparer de l'homme qui l'avait salie à tout jamais.

Sans avoir les moyens de faire autrement, ils devaient continuer à cohabiter le temps que chacun puisse prendre son envol ailleurs. Spectatrice de cette déchirure sentimentale, la grand-mère se retrouvait au centre de ces violentes disputes quotidiennes. Son couple n'avait aucune espèce d'importance face à la maladie, Alicia passait ses journées à se documenter sur internet sur l'existence de traitements alternatifs pour vaincre définitivement son hépatite. C'est ainsi qu'elle tomba un jour sur un site américain vantant les bienfaits d'un produit miracle. Un antidote mélangeant diverses huiles essentielles combinées à plusieurs substances actives. La composition du traitement restant volontairement floue, le laboratoire mettait surtout en évidence les résultats exceptionnels de leur médicament. Une lueur d'espoir qui fut contrariée par le prix de ce remède. Sans pouvoir être prise en charge par la sécurité sociale, Alicia devait débourser la somme de cinq mille quatre cents dollars pour l'obtenir, un montant bien au-dessus de ses moyens. Se rendant à l'évidence que son entourage ne pourrait pas lui venir en aide, elle repensa à la proposition dingue de son ex-compagnon. Cette volte-face rendit heureux Jeremy qui pouvait de nouveau s'exhiber sur internet tout en gagnant de l'argent. Ensemble, ils devaient réfléchir comment baiser sans acte de pénétration, son partenaire était toujours hypocondriaque à l'idée de caresser l'hépatite de sa partenaire.

Assis sur son canapé, Jeremy réfléchissait à une solution en observant attentivement la grand-mère en train de ronfler sur son fauteuil roulant. Sourire aux lèvres, il avait trouvé comment contourner le problème. Dès le lendemain, la caméra fixée sur le trépied en direction du lit, le tournage du nouveau film était en pleine préparation. Allongée nue, godemichet à la main, Alicia se masturbait fougueusement en regardant l'objectif avec envie. Dix minutes de lubrification vaginale plus tard, Jeremy fit son entrée en mimant un acte sexuel avec elle, il en donnait l'impression mais son pénis ne la pénétrait jamais. Bonne comédienne, elle jouissait sans retenue rendant l'illusion parfaite. Pour finaliser la réalisation de la première séquence, la mamie fut transportée sur le lit afin qu'elle participe également au film. Son rôle était essentiel, elle devait servir comme doublure pour les scènes de pénétration. Évidemment, son vagin et son rectum étaient filmés en gros plan pour que le raccord soit parfait. Jeremy, après l'avoir doigtée à plusieurs reprises, commença sans dégoût à la pénétrer violemment jusqu'à lui provoquer quelques saignements. Dans un état végétatif, elle ne se rendait même pas compte qu'elle était en train de se faire violer. Une fois le tournage terminé, il restait à monter le film sur l'ordinateur en mélangeant les séquences des actes mimés avec les gros plans. C'est en effectuant ce travail que Jeremy remarqua un faux raccord non négligeable. Ils avaient oublié de raser les poils pubiens de Micheline, cette grosse touffe malodorante ne pouvait se confondre avec l'absence de pilosité d'Alicia. La décision fut prise de la raser intégralement et de recommencer aussitôt le tournage des gros plans. Après une bonne heure de montage, le résultat fut très satisfaisant, on ne pouvait pas voir le subterfuge utilisé pour tromper le spectateur. Cette deuxième publication fut un succès, avec une notation semblable à la première vidéo, Alicia et Jeremy devenaient de véritables stars du porno. Comme convenu, ils gagnèrent six cents euros, c'était une belle somme, mais pas assez pour obtenir le traitement pour l'hépatite. Ils n'avaient pas d'autres choix que de continuer dans cette voie pour atteindre la somme nécessaire.

Malheureusement, le tournage de la deuxième vidéo s'avéra dramatique. Micheline ne supportait pas cette sodomie infligée par Jeremy, malgré ses cris, il continuait de la pénétrer avec autant d'énergie sans prendre en compte sa souffrance. Un pénis dans le rectum, la vieille dame décéda d'un arrêt cardiaque. Au lieu de contacter urgemment les secours, il poursuivit le tournage des scènes en gros plan afin de finaliser son film. Le cadavre ne fit pas l'objet d'un examen approfondi par le médecin venu sur place. Il se contenta simplement des justifications du couple expliquant que la pauvre dame s'était effondrée en essayant de se lever de son fauteuil roulant. Une imagination limitée mais assez crédible pour que soit établi un certificat de décès sans émettre la moindre réserve. Alicia venait de perdre sa grand-mère mais surtout sa doublure sexuelle, une mort brutale qui compromettait l'avenir de son traitement. Après ce décès, Jeremy fut très affecté par cette tragédie, culpabilisant de l'avoir vu mourir au bout de son membre raide. Alicia observait ce changement de comportement avec incompréhension, elle le voyait sortir seul plus souvent sans jamais dire ce qu'il partait faire. Un jour, elle décida de mener sa petite enquête et de le suivre discrètement, quelle ne fut pas sa surprise de le voir disparaître dans une autre entrée de leur résidence. Sans aucun doute, il avait quelqu'un d'autre dans sa vie. Elle perdit sa trace devant l'ascenseur, ne sachant pas à quel étage se rendre, elle décida d'attendre dans le hall d'entrée afin de le surprendre en flagrant délit. C'est après vingt minutes qu'un homme âgé descendit au rez-de-chaussée pour discuter avec un voisin. Il raconta, passablement énervé, subir une nouvelle fois des nuisances sonores provenant de la vieille du huitième en train de se faire sauter par le jeune du quartier. Son sang ne fit qu'un tour lorsqu'elle réalisa la teneur de ce conflit de voisinage, elle prit l'ascenseur et monta au huitième étage avec une forte appréhension. Derrière la porte d'un appartement, elle entendit distinctement un rapport sexuel. À plusieurs reprises, elle frappa pour qu'on lui ouvre sur-le-champ. Sans se méfier, une dame âgée encore essoufflée déverrouilla son entrée. Alicia se précipita dans la chambre pour surprendre Jeremy. En hurlant comme une folle, elle lui demanda des explications. Surpris de la voir débarquer ici, il ne savait pas quoi répondre. La vieille maîtresse tenta de s'interposer dans cette crise conjugale et reçut un violent coup de poing au visage qui la fit chuter par terre. Profitant de cette violente dispute, elle marcha discrètement à quatre pattes en direction du salon pour contacter la police. Devant le fait accompli, Jeremy assuma être attiré sexuellement par le troisième âge depuis qu'il avait eu des rapports avec Micheline lors des tournages des vidéos. Alicia entendit au même moment la dame discuter avec la police, elle se dirigea vers elle en courant pour raccrocher le téléphone et lui fracasser la tête contre la table du salon. Le jeune homme prit la fuite dans le couloir en criant à l'aide. Plusieurs voisins essayèrent d'intervenir afin de stopper ce massacre, mais personne n'osa s'approcher d'Alicia qui était en train d'égorger sa vieille victime. Tous tétanisés par l'horreur de la scène, ils décidèrent, pour se protéger, de fermer la porte d'entrée à clé en attendant la police. À plusieurs reprises, elle planta son couteau à travers la porte pour tenter de s'enfuir de l'appartement. Lorsqu'elle entendit les sirènes retentir, elle aperçut par la fenêtre les nombreux véhicules de police débarquant dans le quartier. Pour éviter d'être interpellée, elle se jeta dans le vide pour se suicider. Alicia s'écrasa avec son hépatite et mourut sur le coup. Depuis cette terrible affaire, Jeremy a changé de vie en suivant une formation professionnelle dans le but de devenir auxiliaire de vie.

Mon train vient à peine de traverser la gare de Mâcon que j'aperçois deux contrôleurs débarquer dans mon compartiment. Impossible de me réfugier dans les toilettes car de ce côté, il y a également une vérification des titres de transport, je me retrouve pris au piège. Dans cette mauvaise posture, j'improvise en tirant le signal d'alarme pour ensuite courir dans le wagon en criant avoir croisé des personnes cagoulées avec des armes à la main hurlant « Allahu akbar ». Grâce à la psychose des attentats, je crée en un rien de temps une panique générale dans ce train qui s'arrête au beau milieu de nulle part. Les voyageurs terrifiés se bousculent avec brutalité, loin de l'adage « les femmes et les enfants d'abord », les gosses sont piétinés sans aucune pitié. Les portes s'ouvrent libérant ainsi cette masse humaine affolée. Je me retrouve dans cette cohue générale à essayer de m'extirper afin de m'enfuir en marchant sur les rails. Pour éviter de croiser les forces de l'ordre, par peur d'être suspecté d'avoir créé ce désordre, je décide de quitter la voie ferrée pour m'engouffrer dans ce chemin forestier. Une mobylette arrive dans ma direction, je fais des signes pour qu'elle s'arrête. Derrière son casque, je devine un adolescent frêle et craintif.

— Excuse-moi, tu peux m'accompagner dans la ville la plus proche ?
— Non désolé, je ne peux pas vous prendre, elle ne supportera pas la charge de deux personnes.
— Ben on essaye, on verra bien !
— Il y a un village à dix minutes de marche !
— Je m'en fous, je n'ai pas envie de marcher, on ne va pas la péter ta putain de bécane !
— Je n'ai même pas de deuxième casque !

— Sérieux, tu vas me sortir combien
d'excuses ?

Je m'approche alors de sa mobylette et sans
aucun courage d'affronter son refus, il préfère
prendre la fuite sans que j'aie eu le temps
d'enfourcher son deux-roues. Avec sa faible allure,
je n'ai aucun mal à le rattraper et à le pousser par
terre. Le jeune homme se relève rapidement pour
m'empêcher de me laisser partir, il m'agrippe et
tente à son tour de me faire tomber. En pleurs, il
m'ordonne de ne pas voler sa mobylette, il reste
accroché à celle-ci, motivé à ce qu'elle ne
disparaisse pas avec moi. Constatant sa pugnacité,
je tente de le faire chuter à nouveau, mais je suis
déstabilisé par l'un de ses coups de pied qui me fait
tomber. De rage, l'adolescent m'enchaîne de coups
de poing, s'en suit alors une bagarre dans les bois
dans laquelle je lui rends la pareille. Son physique
de gringalet ne va pas compromettre mes plans,
j'arrive à ôter son casque afin de l'étrangler. Je ne
m'étais jamais battu comme ça, avec autant
d'animosité et une grande excitation à faire mal, le
voir péniblement se défendre me donne envie de
l'achever. Il n'arrive même plus à cacher sa peur en
tremblant comme une feuille. Ce corps relâchant
toute résistance commence à s'offrir à moi. Je le
contemple allongé au sol avec ses habits déchirés,
il sanglote et n'ose plus croiser mon regard pour

que je l'épargne. Sa mobylette m'est acquise, il ne s'y opposera plus. Dès que je serai parti, il se précipitera alors pour contacter les secours et compromettre mon évasion. Une grosse pierre à la main, je m'approche de ce visage terrorisé réclamant la pitié. Prenant mon élan, je brise son crâne en lui assénant plusieurs coups sans m'arrêter. C'est plus fort que moi, je suis totalement déchaîné face à la rigidité de sa boîte crânienne. Je suis en train de jouir en voyant cette mort surgir devant moi, il ne réagit plus mais respire encore. Son faciès ne ressemble plus à rien, il est méconnaissable. Ne pouvant le laisser souffrir comme une bête agonisante, je continue de le frapper jusqu'à ce que son cœur s'arrête de battre. Avant de quitter les lieux, je fouille ses affaires pour récupérer son argent et ses papiers afin que son identification soit retardée. Je m'éloigne avec son deux-roues en ne prenant pas conscience de l'acte que je viens de commettre. Une mise à mort improvisée sur laquelle j'ai laissé toutes les traces biologiques possibles, prélever mon ADN va être un jeu d'enfants. Je suis condamné dès maintenant à cohabiter avec une menace permanente. J'ai besoin de partir loin, de m'éloigner de ce corps inerte, je n'irai pas à Chalon-sur-Saône, préférant continuer ma route jusqu'à ma prochaine destination, la ville de Perrigny située à côté d'Auxerre. Roulant à deux à l'heure, une voiture sans permis est en train de me dépasser, j'ai tué pour me faire humilier de la sorte. À cette vitesse, je vais mettre au moins une journée pour parcourir deux cents kilomètres. La route va être longue pour rejoindre cette école qui a été abandonnée à la suite de l'assassinat d'une enseignante.

HARCÈLEMENT ANONYME

Clémence Meyer était institutrice dans cette école de l'Yonne depuis six ans. Fort appréciée de ses élèves, elle a toujours réussi à allier pédagogie et bienveillance afin d'obtenir de bons résultats. Ne laissant personne indifférent, elle était régulièrement courtisée par des pères de famille subjugués par son charme. Cette grande brune aux formes généreuses pouvait donner envie à ces hommes de faire des cours de rattrapage. Des dragues lourdes et répétitives qui n'avaient aucune chance de convaincre, car elle était déjà mariée depuis cinq ans et vivait le parfait amour avec Gabriel. Rien ne pouvait perturber leur relation jusqu'au jour où ils reçurent à leur domicile des mystérieuses lettres émanant d'un admirateur anonyme. À plusieurs reprises, elle fut victime d'un harceleur qui lui envoyait des déclarations d'amour écrites sur plusieurs pages, expliquant qu'elle devait quitter son mari pour le rejoindre. Les courriers n'étaient jamais signés, Clémence n'avait strictement aucune idée de l'identité de cet expéditeur oppressant. Des lettres répétées aussi angoissantes les unes que les autres. Il n'hésitait pas à décrire des instants de sa vie, lorsqu'il l'avait croisée par exemple au supermarché en relevant ce qu'elle pouvait y acheter. La traque était permanente. Face à ce comportement menaçant, elle se sentait obligée de changer ses habitudes de

vie en adoptant des itinéraires alternatifs pour rentrer à son domicile, en ayant la sensation de voir derrière chaque homme qu'elle croisait le déséquilibré en question. Pour mettre fin à ce quotidien éprouvant, elle portait plainte régulièrement sans que sa situation s'améliore.

Un jour, en fin de matinée, Gabriel fut contacté par le directeur de l'école, inquiet de ne pas avoir vu sa femme honorer les cours de ses élèves. Surpris d'apprendre cela, il répondit qu'elle était pourtant partie ce matin à la même heure que d'habitude. Inquiet par cette nouvelle, le mari partit à sa recherche en vadrouillant dans la ville. Il n'était pas rassuré par le fait que son téléphone sonne désespérément dans le vide. Se doutant que sa compagne était en danger, il alla se rendre à la gendarmerie pour déclarer sa disparition. Malheureusement, la personne étant majeure, on lui déclara qu'elle était dans son droit de disparaître, en refusant de prendre en compte les nombreux courriers anonymes reçus. Des jours et des nuits à remuer ciel et terre pour retrouver sa femme, il n'avait aucun doute, c'était une évidence que le corbeau l'avait faite disparaître. À bord de sa voiture, il tournait en rond dans les parages afin d'interroger des gens au hasard en leur montrant des photos de Clémence. Des recherches qui n'eurent aucun résultat, personne ne l'avait aperçue le matin de sa disparition. L'histoire prit une dimension dramatique une semaine plus tard, lorsque Gabriel reçut un appel téléphonique provenant du numéro de sa compagne. Il s'empressa de répondre en lui demandant où elle se trouvait, personne ne répondit, il n'arrêtait pas de parler pour tenter d'avoir de ses nouvelles mais le silence fut complet. Le seul bruit qu'il entendait semblait être une forte respiration. Au bout de quelques secondes, la communication s'arrêta brutalement. En vain, il fit sonner le téléphone de Clémence à plusieurs reprises. Immédiatement, il se rendit à la gendarmerie pour expliquer ce qu'il venait de se passer. Cette fois, ils ne furent pas insensibles à son agitation. L'homme avait comme seule obsession de pouvoir obtenir un relevé complet du numéro incriminé afin d'essayer de localiser le dernier appel. Face à un faisceau d'indices confirmant que cette femme était en danger, ils engagèrent finalement une enquête et firent le nécessaire pour récupérer le relevé téléphonique dans les plus brefs délais. Une démarche longue de quelques heures qui permit de faire avancer les investigations. La dernière antenne relais captée par le téléphone se situait à huit kilomètres d'ici, dans le lieu-dit Les Courlis dans la ville de Charbuy. La zone boisée fut tout de suite investie par une vingtaine de gendarmes afin d'y effectuer une battue. Gabriel était présent également en n'arrêtant pas de faire sonner le numéro de Clémence afin de pouvoir peut-être entendre sa sonnerie. C'est par ce moyen qu'après une heure de recherche, une mélodie retentit sous un tas de terre qui, selon toutes apparences, avait été fraîchement retourné. Redoutant tous une terrible découverte, ils creusèrent pour faire apparaître le cadavre après seulement quelques minutes d'effort. Enroulé dans un drap blanc ensanglanté, le corps de l'institutrice avait été poignardé à de multiples reprises. Son mari en pleurs se rendait compte de l'horreur de la situation. Une terrible découverte qui le fit plonger dans une grave dépression, d'autant plus que, faute d'avoir d'autres pistes sérieuses, il fut l'unique suspect de ce meurtre. Les enquêteurs ne négligeaient pas qu'il pouvait être l'auteur de cet homicide en perquisitionnant sa maison et en le plaçant en garde à vue. Un interrogatoire malvenu pour cet homme qui devait déjà affronter la tragédie de se retrouver veuf. Des heures de questions, d'alibis à transmettre et de preuves que tout allait bien dans leur couple. Il fut relâché en ayant comme recommandation de ne pas quitter la région si jamais il devait être auditionné à nouveau.

Malgré le décès de Clémence, il découvrit quelques jours plus tard un courrier dans sa boite aux lettres provenant du même corbeau. À l'intérieur de celui-ci figurait une lettre exprimant de sincères condoléances en précisant qu'il devrait recevoir sous peu un film hommage dédié à la femme qu'il venait de perdre. Deux jours plus tard, effectivement, il réceptionna un nouveau courrier avec une clé USB. L'auteur de cet envoi précisa que la vidéo était en plusieurs parties et que la suite allait être envoyée au fur et à mesure, dans l'unique condition qu'il ne prévienne en aucun cas la police de cette correspondance sous peine de ne plus rien recevoir. Sur son ordinateur, il analysa cette clé en trouvant deux dossiers différents, l'un intitulé « Naissance du désir » sur lequel figuraient plusieurs vidéos filmées discrètement où l'on pouvait voir Clémence quittant son domicile, se rendre à son travail, faire ses courses et même être observée à travers les fenêtres de sa maison. Des petites séquences de quelques secondes réalisées sur une période de plusieurs mois. Dans l'autre dossier nommé « Semence du désir » se trouvait les mêmes films que dans le premier dossier sauf que, sur celles-ci, on pouvait voir un pénis en érection se masturber sur les vidéos diffusées sur une tablette avec comme point d'orgue une éjaculation filmée en gros plan sur l'écran. On ne pouvait rien voir d'autre que la verge du psychopathe. Gabriel n'avait plus aucun doute sur le fait qu'il était en train de correspondre avec le meurtrier, il dut résister pour ne pas transmettre ces fichiers à la police.

Quatre jours plus tard, il reçut une seconde clé USB qui ne contenait qu'un seul dossier intitulé « Maîtresse ». Il était composé d'une dizaine de vidéos filmées depuis l'école dans laquelle enseignait Clémence. On pouvait la voir dans sa classe donner les cours aux enfants, marcher dans les couloirs ou bien manger à la cantine. Cela n'avait pu qu'être filmé par un enfant ou par l'un des professeurs. La troisième clé fut réceptionnée dès le lendemain, toujours avec la même organisation de classer les vidéos dans des dossiers distincts. Le premier avait comme nom « La chasse », il contenait seulement une vidéo d'une durée de treize minutes. Un changement de format car habituellement ce n'était que des séquences n'excédant pas dix secondes. Ce film commençait derrière le volant d'une voiture en train de se diriger vers la maison du couple. Une fois arrivé à destination, il roulait autour de la propriété tel un vautour attendant que sa proie soit en vue. Après avoir rodé dans le quartier quelques minutes, il aperçut Clémence sortir de chez elle pour se rendre à l'école. La jeune femme se retournait régulièrement vers la voiture, le visage inquiet, son rythme de marche s'accélérait. C'est à ce moment-là qu'il se mit à rouler dans sa direction. Une fois à proximité de sa victime, il sortit de son véhicule pour la poursuivre afin de la frapper à l'aide d'une batte de baseball. La vidéo s'arrêta brusquement sur cette agression. Les images du deuxième dossier nommé « Dégustation » furent encore plus insoutenables à regarder, on pouvait y voir Clémence être abusée sexuellement. Solidement attachée à un lit à l'aide de cordelettes, la victime bâillonnée était impuissante face à ces viols répétés. Des scènes de violences sexuelles et de tortures réparties sur trente-huit fichiers vidéo. Il était impossible de pouvoir identifier l'auteur qui prenait soin de se camoufler derrière une cagoule pour commettre ces actes horribles. Dans cette correspondance, Gabriel fut averti qu'il allait recevoir dès le lendemain la fin du film avec une dernière surprise. Les images de sa femme meurtrie allaient le hanter indéfiniment, une telle vision de l'horreur ne pouvait être surmontable. Il se doutait que les prochaines vidéos mettraient en scène la mort de sa compagne, l'homme était en train de suffoquer, cette pression qu'il subissait ne faisait que l'anéantir à petit feu. Après une nuit blanche, il attendait avec angoisse la venue du facteur pour finaliser cet assemblage vidéo macabre afin de prévenir les forces de l'ordre. Une fois le dernier courrier en main, il commença par lire la lettre jointe.

« Bonjour Gabriel, j'espère que tu apprécies mon film, je t'avoue que j'en suis très fier, ta femme a été géniale, c'est grâce à elle que j'ai pu obtenir un tel résultat. Je ne m'étais pas trompé en la choisissant. Pendant le tournage, elle a pu montrer tout son talent, c'était vraiment quelqu'un d'exceptionnel. J'ai déjà écrit la suite de ce film, je ne vais pas tarder à reprendre la caméra, mon inspiration en ce moment est très prolifique. À très bientôt. »

Pour conclure cet échange, il y avait deux dossiers, l'un se prénommant « Déchet » avec plusieurs vidéos macabres dont l'une extrêmement éprouvante. Clémence était entièrement nue, attachée à un arbre en train de hurler. Le tueur, toujours muni d'une cagoule, déposa sa caméra sur un trépied pour s'approcher de sa victime avec un couteau de boucher à la main. Tout en regardant l'objectif, il la poignarda à plusieurs reprises et revint avec son arme ensanglantée en direction de la caméra pour l'éteindre. Dans la séquence suivante, avec une pelle à la main, l'homme était en train de creuser un trou dans la forêt avec le cadavre enveloppé dans un drap à côté de lui. Avant de faire disparaître le corps sous terre, dans un autre plan vidéo, il filma en gros plan le téléphone de Clémence. On pouvait voir le psychopathe composer le numéro de Gabriel et entendre le mari inquiet posant plein de questions sans avoir aucune réponse. Le meurtrier se filma en train d'écouter cette conversation unilatérale. En visionnant la dernière vidéo du dossier, il vit le cadavre de sa femme et son téléphone se faire enterrer dans une séquence longue de huit minutes. Le dernier dossier était intitulé « La mort en direct », il n'y avait qu'une seule vidéo filmée caméra à la main dans laquelle le tueur pénétra dans la maison de Gabriel en fracturant une fenêtre. Il effectuait le tour de son domicile afin de poser son caméscope dans différents endroits pour juger si l'angle de vue était intéressant. Après quelques minutes d'inspection, il enleva quelques livres de la bibliothèque pour positionner sa caméra en direction de l'ordinateur puis éteignit l'appareil. La vidéo s'arrêta ainsi. Gabriel se retourna immédiatement et s'aperçut avec effroi que le caméscope était toujours présent à la même place. En s'approchant, il remarqua un point rouge en train de clignoter. C'est à ce moment-là que le tueur apparut derrière lui pour l'égorger et mettre fin à cette ultime séquence.

L'enquête est à ce jour toujours au point mort malgré plusieurs personnes mises en garde à vue et des centaines de prélèvements ADN effectués. Rien n'a permis de mettre un nom sur ce meurtrier jouant d'un sadisme hors du commun. L'école ne se releva jamais de cette histoire qui eut comme conséquence d'avoir des professeurs mutés dans d'autres établissements et des enfants ne souhaitant plus revenir, car traumatisés par la surmédiatisation de l'affaire.

Derrière le guidon de ma mobylette, j'avance avec une grande difficulté à cause de cette pluie torrentielle qui a déjà failli m'occasionner trois accidents. Je n'ai plus aucune visibilité sur la route, par prudence, je vais m'arrêter ici, dans la ville d'Avallon, en attendant que la météo soit plus clémente. Il est bientôt treize heures, je vais profiter de cet arrêt forcé pour me prendre un sandwich dans cette boulangerie située dans la rue du Maréchal Foch. Je passe devant un hôtel en ruine qui impressionne par sa grande taille, ça doit faire bien longtemps qu'il est abandonné. Sa façade est soutenue par des piliers en bois pour éviter qu'il s'effondre. Le trottoir juxtaposant est même condamné par des barricades. À l'intérieur de la boulangerie, je ne sais que choisir tellement le choix est important, tel un obsédé devant les vitrines du quartier rouge d'Amsterdam, je décide de goûter à tout. Assis en train de déguster mon repas d'obèse, j'observe cet hôtel à l'agonie. Malgré son sale état, il garde un charme fou, on aime s'imaginer comment il avait pu être à l'époque, il y a quelque chose de fascinant dans ce bâtiment délabré. Profitant d'une accalmie, mais toujours menacé par de nombreux nuages, je me dirige vers cette friche pour la contempler de plus près. Un homme vient à ma rencontre au même moment pour me parler.

> — Vous voulez rentrer à l'intérieur ?
> — Non, je n'en ai pas l'intention pourquoi ?
> — Je vous dis ça parce que je vois régulièrement des curieux qui s'infiltrent dedans pour faire des photos.
> — Ah d'accord, non moi j'ai vu le bâtiment de loin, j'avais juste envie de l'observer de plus près.
> — C'est absolument interdit de rentrer, c'est très dangereux !
> — Oui j'ai bien compris, je viens de vous dire que ça ne m'intéresse pas !

L'homme reste à côté de moi et me raconte avoir lui-même travaillé dans cet hôtel jusqu'à sa fermeture définitive. À travers son récit improvisé, il arrive à me projeter dans ce que fut ce lieu durant ses années fastes. Constatant le grand intérêt que je porte à ses paroles, il me propose de le suivre à son domicile afin de me montrer des photos d'époque qu'il a conservées. La pluie ayant réinvesti le paysage, je n'ai pas d'autres choix que de patienter chez lui. Il habite à deux minutes d'ici, dans un immeuble pittoresque de la rue du Général Leclerc. Assis sur le canapé du salon, sans cacher une certaine nostalgie emplie d'émotions, il me montre des photos de cet hôtel en me commentant chacun des clichés. Je plonge dans un passé révolu en regardant ce hall d'entrée magistrale, le salon diplomatique, les chambres majestueuses et ces longs couloirs où trônaient des peintures célèbres dont une reproduction de Picasso qui faisait peur aux enfants me dit-il, un tableau nommé « La Celestina ». C'est une peinture qui représente une vieille femme à l'allure inquiétante, en la regardant, je comprends très bien l'angoisse qu'elle pouvait susciter. La ville et même la région furent victimes d'une baisse drastique de la fréquentation touristique vers la fin des années soixante-dix. Une crise à laquelle n'échappa pas l'hôtel qui fut en peu de temps dans une situation économique difficile. Une lente agonie inéluctable débuta ainsi. Par manque de moyens, l'établissement n'arriva plus à maintenir son standing d'antan ce qui eut comme conséquence de faire fuir les derniers clients. Il y a bien eu une tentative désespérée de sauvetage en licenciant bon nombre d'employés, mais il était déjà trop tard, rien ne pouvait ranimer la flamme de cette institution, pas même un courageux investisseur. Durant ses dernières années, l'hôtel fit l'actualité dans la presse locale en agitant l'espoir d'un renouveau en parlant de quelques projets et initiatives qui finirent systématiquement dans une impasse. Il m'explique que le bâtiment désaffecté était facilement accessible grâce à une fenêtre ouverte donnant sur la rue, un accès qui engendra un vandalisme récurrent achevant ainsi toute résurrection possible de l'hôtel. Témoin de ce saccage, il a pourtant à plusieurs reprises averti la mairie qu'il fallait mettre en place une sécurisation des lieux mais rien n'a été fait dans ce sens. De sa propre initiative, il tenta de condamner lui-même la fenêtre à l'aide de quelques planches en bois mais cette installation fragile fut enlevée en peu de temps. Il fallut malheureusement un drame pour que cette ruine soit l'objet de préoccupations. L'homme me montre alors des articles de presse datant de l'année dernière dans lesquels j'apprends que trois jeunes personnes ont été assassinées dans cet hôtel. La seule rescapée du massacre témoigna de cette nuit d'horreur qui la hanta à tout jamais.

Viktoria détailla le déroulement de cette histoire en expliquant avoir entamé un périple à pied avec trois de ses amis avec comme projet de traverser la France. Partis de la ville frontalière allemande de Fribourg-en-Brisgau pour rejoindre Paris, les quatre trentenaires avaient cette envie folle de prendre quelques mois de vacances pour réaliser ce long voyage. Après avoir parcouru presque trois cent cinquante kilomètres en quinze jours de marche, les globe-trotters épuisés venaient d'arriver en pleine nuit dans la ville d'Avallon. Ils étaient tous dans un état d'extrême fatigue en venant d'affronter plusieurs heures de pluie constante. L'objectif était de trouver urgemment un abri pour se reposer. En plein cœur de la ville, ils remarquèrent ce fameux hôtel « Le Royal » qui était une bonne opportunité pour passer la nuit malgré son état peu accueillant. Thomas aperçut cette fenêtre ouverte qui faisait office d'entrée, ils s'engouffrèrent à l'intérieur les uns après les autres. Lampe torche à la main, ils découvrirent un lieu en piteux état mais qui pouvait amplement satisfaire pour un soir. Le groupe visita l'établissement délabré pour choisir quel pourrait être le meilleur emplacement pour se reposer. C'est aux étages qu'ils trouvèrent avec étonnement certaines chambres encore bien préservées, pouvant encore accueillir des vacanciers n'ayant pas froid aux yeux. Avant de s'allonger sur ces lits, ils firent un rapide ménage en balayant la poussière sur les taies d'oreiller et en expulsant ces acariens endurcis sur les couvertures. Les randonneurs, éreintés par cette grosse journée, s'endormirent très rapidement sans qu'ils prennent le temps de manger. Les orages orchestrèrent cette soirée avec la complicité de cette pluie violente s'abattant sur la façade décrépie.

Viktoria dormait profondément dans cette chambre d'une autre époque. Sa léthargie fut dérangée plus tard par une main caressant son visage ainsi que ses cheveux. En ouvrant ses yeux, elle découvrit une personne assise sur son lit portant un sac plastique sur la tête. Elle poussa un cri qui fut immédiatement interrompu par l'agresseur qui lui mit sa main devant la bouche en exhibant son couteau afin qu'elle n'oppose aucune résistance. La baroudeuse laissa cette lame caresser son corps tremblant et se fit ensuite enlever ses vêtements un à un. Toujours avec son arme à la main en guise de menace, il la pénétra tout en restant silencieux. Dans la pièce d'à côté, Simon fut réveillé par les grincements incessants d'un lit en se demandant qui pouvait bien avoir ce rapport sexuel tardif. Il entendit que les bruits provenaient de la chambre de Viktoria. Par curiosité, il alla voir les chambres de ses amis pour constater lequel s'était absenté pour coucher avec la seule fille du groupe. Avec étonnement, il constata que Thomas et Alexander étaient en train de dormir dans leur lit respectif. Il retourna alors en direction de cette chambre bruyante en poussant légèrement la porte pour tenter d'apercevoir quelque chose. L'obscurité étant totale, il ne pouvait rien voir, il retourna alors dans sa chambre avec un certain malaise. Debout à faire les cent pas avec ce bruit de fond qui le perturbait plus que tout, il n'arrivait pas à se conforter dans cette incompréhension. Sans perdre de temps, il toqua à la porte pour demander si tout allait bien. Aussitôt le lit ne grinça plus, laissant un silence pesant s'installer. Après quelques secondes, il entendit quelqu'un s'approcher de la porte, elle s'ouvrit par surprise et le tueur planta son couteau dans la gorge de Simon qui s'écoula par terre. Viktoria se mit à crier afin d'alerter ses amis du danger, des hurlements déchirants qui les firent sursauter de leur lit. Angoissés par ce qu'ils venaient d'entendre, ils sortirent de leur chambre munis de leur lampe torche et illuminèrent cet homme masqué dans le couloir brandissant un couteau. Thomas se fit égorger sans qu'il ait eu le temps de s'échapper. Quant à Alexander, il arriva à prendre la fuite pour s'enfermer dans sa chambre afin de joindre la police. Le tueur s'acharna sur sa porte en plantant plusieurs coups de couteau. La femme paniquée tenta de s'enfuir de l'hôtel en descendant en courant en direction du rez-de-chaussée. Malheureusement, la fenêtre qui leur avait permis d'entrer était maintenant verrouillée. Elle frappa dessus pour appeler au secours mais il n'y avait personne, la rue était déserte à cette heure-ci.

Après une attente interminable, la police prit l'appel d'Alexander qui eut juste le temps d'expliquer que lui et ses amis étaient en train de se faire agresser dans l'hôtel désaffecté d'Avallon. Une discussion interrompue lorsque le tueur pénétra dans la chambre pour l'éventrer sauvagement. L'agent derrière le téléphone entendit ce meurtre dans une totale impuissance. Le meurtrier courut à travers les étages pour chercher Viktoria qui se trouvait être cachée derrière les portes de l'ascenseur hors service. Elle l'entendait ouvrir toutes les chambres en criant qu'il allait la tuer. La menace était de plus en plus proche, il passait devant elle à plusieurs reprises sans remarquer sa présence. Son calvaire prit fin lorsque les policiers débarquèrent dans l'hôtel. Elle fut secourue en état de choc. Ses amis n'avaient pas eu cette chance et furent tous retrouvés atrocement assassinés. Malgré les recherches, le tueur ne fut pas retrouvé, ayant pris la fuite probablement par cette porte dérobée encore ouverte donnant sur l'arrière du bâtiment. Viktoria resta éternellement traumatisée d'autant plus que le coupable n'est toujours pas connu à ce jour.

Après cet historique complet et le récit de la survivante, le vieil homme me fait une proposition inattendue.

— Vous avez envie de rentrer dans l'hôtel ?

— Ben je ne sais pas, je croyais que c'était très dangereux !

— C'est dangereux si vous ne faites pas attention.

— J'avoue qu'après l'histoire que vous venez de me raconter, je ne suis pas trop à l'aise à l'idée de foutre les pieds à l'intérieur !

— Ah bon vous avez peur ?

— Non ce n'est pas ça mais bon…

— Je connais l'unique accès pour pouvoir y accéder, je suis le seul à le connaître.

— Il faut passer par où ?

— Par les égouts, ça rejoint directement la cave de l'hôtel !

— Ah non c'est dégueulasse, je ne vais pas descendre dans la merde, ça ne m'intéresse pas.

— Vous n'êtes pas courageux vous ! Il faut juste marcher cinq cents mètres, tant pis pour vous.

— Je vous remercie pour la proposition mais je ne préfère pas.

— Vous allez le regretter, il reste encore beaucoup de choses à l'intérieur, en quelques minutes vous arrivez dans une autre époque.

— Bon je vous fais confiance, j'espère vraiment que ça vaut le détour.

J'accepte avec appréhension de découvrir les entrailles de ce lieu chargé d'histoire. De retour devant l'hôtel, il soulève une plaque d'égout et m'invite à m'y engouffrer en me disant qu'il ne pourra pas m'accompagner, car il n'a plus assez d'énergie pour s'adonner à ce genre d'aventures. Avant de rejoindre les rats, l'homme me demande juste de ramener quelques photos pour voir l'évolution des dégradations. Légèrement claustrophobe, aidé de la lumière de mon téléphone, j'avance dans cet environnement inquiétant, mon courage n'est apparemment pas descendu avec moi. Une fois arrivé comme prévu devant cette porte rouillée, je la pousse avec difficulté pour découvrir une pièce inondée. Les pieds dans l'eau stagnante, j'atteins un escalier métallique pour accéder au rez-de-chaussée. Malgré la lumière du jour, je ne suis toujours pas rassuré, l'ambiance est pesante, je ne me sens pas du tout à l'aise. En faisant abstraction de mon inquiétude, je m'efforce de continuer ma visite en restant sur mes gardes. Sur chaque marche de l'escalier en bois, j'ai comme la sensation que je pourrais passer à travers, l'ensemble est complètement pourri, il suffirait d'un léger souffle pour que tout s'écroule. Je me trouve au troisième étage en train de prendre des clichés de ce couloir lugubre se perdant au loin dans la pénombre. Les fenêtres sont toutes brisées, laissant passer par l'occasion un courant d'air glacial.

Une porte se met à claquer, en sursautant, j'ai failli faire tomber mon téléphone par terre. Certainement un coup de vent jouant avec mes nerfs. Cet univers devient bien trop effrayant pour moi, je décide d'écourter mon exploration en prenant la direction de la cave. Cette sensation d'être suivi ne me quitte plus, j'ai comme l'impression qu'une autre personne se trouve à l'intérieur. Pris de panique, je me mets à courir en sautant les marches de l'escalier sans me soucier de sa fragilité. Aucun doute, il y a bien quelqu'un qui est en train de me suivre, ses pas font résonner le plancher. Mon rythme cardiaque s'accélère, je m'affole et me retrouve complètement désorienté à ne plus trouver l'accès de la cave. Les fenêtres d'en bas sont toutes barricadées, impossible de m'évader. J'arrive dans ce qui semble être la cuisine, la pièce est très grande, je décide d'éteindre ma lumière afin de me cacher sous une table. Il arrive dans ma direction, je viens de l'entendre trébucher sur quelque chose, sa lampe torche illumine mon visage effrayé, il se met à courir vers moi. En tombant à plusieurs reprises, j'essaye de le semer péniblement. Par miracle, je retrouve cet escalier métallique menant aux égouts. De mes gestes trop précipités, je fais tomber mon téléphone dans l'eau croupie ce qui le rend inutilisable, impossible de le rallumer. Pour avancer, je tends mes mains afin de ne pas percuter quelque chose de plein fouet. Je cours à travers cette galerie souterraine en l'entendant derrière moi poser ses pieds dans l'eau. Une fois devant l'échelle, je l'escalade à toute vitesse et me retrouve sous cette trappe refermée. En espérant que mon guide me vienne en aide, je hurle pour qu'il m'ouvre afin de me délivrer de cet enfer, il ne me répondra pas. C'est extrêmement lourd, mes bras peu musclés peinent à réussir à lever cet obstacle en acier. Sa lampe torche m'éclaire, il commence à monter l'échelle, je n'arrête pas de crier. J'arrive à m'extirper d'ici en refermant immédiatement la plaque métallique et en m'asseyant dessus. J'attendrais comme ça un long moment par peur que le danger ne parvienne à sortir. Quelques passants me regardent du coin de l'œil, aucun d'entre eux ne vient me voir pour savoir si j'ai besoin d'aide.

En reprenant ma respiration, je décide de revenir au domicile de mon guide pour lui raconter ce qu'il vient de se passer. Arrivé devant son interphone, ne sachant pas son nom, je me retrouve à appuyer par hasard sur la première sonnette en prétextant avoir oublié mes clés. La porte s'ouvre du premier coup, ce qui me permet d'accéder au deuxième étage pour toquer à sa porte. Aucun bruit ne s'échappe de son appartement, il ne m'ouvrira jamais malgré avoir patienté près d'un quart d'heure. Pour récupérer ma mobylette, je dois repasser avec crainte à proximité de l'hôtel. Sans quitter des yeux le bâtiment en ruine, je scrute les environs pour voir si personne n'arrive vers moi en courant. La nuit commence à tomber, j'ai pris énormément de retard, une fois arrivé à Perrigny, je chercherai sans tarder un endroit pour dormir afin de récupérer de cette journée que j'aimerai oublier au plus vite.

Une heure de route plus tard, me voici arrivé dans la rue de la Force, devant ce que fut l'école de cette institutrice kidnappée et tuée. Le bâtiment est seulement éclairé par un lampadaire se trouvant sur la route, il semble être condamné de toutes parts, des parpaings recouvrent les portes et les fenêtres. Ma motivation ne m'encourage pas à escalader ce portail pour inspecter s'il y a un accès possible à l'intérieur. Je suis assez éreinté pour jouer encore de mésaventures. Le quartier a été réveillé par le vacarme de ma mobylette, il y a des vieux aux fenêtres en train de m'observer, prêts à dégainer le dix-sept, je préfère capituler. Mon téléphone portable ne se rallumant pas, je vais devoir me débrouiller pour rechercher un endroit où passer la nuit. Je roule à travers les petites ruelles du village en constatant qu'il n'y a pas d'hôtel, j'ai bien peur de devoir dormir dehors.

Perdu sur le guidon de mon deux-roues, je déambule hagard en train de rechercher un possible squat pour ce soir. Dans la peau d'un clochard en mal d'inspiration, je roule sans trouver quoi que ce soit. Même les toilettes publiques ne m'offrent pas l'hospitalité, c'est fermé à clé. En passant devant l'église, je pousse la porte sans trop y croire et découvre avec surprise que c'est ouvert, Dieu accorde sa miséricorde à un athée convaincu, de quoi rendre jaloux les croyants. À l'intérieur, l'édifice est illuminé de plusieurs bougies, cela apporte un peu de chaleur dans ce lieu glacial. Je trempe mon visage dans le bénitier pour me sentir moins sale, l'eau est bénite, qui sait, peut-être sur un quiproquo, cela peut me porter chance. Est-ce le hasard qui m'a guidé ici, dois-je usurper une spiritualité que je n'ai pas pour faire acte de pénitence. J'ai tenu dix jours dans ce périple avant de venir pleurer dans une église, il était temps, ça fait du bien de se relâcher, d'enlever son armure afin d'exhiber ses blessures. Je ne sais pas ce que je ferai une fois ce voyage terminé. Personne ne m'attend à Bordeaux, à part peut-être les flics, ils doivent déjà être en train de me rechercher à cause du jeune à la mobylette. Et puis quoi ? Chialer derrière les barreaux et attendre vingt ans avant d'être relâché pour bonne conduite afin de revenir dans cette vie que j'exècre, attendre pour ça ? Non je n'attendrai pas. Seul Dieu peut me juger comme on dit ici je crois... donc s'il existe, ça sera à lui de me sermonner, personne d'autre, je ne leur laisserai pas cette opportunité. Je m'allonge épuisé sur ces bancs en bois inconfortables en espérant rêver d'ailleurs. Cette nuit sera courte, je suis frigorifié de la tête aux pieds, difficile de bien dormir dans de telles conditions. Je quitte mon squat sacré et demande à un passant s'il y a un café dans ce village. Il m'indique sa direction en me précisant qu'il ouvre dans trente minutes, sa montre indique qu'il est à peine six heures du matin. J'attends son ouverture en soufflant dans mes mains pour me réchauffer, j'ai la voix enrouée et un début de fièvre. Dormir dans une église n'est finalement pas la prescription idéale pour croire que l'on peut être protégé. Le rideau métallique s'ouvre, la femme s'étonne de voir une personne de mon âge, certainement habituée à ne voir que des grabataires en fin de vie. Je profite d'être ici pour charger mon téléphone, malgré qu'il soit tombé dans l'eau hier, mon portable se rallume. Avec mon chocolat chaud et mon croissant, j'ai du mal à résister à ma fatigue tenace et commence à m'endormir sur la table. Le passage des quelques clients n'arrive pas à interrompre mon profond sommeil, ils ont beau raconter entre eux des blagues graveleuses, rien n'y fera, ma tête reste avachie sur la table. C'est après trois heures de sieste matinale que je reprends mes esprits, l'un d'eux a dû roter trop bruyamment en pariant qu'il allait réussir à me réveiller. En récupérant mon téléphone chargé, je n'ai qu'une idée en tête, regarder les informations pour savoir si mon meurtre fait la une. Je ne serai pas déçu, Nicolas, quinze ans, est à l'honneur sur plusieurs articles de presse, sans moi il n'aurait jamais eu autant d'attention. Les journalistes ne manquent pas d'éléments pour procurer de l'émotion au lecteur, qu'est-ce que ça peut nous foutre qu'il se battait contre une leucémie, arrêtons avec le pathos. Finalement je l'aurai juste fait crever un peu plus tôt. Joint à ce fait divers, un appel à témoin pour avoir toute indication sur une personne qui aurait été vue avec la mobylette de la victime, l'étau se resserre. D'un moment à un autre, je serai jeté à la vindicte populaire, on y soutiendra la volonté de rétablir la peine capitale et j'applaudirai ce désir. Oui à ma peine de mort, elle ne me fait pas peur, je l'attends. Il est temps de m'échapper d'ici, j'ai environ deux cents kilomètres à parcourir pour atteindre un village en Île-de-France. Là-bas, je dois tenter d'explorer un château abandonné ayant appartenu à une grande star de la télévision. Maintenant que j'ai un appel à témoin qui m'est dédié, j'ai de quoi me sentir comme un véritable fugitif, Spaggiari et Mesrine n'ont qu'à bien se tenir, une fuite à mobylette, ça donne tout de suite une certaine prestance.

LA CHASSE AUX PARISIENS

Vers seize heures, j'arrive sur le chemin des Tournelles dans la commune de Crespières. Le château se trouve juste derrière ce mur, le portail étant solidement refermé à l'aide d'un cadenas, je vais devoir escalader pour accéder à la propriété. Le problème sera d'être discret avec cette route très passante. Après quelques minutes d'attente, je n'entends plus de bruit, c'est le moment d'y aller, je grimpe comme je peux mais c'est laborieux, j'ai vraiment du mal à escalader ce mur. Me voilà en train de me suspendre comme un con avec ces voitures qui me klaxonnent en passant devant moi. Une fois dans le parc, je traverse les bois un petit moment et découvre avec surprise que le château est toujours aussi resplendissant par rapport aux photos d'époque que j'avais pu consulter. J'effectue un tour de la bâtisse pour voir s'il y a moyen de rentrer à l'intérieur, les fenêtres et les portes m'ont l'air bien verrouillées. Des chiens aboient, je me retourne et en aperçois quatre se diriger vers moi. Sans trop réfléchir, je fracture l'une des fenêtres en la frappant avec mon coude, par chance le verre n'est pas bien épais. Juste avant de me faire attraper le mollet, je m'enferme dans le château et m'éloigne en regardant les bêtes s'exciter derrière la vitre. J'entends des sifflements, au loin il y a un groupe de chasseurs qui appellent leurs molosses, en les apercevant, je ne peux que me remémorer la tragédie qui s'est déroulée ici.

Ce château était sous le feu des projecteurs par la notoriété de son propriétaire, Jean Baptiste Fontaine, une star du petit écran des années quatre-vingt. Il présentait des jeux à la télévision comme le célèbre « La course des lunettes noires ». Un concept qui serait certainement décrié aujourd'hui, car cela consistait à organiser des épreuves loufoques avec des candidats aveugles, ce qui avait de quoi créer des situations cocasses. Il formait depuis huit ans un couple en vogue avec l'actrice Éva Chevalier dont la presse people faisait régulièrement l'écho. Afin de s'aérer de cette vie médiatique étouffante, ils avaient investi dans une propriété se situant dans un paisible village des Yvelines. C'est ici qu'ils organisaient annuellement au mois de juillet leur réception mondaine réunissant tout le gratin bobo parisien. Un événement médiatique qui n'avait aucune retombée économique et touristique pour le village. Le maire de la commune avait pourtant bien besoin d'une manne financière pour réaliser des travaux comme la réfection de l'église, mais faute de budget, l'édifice se détériorait dangereusement au fil du temps au risque de devoir le démolir par mesure de sécurité. Le châtelain médiatique n'avait jamais répondu à la moindre sollicitation pour participer à des actions dans le but de collecter des fonds malgré l'insistance répétée du maire. Il n'avait que du mépris pour ces gens dits de la France profonde avec qui il ne voulait pas se mélanger. Sans cette indifférence, l'église aurait pu peut-être repousser l'échéance fatale d'être grignotée par des pelleteuses. Sept mois plus tard, elle fut réduite en poussière, laissant derrière elle un gros tas de pierres. Les habitants du village nourrissaient depuis une certaine haine et rancœur envers la star qui n'avait jamais voulu les considérer un tant soit peu. Lors d'une interview à la télévision, faisant preuve d'irrévérence, il n'hésita pas à exprimer son souhait de racheter toutes les maisons autour de son château dans le but d'éloigner les bouseux. Un terme qui avait peut-être vocation à faire de l'humour, mais qui finalement n'eut que comme conséquence de jeter de l'huile sur le feu. Son attitude à l'égard des villageois pouvait s'expliquer par des litiges qu'il avait avec certains chasseurs qui ne respectaient pas son domaine.

Depuis son emménagement, Jean Baptiste voyait ces hommes armés se servant de son parc comme d'un terrain de chasse. Systématiquement, cela se finissait en plainte à la gendarmerie après avoir subi des flots d'insultes et des menaces de mort. Le point d'orgue irréversible eut lieu le jour où une balle brisa l'une des fenêtres du château, le propriétaire n'avait aucun doute sur le fait que c'était un énième acte d'intimidation. Un heureux événement vint leur mettre du baume au cœur pour oublier tous ces désagréments, sa femme Éva lui annonça sa grossesse. C'est ainsi qu'ils décidèrent de quitter temporairement leur vie parisienne pour se réfugier au château afin de fuir les paparazzis et l'agitation médiatique. Cela faisait des mois qu'ils n'avaient pas remis les pieds dans leur résidence secondaire, ce retour fut un choc terrible. Le parc avait été vandalisé, des arbres avaient été tronçonnés et les fleurs ravagées. La façade du château n'avait pas été épargnée non plus avec ces tags et messages leur indiquant de déménager d'ici. Après une énième plainte à la gendarmerie, Jean Baptiste passa son temps libre à réhabiliter son domaine. Las de voir sans arrêt les chiens des chasseurs venir dégrader constamment sa propriété sans qu'ils ne soient rappelés à l'ordre, il décida d'agir radicalement sans se douter des répercussions que cela pouvait engendrer. Il dispersa dans son parc du poison afin que ces chiens disparaissent à tout jamais. Le résultat ne se fit pas attendre, quelques heures après la mise en place de son stratagème, les animaux firent de nombreuses convulsions, quatre d'entre eux décédèrent en moins de cinq minutes. La star admirait le spectacle de sa terrasse, satisfait de voir ces chasseurs en train de paniquer.

Le soir même, un peu après vingt-deux heures, plusieurs cailloux furent envoyés dans les fenêtres du château. Par peur d'être agressé, Jean Baptiste s'empressa de joindre la gendarmerie mais sa ligne téléphonique avait été coupée. Se sentant en danger, le couple partit sans tarder porter plainte, mais une fois arrivés sur place, l'agent ne fit rien pour eux, indiquant qu'ils allaient devoir revenir le lendemain matin. Malgré la crainte d'être attaqués, ils furent abandonnés à leur détresse. Ils repartirent désemparés. De retour chez eux, il n'y avait plus de lumière, après vérification le tableau électrique venait d'être vandalisé. Éva ressentit un air glacial provenant du salon, elle se rendit compte alors qu'une des vitres avait été brisée. À cet instant, ils furent tous deux illuminés par plusieurs lampes torches, les chasseurs les menaçaient fusils à la main. Éva n'eut pas le temps de dire un mot qu'elle reçut une balle en pleine tête. Son mari fut plaqué au sol à côté du cadavre de sa femme. Motivés par les cris de Jean Baptiste, ils tirèrent les uns après les autres dans le ventre de l'actrice afin de massacrer le fœtus. Ce qui devait être sa descendance reçut une dizaine de balles de calibre douze. Les chasseurs voulaient faire durer le plaisir en le faisant souffrir un maximum. Humilié et entièrement déshabillé, il fut mis à quatre pattes pendant qu'un des chiens présents fut positionné en face de son anus afin qu'il se fasse sodomiser. Le canin ayant du mal à le pénétrer, un des chasseurs prit sa place et commença à le violer sous les encouragements de ses collègues. Après l'avoir torturé sexuellement, ils continuèrent leurs sévices en lui rasant les cheveux à l'aide d'un opinel pour ensuite le jeter du deuxième étage. Encore conscient, il se fit poignarder une centaine de fois, puis son corps fut traîné avec celui de sa compagne au fond du jardin pour disparaître sous terre. L'entourage du couple inquiet de n'avoir aucune nouvelle depuis quelques jours décida de se rendre au château. L'état de la propriété ne laissait aucun doute sur le fait que quelque chose de grave s'était déroulé ici. Les gendarmes vinrent immédiatement et des investigations furent lancées pour retrouver les disparus. Une quête de courte durée à la vue de ce tas de terre retourné dans le parc. Après avoir creusé pendant quelques minutes, l'horreur apparaissait au grand jour. L'omerta qui régnait au village compliqua la tâche des enquêteurs qui devaient faire face à des habitants n'exprimant aucune tristesse vis-à-vis de cette tragédie. Ils n'avaient rien à dire et pouvaient même exprimer une certaine joie. Des dizaines de suspects mais aucun coupable, toutes les gardes à vue aboutirent à une impasse, laissant ce massacre impuni jusqu'à présent.

L'intérieur du château a l'air entretenu, il y a même la nappe et les couverts de dressés sur la grande table du salon, c'est certainement devenu un squat, je vais tâcher d'être discret. Dans le couloir du premier étage, je pousse chaque porte avec curiosité en restant sur mes gardes. Le lieu a peut-être été réquisitionné par les chasseurs du coin car je trouve des cartouches et des fusils un peu partout. Je me laisse même surprendre par quelques bêtes empaillées en guise de décoration. Le soleil se couche, le château commence à plonger dans l'obscurité, la lampe de mon téléphone me sera indispensable pour poursuivre ma visite. C'est dans le grenier que je vais retrouver la trace de l'animateur télé, ce que fut son existence est enfermé dans ce coffre en bois. Des archives intéressantes se trouvent à l'intérieur comme des coupures de journaux et de magazines de l'époque, l'homme prenait soin de conserver des fragments de sa popularité. Sans avoir le temps de m'immiscer dans ce passé médiatique, je suis interpellé par du bruit provenant de l'extérieur. À travers la fenêtre qui donne sur le parc, j'aperçois des personnes munies de lampes torches s'approchant du château. Ce n'est donc pas abandonné. Je me précipite au rez-de-chaussée pour partir mais c'est trop tard, un homme vient de rentrer, par chance, il ne m'a pas encore vu, je reste figé dans les escaliers. Discrètement, je remonte pour me cacher aux étages en marchant sur la pointe des pieds. Ce sont des chasseurs, j'espère qu'ils ne vont pas s'éterniser. Je m'enferme dans une pièce en attendant avec hâte qu'ils repartent. Ils sont en train de trinquer, je les entends gueuler, c'est comme si je partageais la table avec eux. Je vais être contraint de rester ici un long moment. Les chiens sont restés dehors, ils ne font qu'aboyer, ça m'évitera d'imaginer une fuite par la fenêtre.

Ma panique monte d'un cran lorsque j'entends quelqu'un monter l'escalier, je n'ai rien pour me cacher, la pièce est complètement vide. La serrure de la porte est grippée, le mécanisme est verrouillé, impossible de m'enfermer à clé. Les pas se rapprochent, j'ai l'impression qu'il cherche quelque chose. Il se met à crier pour expliquer aux autres chasseurs qu'il n'arrive pas à trouver les cartouches, un des hommes répond qu'elles se trouvent au fond du couloir. Je m'affole en imaginant que l'on désigne ma cachette. Les grincements du parquet en bois m'indiquent sa direction. Il s'approche, ma porte commence à s'ouvrir jusqu'à ce qu'il se ravise aussitôt lorsque l'un de ses collègues vient à sa rencontre lui montrer la pièce d'à côté. Déjà presque trois heures que j'entends leurs chansons paillardes à la con, la nuit passe et les bouteilles continuent à se vider, vu comme c'est parti, ils vont dormir ici. Emporté par la fatigue, je m'allonge sur le sol en attendant ma libération. Je serai réveillé un peu plus tard par un vacarme synonyme de départ, ils sont enfin en train de quitter les lieux. En sortant de ma cachette, je me dirige vers l'une des fenêtres pour voir dans quelles directions ils partent en regardant leurs lampes s'éloigner dans le parc. Il ne ferait pas aussi froid dans le château, j'en profiterai pour rester dormir mais la température est glaciale, ce n'est pas possible. Me croyant de nouveau seul, je descends l'escalier en me faisant surprendre par les grognements d'un chien. La lumière du salon s'allume, une personne à la carrure imposante me demande ce que je fais ici. Sans laisser le temps de me justifier, il se retourne pour prendre son fusil posé sur la table. Je m'échappe en courant avec son berger allemand qui me poursuit. À plusieurs reprises, il saute sur moi pour me faire tomber par terre pendant que son maître s'amuse à tirer en l'air. Alertés par les hurlements et les coups de fusil, les autres chasseurs reviennent sur leurs pas précipitamment, j'aperçois toutes les lumières se diriger vers moi. En chutant dans les bois, je viens de perdre mon téléphone portable, je n'ai désormais plus de lampe. Le chien est toujours derrière moi, je n'arrive pas à le semer. Je m'engouffre un peu plus dans la forêt afin de me cacher, le berger allemand attrape mon mollet en plantant ses canines. En poussant un cri, je saisis d'emblée un bâton pour lui asséner plusieurs coups afin qu'il libère ma jambe de sa mâchoire. Il est tenace et ne veut pas me lâcher. Je plante alors de toutes mes forces mon arme dans ses yeux ce qui a comme conséquence de le faire gémir et de me défaire de lui. Les chasseurs sont en train d'arriver en criant, je donne quelques dizaines de coups violents sur le crâne du chien pour être sûr qu'il ne me rattrapera pas. J'ai du mal à marcher, chaque pas me provoque de vives douleurs. Je m'enfonce dans les bois avec difficulté en me retrouvant agrippé par des buissons de ronces. Par inadvertance, je finis par chuter dans une sorte de marécage, la vase me fige complètement dans cette eau glacée. Les chiens s'approchent et reniflent tout autour, ils se font siffler à plusieurs reprises afin qu'ils reviennent vers leurs maîtres, la chasse à l'homme semble terminée. En trempant dans cette eau stagnante dégueulasse, j'ai bien peur de m'infecter la plaie. Ça me démange, je sens comme si des vermisseaux se nourrissaient de ma chair, c'est immonde. Je suis en train de mourir de froid, mais j'ai peur de sortir d'ici et de les recroiser. En m'aidant d'une branche, je m'extirpe de cet étang pour m'étendre un peu plus loin au pied d'un arbre. Je souffre terriblement, cette douleur me dévore.

Mon périple s'arrête ici, c'est terminé, je n'irai pas plus loin. Demain, je prends le train pour Bordeaux, je n'ai plus la capacité de continuer et j'ai presque épuisé mon peu d'économies. Cette histoire n'a plus aucun sens, je pars me renfermer dans mon appartement à passer le temps derrière ma fenêtre à regarder les voitures se faire flasher au feu rouge, comme au bon vieux temps. Si je reste immobile comme ça, je vais crever d'hypothermie, je vais devoir bouger d'ici en traînant ma jambe. J'ai la tête qui tourne, une sensation de vertige, déjà deux fois que je vomis, impossible d'avancer, j'ai mal de partout. Ce n'est pas mon périple qui prend fin mais ma vie. Je vais crever dans ces bois sans que mon corps ne soit jamais retrouvé. Même ma mort je suis contraint de la subir, je n'ai pas été capable de la choisir, ma vie sera pénible jusqu'au bout. À toujours reporter son suicide, on se retrouve un jour devant le fait accompli que notre destin nous échappe. Si je n'avais pas fui les chasseurs, je serais déjà mort en recevant une balle en pleine tête, cela m'aurait évité d'agoniser lentement. J'ai horriblement mal à mon mollet, ça me démange tellement, ça n'arrête pas de grouiller dans ma plaie. Sans aucune force, j'abdique en me laissant emporter dans mes derniers instants. Trente années d'errance qui défilent dans ma tête, qui me font face, le constat est amer. Je dépose le bilan sans laisser la moindre trace. Mon existence sera oubliée dès que j'aurai fermé définitivement les yeux. Les heures passent et je reste encore conscient, mon corps résiste malgré le fait que j'ai rendu les armes, je suis en train de survivre à mes dépens. Les vautours doivent s'impatienter, se tenant prêts à dévorer ma chair fétide.

Le soleil commence à se lever, illuminant mes vilaines blessures. Je suis encore vivant, cette nuit ne fut malheureusement pas la dernière. Gémissant de douleur, j'arrive devant le mur de la propriété, mais je suis dans l'incapacité de pouvoir l'escalader. Je longe cette clôture en béton et m'aperçois au bout d'un moment qu'elle est en partie effondrée. Dès que je sors d'ici, je vais me précipiter à la pharmacie la plus proche, j'ai si mal que pour me soulager je serais capable d'amputer ma jambe moi-même. Pourvu que ma mobylette soit encore présente, les chasseurs l'ont peut-être mise en pièce en passant devant. Une fois à l'extérieur du domaine, je marche à travers champs pour retrouver la route. Il est là en train de m'attendre, prêt à me sauver d'ici, je grimpe sur mon deux-roues avec toujours autant de vertiges, cela va être compliqué d'atteindre la pharmacie.

Après plusieurs tentatives infructueuses, j'arrive enfin à démarrer et me dirige avec difficulté en direction du centre-ville. Arrivé à la première intersection, étourdi par la douleur, je ne remarque pas que je viens de griller une priorité, la voiture arrivant à toute allure ne m'évitera pas.

Après cet accident, une infirmière me réveille en douceur sur un lit d'hôpital en m'annonçant que je viens de faire un coma de deux jours. Elle m'explique que je suis un vrai miraculé, un tel choc ne m'aurait laissé aucune chance normalement. J'ai des bandages de partout, je ressemble à une momie. Je ne suis pas seul dans la chambre, il y a une personne allongée sur le lit d'à côté, c'est une vieille dame qui me sourit en me saluant. Je ne sais même pas où je suis.

> — Excusez-moi mais nous sommes dans quelle ville ?
> — À Poissy !

Un médecin arrive à son tour pour m'ausculter.

> — Vous l'avez échappé belle !
> — Oui c'est ce que je commence à réaliser.
> — Vous avez une fracture sérieuse à l'épaule droite et une entorse du genou, la rééducation sera longue.

— Je vais rester combien de temps ici ?

— Une bonne semaine, on verra par la suite.

— D'accord.

— Comment avez-vous fait pour avoir cette plaie répugnante à la jambe ? Vous vous êtes fait mordre ?

— Oui par un chien.

— Il faudra vous administrer le vaccin contre la rage.

— Vous me faites peur là !

— Non c'est uniquement par précaution, ne vous inquiétez pas !

Avant de quitter la chambre, il souhaite savoir si je veux prévenir un proche de ma présence ici, ça ne sera pas nécessaire. Il m'abandonne avec ce plat réchauffé insipide, un mix de légumes infâmes sans saveur qu'il est impossible d'identifier. Je me retrouve maintenant en colocation forcée avec cette vieille dame bien heureuse d'avoir un compagnon de route. Ma présence lui est bien plus divertissante que les programmes passant à la télévision.

— Je m'appelle Marguerite

— Enchanté

— Qu'est-ce qui vous êtes arrivés jeune homme ?

— Je me suis fait renverser par une voiture.

— En traversant la route ?
— Non, j'étais à mobylette !
— Le principal c'est que vous soyez en vie !
— Oui, on va dire ça !
— Je pensais que vous étiez un délinquant !
— Un délinquant ? Pourquoi ça ?
— Ce matin, pendant votre sommeil, deux policiers sont venus pour récupérer vos empreintes.
— Ah bon ?
— Oui ! Il y en a même un qui vous a mis une sorte de coton-tige dans la bouche.

Marguerite s'aperçoit que je suis en sueur et me questionne une nouvelle fois.

— Vous êtes sûr que vous n'êtes pas un délinquant ? Parce que les empreintes normalement c'est pour les personnes qui ont fait quelque chose de mal !
— Non ne vous inquiétez pas, c'est probablement pour analyser mon taux d'alcoolémie, ils font ça systématiquement pour les accidents de la route.

Mon temps est manifestement compté, bloqué ici, dans ce corps m'empêchant de fuir, contraint d'affronter mes responsabilités. Chaque fois que quelqu'un entre dans la chambre, j'ai toujours cette peur au ventre qu'on vienne me menotter, je sais que ce moment va arriver tôt ou tard. J'arriverai à m'endormir grâce aux somnifères qu'on m'a fait avaler, me dispensant ainsi d'angoisser toute la nuit. À mon réveil, j'ouvre mes yeux en craignant de voir à mon chevet des policiers, il n'en est rien, seulement Marguerite est présente, déjà réveillée aux aurores à faire des mots croisés. Elle me raconte avoir très mal dormi à cause de moi car je n'ai fait que parler pendant mon sommeil agité. Constatant que je suis perturbé et anxieux, elle ne m'en tient pas rigueur. Pour combler l'absence de visites qu'elle subit, je prends plaisir à lui narrer mon voyage improvisé. La thématique morbide de mon périple ne la choque pas. Je la fascine à travers mes mots, ma recherche de la solitude et mon réconfort dans le nauséabond. J'exprime mon amertume face à ce goût d'inachevé, de n'avoir pas pu terminer mon pèlerinage macabre, car je devais encore parcourir une dizaine d'étapes en passant par la Picardie, la Lorraine et en terminant par la Bretagne. Marguerite me demande si je peux lui montrer les photographies que j'ai faites jusqu'à présent. Malheureusement, il n'en reste rien, j'ai tout perdu, tout est dans ma tête mais je lui fais la promesse d'écrire pour elle un livre racontant mon aventure. Mon talent de conteur l'ayant en tout état de cause conquise, elle souhaite que je lui

raconte les faits divers que je devais explorer et que
je n'ai pas pu faire.

SACRIFICE VAGINAL

Assis à côté d'elle, je l'emmène à travers ma voix dans une ville située en Lorraine, à la rencontre d'un couple à l'histoire dramatique. Bruno et Gwenaëlle vivaient un amour passionnel depuis leur adolescence. C'était un couple sans histoire à l'existence ordinaire. Malheureusement, leur avenir fut remis en question lorsque Bruno fut affecté par de graves problèmes de santé. Depuis un certain temps déjà, il avait de sérieuses insomnies à cause de démangeaisons et d'irritations situées au niveau de son pénis. Une localisation qui l'avait contraint à taire ses souffrances, se sentant honteux de divulguer ses parties intimes dans cet état. Une situation se transformant en calvaire, car à force de se gratter continuellement, il commençait à avoir des rougeurs sur son gland. De plus en plus irritable, il avait du mal à se conduire comme si de rien n'était, sa compagne constatant son état inhabituel insista pour avoir une explication. Gwenaëlle fut sous le choc lorsqu'elle découvrit son homme nu montrant son sexe boursouflé avec le gland recouvert de boutons purulents. Elle comprit mieux pourquoi cela faisait un moment qu'ils n'avaient eu aucun rapport sexuel. Ils prirent la direction des urgences afin que Bruno soit ausculté au plus vite. Des heures d'attente pour un diagnostic terrible, il était atteint d'un cancer du pénis. Il devait se faire opérer dans la semaine pour éviter que ces cellules cancéreuses contaminent les autres parties de son corps. Une opération qui n'était pas sans conséquence, il devait subir ce qu'on appelle une pénectomie, un acte qui consiste à retirer complètement la verge, radicale mais indispensable à ce stade de la maladie. Cette amputation de son pénis était une castration à la fois sexuelle et psychologique, cet événement bouleversa à tout jamais l'intégrité du couple. Gwenaëlle fit le nécessaire pour qu'il ne se considère pas comme un sous-homme, elle ne manqua jamais une occasion de lui dire que son amour resterait authentique malgré tout. L'expression de ses sentiments ne pouvait pas lui faire oublier qu'il ne pourrait jamais avoir d'enfant. Il vivait également avec cette crainte que sa compagne souffre de ce manque sexuel provoqué par la perte de son attribut, ce qui pouvait naturellement la détourner vers quelqu'un autre.

Au fil des jours, l'eunuque devint gravement déprimé, il périclitait devant le désarroi de Gwenaëlle qui assistait impuissante à cette souffrance psychique. La situation devenait extrêmement difficile à endurer. Étant en arrêt maladie, lorsqu'il devait rester seul à son domicile, il n'avait qu'une seule obsession, imaginer sa femme dans les bras d'un autre, il développa ainsi une jalousie excessive. Si jamais elle le quittait, il n'avait aucun doute qu'avec son infirmité, il ne trouverait personne qui accepterait de vivre avec lui, ce qui le condamnerait à finir ses jours seul. Elle devait rendre systématiquement des comptes sur les personnes qu'elle avait croisées et côtoyées, un interrogatoire stressant qu'elle redoutait. D'ailleurs, à son travail, son anxiété ne passait pas inaperçue, elle qui, à l'accoutumée, avait l'habitude d'être toujours souriante et avenante, son comportement avait complètement changé. Lucien, un de ses collègues de travail l'avait bien remarqué, il ne pouvait que constater ce changement soudain. Dans la confidence, elle s'épancha sur ses problèmes en racontant la mauvaise ambiance au sein de son foyer et l'aigreur entretenue par son compagnon. C'est ainsi qu'il apprit avec bonheur que Bruno était atrophié, une place était à prendre. Depuis toutes ces années qu'il fantasmait sur elle, c'était le moment ou jamais.

Un jour en rentrant du travail, elle fut épouvantée de le découvrir allongé dans la baignoire, inconscient, les veines de ses avant-bras tailladées. Paniquée à l'idée de le perdre, elle se précipita pour appeler les secours. Arrivés sur place, ils firent leur possible pour le réanimer. Il fut sauvé in extremis, cette tentative de suicide aurait pu être fatale si Gwenaëlle était arrivée quelques minutes plus tard. Dans sa chambre d'hôpital, il s'excusa de son geste éperdu en lui disant qu'il ne pouvait pas la condamner à ne plus avoir de sexualité, l'invitant à ce qu'elle parte refaire sa vie ailleurs afin de se libérer de son emprise destructive. Les larmes aux yeux, elle répondit qu'il n'y avait que l'amour qui comptait, le reste n'avait aucune espèce d'importance et qu'elle souhaitait poursuivre son chemin avec lui. Sa compagne savait que ce complexe de virilité ne passerait jamais sans sacrifice de son côté. Allongée nue sur son lit, une aiguille à la main attachée à un fil de pêche, elle commença à percer une de ses lèvres vaginales en les liant ensemble. Elle s'obstrua le vagin afin de condamner tout plaisir charnel. Hurlant de douleur, elle passa le fil à plusieurs extrémités de ses lèvres, une opération barbare pleine de souffrance. Elle imbiba ensuite son vagin d'alcool pour désaffecter son orifice.

Une semaine plus tard, Bruno sortait de son hospitalisation et fit son retour à la maison. Il venait à peine de franchir la porte d'entrée qu'elle lui annonça son infirmité, les liant ainsi dans une abstinence mutuelle. Soulevant sa robe, elle montra son vagin cousu ce qui eut comme conséquence de le faire vomir subitement. Choqué par cette vision écœurante, il lui demanda de se rendre à l'hôpital pour qu'elle se fasse enlever cette ignominie. Refusant d'obtempérer, elle justifia son geste comme étant une preuve d'amour irréfutable. Un sacrifice non sans conséquence qui lui causa de graves infections à cause de sécrétions vaginales stagnantes et des menstruations difficilement maîtrisables. Un mélange de sang et d'urine imbiba intégralement son vagin, son hygiène était devenue déplorable. Face à cette situation extrêmement écœurante, Bruno oublia son mal-être, préoccupé à observer la démence de sa compagne. Il n'arrivait pas à la faire revenir à la raison, elle était devenue folle en faisant abstraction de son état de santé préoccupant. Gwenaëlle n'était plus capable de se rendre à son travail, ses douleurs l'empêchaient de se déplacer. Les rapports du couple se détériorèrent au fil du temps, il ne pouvait pas comprendre pourquoi elle se mettait en danger en agissant ainsi. Pour tenter de vaincre cette extrême souffrance que causaient ces abcès envahissant sa vulve, elle était obligée de se droguer aux antidouleurs. Bruno avait l'impression qu'il était en train d'observer un suicide déguisé. Les médicaments ne pouvaient plus subvenir à son état aggravant, les inflammations étaient trop vives, mais elle refusait toujours de se rendre chez un médecin, ne voulant pas assumer son vagin putréfié. Fatalement, Bruno décida de quitter définitivement la maison en prétextant chercher des cigarettes. Il laissa sur le lit conjugal une lettre en guise d'adieu. À travers ces quelques mots, il s'excusa d'avoir été contraint de fuir, mais expliqua qu'il ne pouvait plus supporter de la voir dans ces conditions épouvantables. À la lecture de la lettre, elle fut anéantie de se retrouver désormais célibataire dans de telles circonstances.

Abattue par cette rupture, elle appela Lucien à la rescousse, son collègue de travail et confident, pour qu'il vienne à son domicile afin de ne pas rester seule. Se réjouissant de cette séparation qu'il attendait tant, il arriva expressément chez elle et la découvrit dans un sale état, le visage livide et très amaigri. Gwenaëlle le serra dans ses bras pour lui dire toute éplorée que son mari l'avait abandonnée sans préciser la raison invoquée. C'était l'opportunité que Lucien espérait depuis toujours. Prenant son courage à deux mains, il tenta de l'embrasser sur la bouche mais la jeune femme le repoussa instinctivement. Décontenancée et prise au dépourvu, elle expliqua avec une certaine gêne qu'elle ne voyait qu'à travers sa personne un ami en souhaitant que cela perdure ainsi. Lucien fut pris d'une colère noire et devint totalement incontrôlable en l'insultant de tous les noms. Il se jeta sur elle afin de caresser sa poitrine avec brutalité. Allongé sur son fantasme de toujours, il arracha sa robe et sa culotte dans un concert de cris stridents. Le violeur se retrouva surpris devant ce vagin fétide et répugnant, une vision horrible qui ne freina pas ses ardeurs quand il décida avec fureur de lui arracher ses fils semi-cicatrisés cousus sur ses lèvres. Gwenaëlle avait tourné de l'œil, laissant cet homme pénétrer son sexe saignant abondamment. Un calvaire atroce qui dura une dizaine de minutes jusqu'à ce qu'il éjacule sur ses lèvres décousues. Sans aucune considération, il remit son pantalon et quitta la demeure sans qu'il se retourne sur cette femme en train d'agoniser. Péniblement, elle essaya d'atteindre la cuisine en se traînant par terre. Une fois arrivée dans la pièce, elle se planta un couteau en plein cœur, l'abrégeant définitivement de ses douleurs.

Je termine à peine mon récit dramatique qu'une infirmière vient chercher Marguerite encore troublée par cette histoire, elle doit partir faire des soins. J'ignore si c'est parce qu'elle porte un intérêt certain à ma vie mais cette dame arrive à me faire de la peine. Elle n'a ni enfant ni famille, vouée à disparaître seule, c'est cette similitude avec ma situation que j'affectionne en elle. Au fil de mon périple, j'aurai dispersé tout ce qu'il reste de mon existence en perdant ma voiture, mon téléphone, mon argent et bientôt ma liberté. Malgré cette finalité, cette aventure est ce que j'ai vécue de mieux, l'objectif de tuer mon quotidien a été atteint, il n'y a rien à regretter et quand bien même, il est maintenant trop tard. Trois heures déjà qu'elle est partie, j'angoisse de ne pas la voir revenir, j'espère qu'il n'y a rien de grave. J'appelle l'infirmière pour demander de ses nouvelles. Elle n'a aucune information à me délivrer et me dit de ne pas m'inquiéter. Il faudra que j'attende la fin de journée pour la voir revenir dans la chambre, allongée dans un brancard, elle dort encore profondément. Le médecin qui l'accompagne me confie qu'elle a fait une embolie pulmonaire mais que son état n'est désormais plus préoccupant. Avant de partir, il me demande juste de veiller sur elle et d'alerter immédiatement l'équipe médicale si je constate la moindre anomalie. Elle ne m'écoute plus, elle est comme déconnectée, il ne faut pas qu'elle m'abandonne aussi. J'aimerai tellement qu'elle me regarde encore, à faire en sorte que j'existe, j'ai peur qu'elle s'en aille. Je ne veux plus me retrouver seul. En douceur, caressant sa main froide, j'espère réussir à lui faire reprendre ses esprits. Avec un grand soulagement, je la vois se réveiller en toussant vers quatre heures du matin.

— Vous pouvez m'apporter un verre d'eau s'il vous plait ?
— Oui tout de suite !

Je m'exécute promptement en remplissant un gobelet dans la salle de bain. Consciente de sa santé fragile, elle raconte être toujours étonnée de pouvoir rouvrir les yeux en imaginant passer l'arme à gauche à chacune des complications qu'elle peut rencontrer. Tremblante, elle a renversé la moitié de son verre sur son lit.

> — La vie est fragile, tout peut s'arrêter à tout moment, vous devez persévérer dans l'aboutissement de vos projets, il faut continuer votre voyage !
> — Vous savez Marguerite, j'aimerai bien mais je n'ai plus d'argent pour continuer.

Le sourire aux lèvres, elle me dit que son compte en banque ne lui sert plus à rien et que ça lui ferait plaisir que ça soit moi qui en profite. J'ai du mal à trouver les mots face à une telle proposition.

> — Ne soyez pas gêné voyons, vous voyagerez en pensant à moi comme ça.
> — J'accepte à une seule condition, on continue mon périple ensemble !

Amusée par ma proposition, la vieille dame me signale qu'elle n'arrive même plus à se lever. La seule contrepartie qu'elle souhaite c'est que je lui fasse parvenir le livre que j'aurai écrit pour elle racontant toute mon aventure. En fouillant son sac à main, elle me tend sa carte bancaire en me dévoilant son code secret. Je la serre dans mes bras pour la remercier, j'ai maintenant cette chance de pouvoir m'évader et disparaître. Ayant du mal à trouver son sommeil, ma bienfaitrice me demande si je peux lui raconter une autre histoire. Il est presque cinq heures du matin, je suis extrêmement fatigué, mais je dois faire honneur à cette dame qui vient de sauver mon voyage. Je vais raconter un des faits divers qui m'a le plus marqué, ça s'est passé dans la ville de Saulxures-sur-Moselotte en Lorraine.

RÉCOLTE DE SEMENCE

En plein cœur de ce village lorrain se trouve un château abandonné envahi par la végétation. Le domaine est inhabité depuis mille neuf cent soixante-dix, date à laquelle un violent incendie le condamna à tout jamais. Jusqu'à ce terrible événement, la demeure était habitée par de riches industriels qui avaient fait fortune dans la sidérurgie. Ils avaient les ingrédients nécessaires pour vivre une histoire sans faille et pourtant l'adversité était bien présente. Esther était une femme désemparée à l'idée de ne pouvoir jamais donner la vie, Théodore, son mari, était malheureusement stérile. L'adoption était une solution qui n'était pas envisageable dans le sens qu'elle voulait absolument que son enfant soit véritablement le sien, il fallait qu'il sorte de son corps. L'homme était continuellement rabaissé et humilié, elle lui rejetait toujours la faute sur le fait qu'elle ne serait jamais enceinte. Elle le considérait comme un moins que rien, seule leur richesse commune faisait office de ciment dans leur couple. Il n'y avait rien d'autre, ni sentiment ni relation sexuelle, l'ambiance était excessivement pesante. Théodore gaspillait son argent dans divers traitements censés combattre la stérilité sans obtenir de résultat. Au contraire, ces médicaments expérimentaux le firent tomber malade à plusieurs reprises. C'est en feuilletant un journal local que la solution apparut sous ses yeux en remarquant une publicité pour un club échangiste. La difficulté était de convaincre sa femme, elle qui se trouvait être quelqu'un de chaste, l'emmener se dévergonder là-bas n'était pas chose aisée. Son appréhension s'avéra juste, cette proposition la rendit furieuse, écœurée d'entendre une telle perversité à travers la bouche de son mari. Ne pouvant supporter cette énième dispute, elle prit sa voiture afin de rouler sans but, juste pour évacuer sa colère. Esther était une femme si pieuse, comment pouvait-elle accepter de se mélanger à d'autres hommes pour avoir des relations sexuelles dans la seule optique de récupérer leur sperme. Ce moyen malsain pour tomber enceinte n'était pas quelque chose de moral.

Pendant la nuit, elle parcourut des centaines de kilomètres pour arriver à Aussois, un village en Savoie. Elle séjourna là-bas pendant des jours, enfermée dans la chambre d'un hôtel pittoresque. Elle prit le temps de réfléchir, de faire le point sur sa vie. À bientôt quarante-cinq ans, Esther arrivait à une échéance où elle ne pouvait plus attendre, si elle souhaitait procréer, cela devait se faire rapidement. Contre toute attente, la proposition morbide de son mari prit tout son sens et elle décida de tenter cette expérience dans l'établissement libertin. Elle s'excusa d'avoir eu une telle réaction et demanda à Théodore de l'accompagner pour récolter de la semence. La mission se déroula durant la nuit du dix-huit février mille neuf cent soixante-dix, le couple partit en direction du club avec beaucoup de crainte. Esther s'était habillée en porte-jarretelles avec une veste en cuir recouvrant légèrement ses fesses, son désir d'être maman l'avait rendue sexy comme jamais. Ils furent vite désorientés face à ces nombreux regards se dirigeant vers eux. Assis au bar, ils s'enivrèrent pour se donner le courage d'affronter cette idée dégueulasse. Les premiers mots salaces s'échangèrent, une main chaude se faufila dans l'entrejambe d'Esther sous le regard plein d'espoir de son mari. Emmenée sur un lit en baldaquin, elle se retrouva au milieu de dix hommes qui la pénétrèrent à tour de rôle, un moment difficile pour cette femme mettant une croix à tous ses principes les plus élémentaires. Immobile, elle se laissait toucher et manipuler, ce n'était plus qu'une poupée qui avait la fonctionnalité de pouvoir mouiller. Son mari caressait ses cheveux pour l'encourager dans cette épreuve difficile. En fournissant des préservatifs troués, Théodore donnait une chance à chacun de ces libertins de devenir père, c'était la roulette russe. Le corps souillé de spermatozoïdes, Esther avait un fort espoir de pouvoir tomber enceinte après cette torture infligée.

Les jours passèrent et l'attente fut longue afin de savoir si elle allait devoir repartir à la récolte. C'est seulement quinze jours plus tard, en effectuant un test de grossesse qu'ils sortirent victorieux de ce plan scabreux. Avec les premières échographies, l'amour renaissait au sein du couple, ils repartaient dans une nouvelle direction avec des projets plein la tête. Théodore n'éprouvait aucune frustration de ne pas être le géniteur de son futur enfant, la joie de sa femme était déjà la plus belle des récompenses. Malheureusement, à la vingtième semaine de grossesse, Esther ressentit d'horribles douleurs dans son ventre et s'inquiétait en constatant des saignements systématiques lorsqu'elle se rendait aux toilettes. Sans le savoir, elle était en train de faire une fausse couche. Le jour même, les crampes qu'elle subissait étaient de plus en plus fortes et elle se rendit une nouvelle fois aux toilettes. En poussant fort, croyant avoir envie de déféquer, elle expulsa son fœtus. Abattue, penchée sur la cuvette, elle n'arrêtait pas de pleurer en regardant cet être inachevé flotter dans l'eau. Son mari se précipita à son secours et découvrit cette scène atroce. Elle tenait dans ses mains ces quelques centimètres qui ne grandiraient jamais. Théodore ne disait rien, laissant la souffrance de son épouse s'exprimer, elle n'arrêtait pas de lui faire des bisous, ne pouvant croire à ce qui venait d'arriver. L'homme était en train de composer le numéro des urgences pour que sa femme soit prise en charge.

> — Qu'est-ce que tu es en train de faire ? Raccroche immédiatement !
> — Il faut bien que j'appelle une ambulance !
> — Tu es inconscient ? Tu veux quoi ? Qu'on m'enlève mon enfant ?
> — Mais tu veux faire quoi ? C'est trop tard !
> — Arrête de parler, tu m'énerves, laisse-moi avec mon bébé ! Laisse-nous tranquille !

Il n'osa pas la contredire, sa folie envahissante avait l'effet de le tétaniser. Les jours passèrent et son état ne s'arrangeait pas, bien au contraire, elle se conduisait comme si son bébé était en vie. Elle lui avait donné un prénom, Mathieu, il possédait même une chambre rien que pour lui. Afin de préserver le corps de son enfant, tous les soirs un rituel s'était mis en place en le faisant passer la nuit au congélateur. Théodore n'arrivait pas à trouver les mots pour lui faire comprendre d'arrêter de simuler cette relation, mais elle rejetait avec véhémence ses propos en disant qu'il était bien vivant. En pleine journée, elle le promenait en poussette dans le village et dépensait des sommes folles en achetant des jouets et des vêtements qu'il ne pourrait jamais porter. Une situation que ne pouvait plus supporter son mari, il ne voulait en aucun cas sombrer dans son délire morbide. Son fœtus dégageait une odeur nauséabonde, les tentatives de conservation n'y faisaient rien, il était en train de se décomposer. Pour mettre fin à ce quotidien irrespirable, il décida de se débarrasser de ce petit corps encombrant en le balançant dans la cheminée. Cette odeur inhabituelle réveilla Esther qui découvrit son mari assis devant la cheminée du salon. Il se retourna vers elle en disant que maintenant tout était terminé et qu'elle devait commencer à faire son deuil. Elle se dirigea paniquée vers le congélateur et découvrit que son enfant n'était plus là. Théodore lui fit comprendre que les flammes l'avaient emporté. Hystérique, elle n'hésita pas à mettre ses mains dans la cheminée pour tenter de récupérer le fœtus mais il avait déjà disparu. Folle de rage, elle courut dans la cuisine pour récupérer un couteau afin de poignarder à plusieurs reprises son mari. En pleurs, elle provoqua des départs de feu dans le château et s'allongea par terre, déterminée à disparaître dans les flammes. Elle décéda intoxiquée avant que le brasier ne l'emporte à son tour.

Je termine mon histoire alors que Marguerite s'est déjà endormie depuis un moment, à mon tour de me blottir dans les bras de Morphée. Une infirmière me réveille, il est sept heures du matin, elle me signale que deux policiers veulent me poser des questions. Je sursaute de mon lit en les découvrant face à moi, ils sont là à m'observer, mon voyage ne se prolongera pas. Je jette un coup d'œil vers ma voisine en remarquant qu'elle n'est plus dans son lit. L'interrogatoire commence, ils me demandent mon identité, je reste muet pendant que l'un d'entre eux me montre la photo du gosse que j'ai assassiné. Toujours silencieux, je ne réponds à aucune de leurs questions. Devant leur insistance, je commence à transpirer excessivement et décide alors de raconter des choses invraisemblables.

> — Ils vont venir me chercher, j'ai peur, il faut partir d'ici !
> — Vous parlez de qui ?
> — Des extraterrestres francs-maçons, ils vont venir je vous dis, ils vont me tuer !

Ils se regardent avec incompréhension pendant que je continue mon improvisation.

> — Je suis la réincarnation de Dieu ! Il faut m'écouter ! L'apocalypse est toute proche !

Les policiers appellent un médecin pour qu'il vienne dans ma chambre. On l'interroge pour savoir pourquoi on ne leur a pas signalé que je suis complètement fou. Il répond qu'il ne comprend pas car je n'ai jamais eu un tel comportement depuis que je suis hospitalisé ici. Craignant que ma folie ne soit mise à mal, je décide spontanément de me frapper violemment la tête contre le mur en criant des mots quelconques. Je me retrouve plaqué sur mon lit, l'un des policiers demande qu'on m'emmène voir un psychiatre afin d'établir un diagnostic de mon état mental. Escorté par plusieurs personnes, je suis emmené au troisième étage, dans l'unité psychiatrique. Pour continuer à mimer ma démence, je rigole comme un taré en tirant la langue. Assis en face d'un psychiatre, il me regarde avec attention sans me dire un mot, je comprends que sa démarche est de déceler si ma folie est sincère ou simulée. Je tire mes cheveux en disant n'importe quoi pendant qu'il tourne autour de moi.

— Vous êtes angoissés en ce moment ?
— Je vais mourir, ils vont me tuer !
— Qui ça ?
— Les extraterrestres bordel ! Je sais trop de choses ! Je connais toute la vérité ! Je ne peux rien vous dire, ils sont en train d'écouter, j'en suis sûr !

Il ne laisse rien transparaître mais je comprends assez vite qu'il a vu clair dans mon jeu, je n'ai pas réussi à le tromper. En se levant de sa chaise, il me demande d'attendre car il doit aller chercher quelque chose. Il va ramener les flics, c'est certain. J'ouvre la porte discrètement et l'aperçois en train de courir dans le couloir, je m'empresse de partir dans la direction opposée en disparaissant dans les escaliers de secours. J'arrive dans le hall d'accueil, la voiture de police est toujours stationnée devant, il n'y a personne à l'intérieur. Je me précipite dans le parking, encore habillé de ma blouse bleue. Devant moi, une femme est en train de monter dans sa voiture. J'arrive en courant vers elle pour la faire tomber par terre en agrippant ses cheveux. Elle me tient la jambe en train de hurler.

— Au secours ! Au secours ! Cet homme est en train de voler mon bébé !

Je lui assène un violent coup de pied au visage pour qu'elle me lâche devant ces quelques personnes qui n'osent pas intervenir. Je rentre dans sa Peugeot en verrouillant les portes pour éviter que la mère paniquée m'empêche de prendre la fuite. Elle n'arrête pas de taper contre la vitre pour me supplier de lui laisser son enfant assis à l'arrière.

— Arrêtez !! Arrêtez !! Laissez mon bébé ! Donnez-le-moi ! Pitié ! Rendez-le-moi !

Mon aventure, je vais désormais la poursuivre à deux, je m'échappe avec ce petit qui ne doit même pas avoir six mois, il n'arrête pas de pleurer, sa maman lui a fait peur en criant aussi fort. Je roule à vive allure en direction de la Lorraine, on va partir voir la maison de cette pauvre Gwenaëlle qui avait été abandonnée par son compagnon après tant de sacrifices. Je n'ai ni GPS ni carte routière, je roule à l'aveugle sans savoir par où passer. Le bébé continue de hurler, m'empêchant d'écouter la radio et de me détendre. Il veut peut-être un biberon, je ne sais pas comment m'en occuper, je vais devoir apprendre tout ça. Je circule sur des petites routes de campagne afin d'éviter les barrages policiers. Je viens de passer la ville de Villiers-Saint-Frédéric, un piéton vient à l'instant de montrer ma voiture à une personne se trouvant à ses côtés. La télévision et la radio ont dû déjà donner l'alerte en communiquant ma plaque d'immatriculation. Je ne vais jamais réussir à atteindre la Lorraine.

Il est temps de mettre fin à tout ça. Après un kilomètre, j'arrive à un passage à niveau, je décide d'abandonner ma voiture et de terminer mon périple en marchant sur les rails. Le bébé est dans mes bras, il a arrêté de pleurer, rassuré de ressentir ma chaleur humaine. Ça me fait drôle de marcher sur cette voie ferrée, ça me rappelle quand j'étais gosse, à chaque fois que je voyais des rails, je m'imaginais marchant dessus pour m'évader. Le nourrisson me sourit, il est mignon avec sa petite bouille. J'arrive à le faire rigoler en le chatouillant à travers son petit gilet rouge. Comment pourrais-je l'abandonner dans ce monde, ce n'est pas possible, c'est inhumain. On se sentira mieux dans pas longtemps. J'ai goûté à la vie et je peux te dire que je m'en serais bien passé, crois-moi, tu ne manqueras rien, tu peux partir sans regret. Je commence à sentir les rails tremblés, je reste debout, figé au milieu de la voie en blottissant la tête du bébé contre moi. Ne regrette rien, ils ne te méritent pas, laisse-les dans leur monde. Le sol vibre de plus en plus fort, le train klaxonne à plusieurs reprises. J'embrasse le bébé en fermant les yeux une dernière fois.

putrefaction
voyage au bout de l'immonde

Publication : Juin 2018

DU MEME AUTEUR

Un sac de semences, 2021.

solerlaurent.com

www.ingramcontent.com/pod-product-compliance
Lightning Source LLC
LaVergne TN
LVHW042344190726
843493LV00005B/918